VOUS RETIENDREZ MON NOM

Hors-série

ISBN : 978-2-74-853046-9

92, avenue de France, 75013 Paris

Loi n° 49-956 du 16 juillet 1949
sur les publications destinées à la jeunesse,
modifiée par la loi n° 2011-525 du 17 mai 2011.

Mise en pages : DV Arts Graphiques à La Rochelle
Dépôt légal : février 2022

FANNY ABADIE

VOUS RETIENDREZ MON NOM

SYROS

À ceux qui plantent des pousses de noisetiers
dans les sentiers
À Jeanne, pour la rage de vivre
À Mei et Sven, toujours
Big up à Vonx

« Comment ne pas être un pitbull,
quand la vie est une chienne ? »

Booba, *Pitbull*, extrait de l'album « Ouest Side »

« Celui qui regarde ma peinture
est dans ma peinture. »

Pierre Soulages

« On n'est pas là pour gagner,
mais pour qu'on nous voie. »

Anonyme, #Pas2quartier,
Concours d'éloquence, reportage France TV

Il allait pleuvoir des pierres. Des cris. Des insultes. Des coups. On était que dalle, la caillasse et nos capuches valaient pas grand-chose contre leurs casques et leurs armes, mais on avait la rage. On était une vingtaine. Eux, ils étaient le double, serrés les uns contre les autres, une armée surentraînée. Ils tapaient leur matraque contre leur bouclier, un son sourd, répétitif, qui se répercutait entre les tours du quartier. On a lancé nos pierres. Facile, il n'y avait qu'à se baisser pour en ramasser. Soudain, Hamza a hurlé en faisant tournoyer une barre de fer au-dessus de sa tête. Il s'est rué sur le mur de flics. Un coup de matraque en pleine course et il s'est envolé dans les airs avant de retomber sur le sol.

Ils ont fondu sur nous comme des rapaces. On s'est pas laissé faire. À coups de batte, de poing, de barre de fer, on a tapé, cogné, tabassé. Les matraques cassaient des têtes, cinglaient des dos, les bottes taclaient des jambes, broyaient des mains. Le bruit des coups envahissait le quartier, un bruit mat, sans âme. Ils ont sorti les lacrymos. Les grenades ont explosé, une fumée sale a fini d'empuantir l'atmosphère. Le nez piquait, la gorge brûlait, les yeux pleuraient tout seuls. À travers ce brouillard, j'ai vu Bouli en train de détruire une gouttière à coups de basket pour en arracher un bout et s'en faire un projectile. J'ai couru vers lui.

– Rentre chez toi, j'ai fait, entre deux quintes de toux.

Le gamin s'est essuyé les yeux avant de s'acharner à nouveau sur sa gouttière.

– Pas question, il a dit, j'y suis presque.

– Hamza sait que tu es là ?

Le gamin a haussé les épaules.

– Fous ta capuche, au moins.

Il m'a obéi. Et a réussi à extraire un bon bout de ferraille. Il m'a souri.

– Reste auprès de moi, j'ai ordonné.

Le temps que je me retourne, le flic a surgi. À travers sa visière de protection, on voyait la lueur de mépris dans ses yeux. J'ai rien pu faire. Le keuf a frappé Bouli de toutes ses forces avec sa matraque.

Quelques jours plus tôt

1

Knock-out

Comme d'hab, Sublime était en retard. Je m'en foutais. De toute façon, j'avais rien d'autre à faire que de l'attendre. Il y avait un tas d'oiseaux dans le ciel à regarder, toute une bande qui bouffait du nuage blanc en piaillant.

Le quartier transpirait sous la chaleur d'octobre, parce que l'été, cet enfoiré, faisait comme s'il n'était jamais parti. Assis sur un banc, face au parking des tours, je rêvais de me baigner, mais hier, mon père avait fait une descente dans ma planque et avait raflé mes derniers euros pour ses clopes. La piscine municipale était donc exclue d'office. Peut-être que Sublime serait d'accord pour qu'on aille faire le mur de la résidence d'en bas où il y avait une piscine privée. Ça pouvait être le bon kif, si on vérifiait qu'il n'y ait pas la meuf reloue qui nous virait à chaque fois. Les autres voisins, quand on répondait qu'on était des potes du mec du quatrième, se contentaient de regarder par terre.

Au-dessus du parking, les oiseaux faisaient des loopings, descendant en flèche entre une Peugeot grise et un gros 4 × 4, pour remonter aussitôt. Et de recommencer. C'est con, les étourneaux, quand on y pense. Ça refait la même trajectoire, encore et encore, comme si le ciel était pas assez vaste...

Je l'ai vu venir de loin. Sa longue silhouette traversait lentement la route, comme si le monde extérieur n'avait pas vraiment d'importance. Il avait le détachement de ceux qui savent que leur vie, c'est pas grand-chose. Son crâne noir, rasé à blanc, luisait au soleil, une tache dorée comme une crêpe, qui miroitait parfois à gauche, parfois à droite.

Sans un mot, il s'est assis à côté de moi. Sublime ne parlait pas beaucoup. Il avait appris à se taire en traversant les frontières en clandé. D'habitude, je préfère les mecs qui causent. Mais avec lui, les silences n'étaient jamais des solitudes.

Pourtant, là, il avait un truc à me dire.

– Je vais partir, Karim, il a fait, aussi facilement que s'il m'annonçait le menu de la cantine.

– C'est ouf, ils font ça depuis des heures, j'ai répondu, en désignant les étourneaux dans le ciel.

Ça m'arrangeait de parler d'autre chose. Sublime n'a pas insisté. Il a levé la tête, et il a plissé les yeux pour mieux apercevoir ce que je lui montrais.

– Jamais vu autant d'oiseaux piailler. Ils font autant de bruit que la salle de boxe avant un match, j'ai continué.

Je savais que Sublime voulait se barrer. Son projet n'avait jamais été de s'installer là. J'allais pas lui en vouloir. Personne ne voulait rester dans le tiek. On rêvait tous de se casser. Sauf que... personne ne le faisait vraiment.

Je l'aurais jamais avoué mais j'aurais aimé que Sublime reste. C'est pour ça que je tenais pas à avoir de précisions sur son départ. Plus ça restait flou, moins ça avait de réalité. Driss aurait dit que c'était une stratégie d'évitement merdique. Tant pis. Ça faisait pas si longtemps que Sublime était arrivé dans la tess, et en quelques mois, il était devenu un pote, du genre incontournable, avec qui glander devenait des vrais moments. C'était même plus la lose de se poser le cul sur un banc et de regarder le ciel, pendant des heures, à travers les tours. Incroyable comme quelqu'un peut vous transformer le truc.

– On va à la piscine de la résidence ? j'ai proposé, histoire de changer d'ambiance. Si on a de la chance, la meuf chiante sera pas là...

Sublime a hoché la tête, alors on a traversé le parking. Les oiseaux continuaient leur manège. En passant près des bagnoles, j'ai suivi leurs loopings de haut en bas. C'est là que j'ai remarqué la main, par terre, qui bougeait pas.

– Quelqu'un a eu un malaise. Je vais voir.

Je me suis faufilé entre les deux voitures. Les étourneaux ont piaillé plus fort, un peu comme un prof qui essaie de se faire respecter mais qui sait que c'est perdu d'avance. Je l'ai reconnue avant même de voir son visage en entier.

– Zineb ? Qu'est-ce que tu fous là !

Je me suis agenouillé pour l'aider à se relever mais j'ai pas pu la toucher. Il y avait un sale trou rouge sur son cou. Et elle était trop pâle, surtout ses lèvres. Un bleu noircissait sa joue gauche. Pas un mouvement n'agitait ses yeux grands ouverts sur le vide.

J'ai reculé d'un bond. Mon estomac s'est soulevé comme s'il cherchait à se barrer. Les oiseaux ont envahi mon cerveau, leurs piaillements ont fait un genre d'effet larsen et j'ai dû m'appuyer sur le capot du 4 × 4. Aussitôt, une alarme à vous déchirer la gueule s'est mise à hurler.

Les oiseaux ont augmenté le volume, eux aussi. Un vrai bordel. Dans les airs. Par terre.

C'était pas possible... Elle pouvait pas être là, elle pouvait pas être morte. Le sol s'est dérobé sous mes pieds, le ciel est tombé, les oiseaux tournaient en spirale, l'alarme braillait encore plus fort. Il n'y avait plus de place pour respirer. Pour penser. J'étais paumé : je ne reconnaissais plus rien, ni le parking, ni le banc, ni les immeubles qui s'élevaient autour, ni mes propres mains. Il y avait juste elle, sur le trottoir, qui ne bougeait pas, ses yeux immenses, putain, ses yeux... J'ai dû crier parce que Sublime a radiné. J'ai senti ses doigts mordre mon bras. Ça m'a peut-être empêché de tomber. Le soleil était devenu si fort, aveuglant.

Elle ne pouvait pas être là. Pas elle. Pas Zineb. Elle avait ce genre de beauté indéfinissable, à la fois immédiate et hors d'atteinte. Dans notre classe, au lycée, tous les mecs rêvaient de sortir avec elle, mais on serait morts plutôt que de l'avouer. Parce que, et c'était ça qui rendait dingue : elle était au-dessus de nous sans même le faire ressentir. Elle n'appartenait pas au quartier mais le quartier lui appartenait. D'ailleurs, on disait tous qu'elle finirait par se barrer, un jour. Quitter les tours. Personne n'avait imaginé que ce serait les pieds devant.

Même morte, les lèvres blanches, les pommettes tuméfiées, elle gardait ce truc : la grâce, quoi ! Et au milieu de tout ce bordel, une question surnageait : « Qu'est-ce que j'allais dire à Hamza ? »

~

– Jeune homme, veuillez me suivre, a aboyé une voix.

L'ordre m'a fait sortir d'un état proche de l'hypnose. Et soudain, je me suis rendu compte que les flics pullulaient autour de Zineb, ça grouillait d'uniformes et de rubalise jaunasse. Je me suis senti mal, alors j'ai reculé. Sublime s'était taillé, et fallait que je l'imite, quand la flic, qui patrouillait souvent dans le quartier et qu'on surnommait Dodo, à cause de son visage mou et blafard comme un oreiller, m'a empêché de partir.

Je l'ai suivie jusqu'à un groupe de gens en costard.

– Commissaire, c'est lui, a dit Dodo.

Un des costards s'est retourné. C'était aussi une meuf, mais plus classe que Dodo. Avant la poignée de main polie, ses yeux acier vous balançaient un avertissement du genre : « Si tu me baratines, je te défonce. »

– Ton nom ?

– Vous me tutoyez ? On n'a pas gardé les moutons ensemble, que je sache... j'ai répondu, en grognant.

Elle a eu une moitié de sourire.

– Tu me connais pas encore. Je suis la nouvelle commissaire, j'ai pris mon poste il y a une semaine. Et je tutoie tout le monde, faudra t'y faire. Allez, on se dépêche. Dis-moi ton nom.

– Karim.

Elle m'a dévisagé en fronçant les sourcils. Je cadre pas avec mon prénom. Je suis blond aux yeux très clairs. Tout le monde oublie la Kabylie.

– Le nom de famille, s'il te plaît.

– Je suis obligé ?

En dire le moins possible aux flics : c'est une règle. Mais elle a tapoté sur son calepin d'un air sévère. Alors, je le lui ai dit à toute vitesse. Tanatkelkouk. Son stylo est resté en suspens. Elle m'a lancé un regard terrible, j'ai pris mon air le plus innocent.

– Vous avez besoin que je vous l'épelle ? j'ai demandé.

Elle m'a ignoré, et s'y est reprise à trois fois avant d'écrire un truc correct.

– C'est toi qui nous as prévenus ?

Je détestais les keufs, mais Sublime m'avait obligé. « On ne va pas la laisser comme ça », il avait dit, en se tordant les mains.

Il avait raison. Et puis, de toute façon, j'aurais pas eu le cran de le dire en face à Hamza.

– Tu as donc trouvé le corps ? a insisté la commissaire.

J'ai hoché la tête.

– Comment ?

J'ai d'abord désigné le ciel, mais comme elle comprenait que dalle, j'ai lâché :

– Les oiseaux.

Il ne restait maintenant plus que la moitié de la bande, le reste avait eu peur de la flicaille. On ne pouvait pas leur en vouloir.

– Bien évidemment...

J'ai scruté les alentours, j'avais hâte d'être ailleurs. Mes doigts bougeaient tout seuls, l'envie de cogner qui s'annonce. J'ai fait craquer mes phalanges. Même si je doublais mon temps de sac ce soir à la salle, je doutais de me calmer.

– Tu la connaissais ? elle m'a demandé.

– C'est Zineb, j'ai dit dans un souffle. Tout le monde la connaît.

Et je me suis cassé.

J'ai rejoint Sublime qui se planquait un peu plus loin, derrière l'abribus. Vu le nombre de flics au mètre carré, j'étais étonné qu'il soit resté dans les parages. Des larmes coulaient sur ses joues mais il s'en foutait. Peut-être qu'il se rendait même pas compte qu'il pleurait. Sublime chialait comme il parlait. En silence. Je me suis assis sur le banc en plastique. De là, je pouvais surveiller le manège des flics autour de Zineb.

– Tu devrais pas rester là, j'ai dit à Sublime.

Je le voyais pas, il était toujours derrière le panneau de verre fumé, mais je savais qu'il m'entendait.

Ma jambe tressautait toute seule. Je ne savais pas quoi faire de mon corps. Trop lourd, trop encombrant. En même temps, une sorte d'énergie incontrôlable m'empêchait de rester immobile.

– Barre-toi, j'ai insisté. Il y a trop de flics. Ça serait trop con qu'ils te chopent.

Mais Sublime ne m'écoutait pas.

– C'est quelqu'un qui a fait ça, il a dit en s'approchant de moi.

Sa voix m'a fait sursauter. Il a essuyé ses joues d'une main qui tremblait.

– Un salopard qui l'a tuée.

C'était une évidence. Sur le coup, j'y avais pas pensé parce qu'on avait jamais eu ce genre de truc dans le quartier. Des bastons, des règlements de comptes, des vengeances, oui, mais pas de fille abandonnée morte sur le trottoir. Et puis, Zineb n'avait aucun ennemi. Au contraire... On aurait tous aimé être ses potes... Elle traînait loin des bandes et des embrouilles, elle traînait pas, faut dire, vu qu'elle en avait pas le droit. Sa famille la surveillait de près. Elle était comme un trésor, que ni ses frères ni Malika, sa mère, ne voulaient partager. Son emploi du temps était cadré au millimètre près. Elle ne s'en plaignait pas parce qu'elle savait les endormir. Rien qu'hier soir, par exemple, où je l'avais vue se tordre de rire avec Joyce et Khedima dans le hall de son immeuble... J'étais venu voir Hamza, et je les avais trouvées en train de glousser devant les boîtes aux lettres. Zineb était hyper sexy dans sa tenue de ville, jean, chemise blanche et escarpins bleus. Les chaussures, surtout, claquaient, avec les paillettes et les talons aiguilles. Joyce était pas mal aussi, vêtue d'un survêt noir à trois bandes dorées, sa peau cacao éclatante, même sous le mauvais néon de l'entrée dégueue de l'immeuble. Pour une fois, au lieu de plaquer ses millions de tresses en queue de cheval, elle les avait lâchées. Ça lui donnait une sorte de puissance magnétique, qui m'attirait comme un aimant.

« Vous êtes canons, les filles !

– Ta gueule, Karim », avait répondu Joyce, de sa voix profonde et grave.

Et elle m'avait lancé un regard aussi noir que son survêt. À cet instant, personne n'aurait pu deviner qu'on était sortis ensemble un mois plus tôt. Officiellement, elle m'avait tèj' parce qu'elle disait que je manquais d'ambition. Elle, elle voyait l'avenir en grand. Elle voulait être manager, organiser des tournées pour des DJ. Elle rêvait de négocier des contrats, de gérer des plannings, de côtoyer des stars. Elle était abonnée à *DJ mag* et *Rap Mag*, connaissait les dates de concerts des stars, les noms des débutants, et faisait des pronostics sur ceux qui deviendraient les rois du dancefloor et du flow. Je m'étais moqué d'elle en lui balançant que caissière au supermarché, ce serait déjà le bout du monde. C'était pas très malin de ma part. Mais je voulais pas qu'elle se fasse des films. Elle avait autant de chances de devenir manager que moi de me faire Margot Robbie. Seulement, des fois, je me demandais si Joyce ne m'avait pas guélar' parce qu'elle était un peu trop jalouse. Il lui était arrivé à deux ou trois reprises de me balancer que je sortais avec elle juste parce que je kiffais Zineb. C'était carrément tordu, comme raisonnement. Zineb était belle, genre intense, mais totalement inaccessible. Je préférais embrasser Joyce que de rêver aux étoiles.

Vu que j'avais envie de savoir pourquoi elles s'étaient sapées, j'avais traîné devant les boîtes aux lettres, en faisant mine de textoter, pour les épier. Khedima regardait ses copines d'un air ébloui.

« Vous avez trop de chance. Moi, ma tante ne me laisse pas sortir toute seule le soir. Même manger un kebab chez Amin, j'ai pas le droit, c'est la hess !

– C'est très bien comme ça, Khe... Tu nous sers d'alibi », avait répondu Joyce.

Khe avait souri mais on voyait qu'elle avait les boules de ne pas les accompagner. C'était toujours la troisième roue du scooter. Elle accourait dès que Joyce et Zineb lui faisaient signe. Le reste du temps, elle était seule. Enfin, c'était l'impression que ça donnait.

« N'oubliez pas, avait couiné Khedima. Vous devez être chez moi avant minuit, sinon ma tante va vous gauler. »

La tante de Khe faisait des ménages dans des bureaux du centre-ville et travaillait tard le soir, une fois que les derniers cadres étaient partis. De ce que je savais, elle cumulait avec un emploi de serveuse dans un restau qui servait un plat unique le midi à des routiers fatigués. Khe était chargée de s'occuper de sa petite sœur quand la tante n'était pas là, c'est-à-dire tout le temps.

« T'inquiète, avait répondu Zineb, avec un grand sourire. On sera à l'heure. »

Elle lui avait tapoté gentiment l'épaule.

« Vous me raconterez tout ? avait demandé Khe, au supplice.

– Absolument tout ! » avait promis Joyce, avec un clin d'œil complice en direction de Zineb.

Pour être sapées et excitées comme ça, elles avaient sûrement rendez-vous avec des mecs du centre-ville. S'ils venaient de la cité, je l'aurais su. Ça m'avait pas plu du tout. Qu'est-ce qu'elles avaient besoin d'aller là-bas ? Y avait pas tout ce qu'il fallait comme mecs dans le tiek ? Énervé, j'avais filé un coup de poing dans les boîtes aux lettres.

« T'as un problème, Karim ? m'avait toisé Joyce. Qu'est-ce que t'as à traîner dans nos pattes ?... »

Elles m'avaient daubé jusqu'à ce que je parte.

On était samedi, et Zineb, comme une poupée de vide-greniers abandonnée sur le trottoir, était habillée exactement de la même façon qu'hier soir. Ça aurait dû me faire réfléchir mais j'étais trop en speed sur ce qui se passait autour d'elle. Les flics et le légiste s'agitaient, nerveux, exactement comme la bande d'oiseaux tout à l'heure. Le photographe mitraillait le corps, genre paparazzi de la mort.

Tout le quartier était là, les mecs de la bande à Momo, en survêts impeccables, crachaient par terre à tour de rôle, le père Rodriguez, appuyé sur sa canne, bouffait sa moustache, M. Rondeau, choqué, maltraitait le papier kraft qui cachait sa bière, des petits, que les grands n'avaient pas la force d'éloigner, regardaient un truc qu'ils n'auraient jamais dû voir... Mme Allouche, un sac de courses dans chaque main, clamait à qui voulait l'entendre qu'elle savait tout de ce qui s'était passé. En fait, elle beuglait juste que c'était un scandale que ça arrive en bas de chez elle.

Sublime a détalé enfin, et j'ai compris pourquoi, avec un temps de retard, en voyant la commissaire se diriger vers l'abribus. Elle a brandi un sachet en plastique qui contenait un escarpin à paillettes bleu nuit.

– Tu sais où est l'autre ?

J'ai fait non lentement de la tête. Un détail m'est revenu subitement. Zineb était pieds nus. La chaussure traînait par terre, et il y en avait qu'une. La flic m'a pas lâché du regard, alors moi non plus.

– C'est un meurtre, j'ai dit, les dents serrées.

– Oui, ça en a tout l'air.

Son regard était franc, direct, comme ses mots. J'ai accusé le coup.

– Son jean est déchiré au genou. Il y a des bleus sur ses joues, et sur son cou, une espèce de trou...

J'ai grimacé sans pouvoir finir ma description. La plaie ronde, bordée de sang caillé, était immonde.

– Elle a été battue d'abord, non ? j'ai demandé.

– Bien observé. Pour l'instant, on ne peut rien dire, a répondu la commissaire, d'une voix rauque qu'elle a cherché à éclaircir en toussant deux ou trois fois. Il est trop tôt pour se prononcer.

Elle a secoué le sac en plastique devant mon nez.

– Alors, t'as pas vu l'autre ?

Je me souvenais bien qu'hier soir, dans le hall de l'immeuble, Zineb portait des escarpins bleus à paillettes qui lui donnaient un look d'enfer. Ce style de pompes, ça court pas les rues dans la cité. On est plutôt du genre baskets ou claquettes-chaussettes. Mais j'ai fait celui qui savait rien.

– Elle n'a pas son portable non plus, a ajouté la flic, en donnant un coup de menton en avant. Tu ne l'aurais pas pris avant qu'on arrive, par hasard ?

Je me suis revu en train de m'agripper au bras de Sublime, la vue brouillée, les oreilles saturées des larsens des oiseaux et de l'alarme de voiture. Pas une seconde j'ai pensé au portable de Zineb…

J'ai tchipé la flic.

– Tu m'as l'air très bavard comme garçon, elle a fait, ironique. Tu sais qu'on va se revoir bientôt. Tu vas être convoqué.

– Pourquoi ? Je suis suspect ? j'ai dit, d'un ton bien provocant.

En vrai, dans ma tête, je me disais que je n'aurais jamais dû appeler les keufs.

– Nous appeler était pourtant la meilleure chose à faire, a dit la flic, très posément.

Elle m'a scotché.

– Vous lisez dans les pensées, ou quoi ?

Elle a zappé ma question.

– Avant qu'on se revoie, si jamais tu te souviens de quelque chose...

Elle m'a tendu sa carte et j'ai reculé, pire que si j'avais été mordu par un serpent. J'ai fourré mes mains dans mes poches à toute blinde. Elle a pigé.

– Je te donne mon nom, alors... Nadia Mesronces. Ne l'oublie pas, s'il te plaît. Je veux coincer le salopard qui a fait ça.

Nadia ? C'était un prénom de chez nous, ça ! Elle avait pas l'air typé pourtant... Moi non plus, faut dire... Comme quoi, les apparences... Mais pour ce que je m'en foutais... C'était d'abord une flic. J'ai craché un long jet de salive qui a atterri à deux centimètres de ses boots.

– Qu'est-ce qu'il y a ? Tu as un truc à me dire, finalement ?

– Je croyais que les flics, vous en aviez rien à foutre des Arabes et des Noirs. Qu'on était rien que de la racaille à passer au karcher.

Elle a tiré sur sa veste de costard, comme si subitement, il la gênait aux entournures.

– Ne mets pas tout le monde dans le même panier... Je suis sûre que tu es plus intelligent que ça.

Ça faisait bien longtemps que personne n'avait fait allusion à mon intelligence.

– N'oublie pas, s'il te plaît : commissaire Mesronces, elle a répété.

Et elle a ajouté avec un sourire en coin :

– Tu as besoin que je te l'épelle ?

~

Sublime s'était bien planqué, cette fois. Dans le quartier régnait un silence pas possible. Presque, mes pas résonnaient entre les tours. Au square, j'ai croisé Joyce. Ses yeux agrandis par les larmes étaient aussi sombres que des caves. Elle semblait plus petite, comme ratatinée. Elle s'est accrochée à mon bras, des deux mains. Le truc qui n'arrivait jamais. Sa main gauche quittait rarement sa poche, un peu à la Jamel Debbouze. Elle copiait pas. C'est juste qu'elle avait perdu un doigt en faisant le mur du collège, en quatrième. Paraît que ce jour-là, Joyce voulait rentrer chez elle parce qu'elle avait tellement de profs absents que le trou dans son emploi du temps était devenu un précipice. D'autres disaient que sa mère était vraiment malade, et qu'elle voulait la retrouver.

Alors, Joyce s'était dirigée au fond de la cour, avec Zineb qui n'arrivait pas à la dissuader de partir. Elle avait escaladé la clôture sans trop de difficultés. Elle était souple, et les larges barreaux de la grille lui donnaient de bonnes prises. Une fois en haut, accroupie en équilibre sur une barre d'à peine dix centimètres de large qu'elle serrait des deux mains, elle avait nargué ceux qui gueulaient qu'elle aurait pas les couilles.

Et elle avait sauté. Mais la bague qu'elle portait à l'index s'était accrochée à un truc, un truc qui n'aurait jamais dû être là, une malformation du fer, un défaut pervers, une malchance sur un million que ce soit là. Avec l'élan du mouvement, le poids du corps, l'attraction terrestre, le doigt avait été sectionné d'un coup. Un cri atroce avait jailli de sa poitrine, comme si elle vomissait de la lave en fusion. Elle se tordait de douleur, son visage grimaçait, et on entendait sa respiration hachée. C'est Zineb qui avait réagi la première, en courant prévenir les pions.

– Tu l'as vue ? a gémi Joyce, en se blottissant dans mes bras.

– Oui, j'ai répondu, dans un souffle. Et toi ?

Comme une gamine, elle a frotté son visage contre mon sweat pour me dire non, et son geste m'a presque donné envie de chialer à mon tour. Mais je me suis retenu.

– N'y va pas, j'ai murmuré. C'est moche et il y a plein de flics.

On est restés comme ça collés l'un à l'autre, dans un silence seulement entrecoupé par les sanglots de Joyce. Le moment où je l'avais surprise, la veille au soir devant les boîtes aux lettres, complotant avec Zineb et Khedima une soirée pour laquelle elle s'était sapée, me paraissait loin. L'image des filles joyeuses, surexcitées tournait en boucle dans ma tête. J'aurais bien aimé lui demander ce qu'elles avaient trafiqué pour que Zineb se retrouve étendue par terre, mais c'était tellement bon de sentir le corps de Joyce contre le mien, après tout ça.

Elle a relevé la tête brusquement. Son visage ressemblait à une plage après un tsunami. J'ai remarqué une méchante égratignure qui courait de son oreille à son menton. Je l'ai de nouveau serrée dans mes bras. Elle m'avait manqué, et je m'en rendais compte seulement à l'instant.

– Zineb... C'était tellement ma pote, elle a dit. Depuis la maternelle... J'arrive pas à croire qu'elle soit...

La voix étranglée, elle n'a pas pu finir sa phrase.

– Moi non plus, j'ai fait.

Elle a attendu que j'en dise plus. Mais j'en étais pas capable. J'espérais la garder contre moi le plus longtemps possible, au moins tout le temps que les flics fassent leur boulot et qu'ils emportent Zineb. Joyce ne devait pas la voir sur le bitume, entre deux uniformes. Et puis, soudain, elle s'est détachée de moi.

– Il faut aller voir Malika, a-t-elle décrété.

Alors, on est partis chez la mère de Zineb qui habitait de l'autre côté du square, au douzième étage d'un immeuble qui en comptait quinze. L'ascenseur était en panne, on a pris l'escalier. En débouchant sur le couloir, on a entendu les bruits. L'appartement de Malika était blindé de monde. Ça semblait maintenant au-dessus de nos forces d'avancer davantage et d'entrer là-dedans. Joyce a lâché ma main et a reculé, paniquée. Son dos a heurté les portes de l'ascenseur, qui subitement se sont ouvertes. Traînant ses sacs de courses, Mme Allouche en est sortie.

– Cet ascenseur est en panne, a murmuré Joyce, en roulant des yeux.

– N'importe quoi, il fonctionne très bien, a glapi Mme Allouche.

Elle a fait trois pas dans le couloir, en se dandinant, ses sacs de courses oscillant d'un côté et de l'autre. Mais dès qu'elle a compris qu'il y avait trop de monde chez Malika, elle est retournée fissa d'où elle venait. Les portes se sont refermées sur elle et ses sacs de courses fatigués. Et le chuintement de la descente nous a nargués. J'ai tapé comme un bourrin sur le bouton, le voyant n'a cessé de clignoter mais l'ascenseur ne s'est pas remis en route pour autant.

Rester ou se casser, on savait pas trop quoi faire, lorsque Khedima a ouvert la porte, sa doudoune argentée sur le dos. En nous voyant, son visage est devenu verdâtre. Tout de suite, Joyce s'est précipitée sur elle. Croyant qu'elle était pressée d'entrer, Khe s'est effacée pour la laisser passer.

– Pourquoi tu es là ? a aboyé Joyce.

– J'ai appris pour Zineb, a soufflé Khe, en lui attrapant le bras maladroitement. Il faut qu'on parle.

Elle n'avait pas l'air dans son assiette. Joyce lui a jeté un regard furieux avant de vérifier si j'avais entendu. J'ai pris mon air le plus innocent, mais Joyce s'est méfiée. Et elle a poussé Khe vers le palier.

– Vas-y, passe, Karim, m'a dit Joyce.

Khe ouvrait de grands yeux, elle était en bad trip, c'était évident. Je savais pas trop si elle avait peur de Joyce ou si elle flippait de la mort de Zineb.

– Je préfère t'attendre, j'ai fait, en m'appuyant contre le chambranle de la porte.

J'espérais les écouter. Mais l'appart de Malika débordait de monde. Des voisines hurlaient en pleurant ou l'inverse. Des amies commentaient, chacune y allait de son anecdote, chacune pensait savoir mieux que l'autre. Une voisine m'a reconnu et elle m'a entraîné jusqu'au salon où tout le monde m'a demandé de raconter comment j'avais découvert Zineb. Au milieu des visages dévastés, je cherchais Hamza. De toute la famille, c'est lui qui ressemblait le plus à Zineb. Les cheveux, surtout. Épais, noirs et brillants. Et les lèvres bien dessinées. Ça ne lui plaisait pas. Il trouvait qu'il avait un visage de gonzesse. À cet instant, c'était le seul qui aurait pu me sortir de là, mais il était nulle part. Assis sur le grand canapé d'angle qui bouffait la moitié de la pièce, Icham, l'aîné, se tenait la tête dans les mains. Rayan, qui le copiait en tout, avait exactement la même posture. Ils étaient prostrés dans un silence qui fichait la chair de poule. Bouli, ahuri, semblait comme stupéfait d'être là, de vivre ça.

Je me suis dégagé comme j'ai pu des voisines qui m'encerclaient et je me suis approché de Bouli.

– Où est Hamza ? je lui ai demandé.

Il m'a dévisagé comme si je lui demandais de décrocher la lune.

J'ai remonté le couloir, espérant dénicher Hamza quelque part. Dans la cuisine, Malika se griffait le visage en face de la commissaire, la Nadia Mesronces, qui lui tenait les poignets pour l'en empêcher. Il devait y avoir des cris, des promesses, des condoléances, mais j'ai perçu toute la scène sans le son. J'entendais plus rien, ou plutôt c'était comme si j'étais sous l'eau, ou sous une cloche. J'ai serré des mains, j'ai embrassé des joues à une telle cadence que j'ai perdu le fil. Bousculé, je me faufilais, toujours en quête d'Hamza. L'appart n'était pas si grand mais à cause du monde, il était devenu un vrai labyrinthe. Dodo et l'autre flic qui patrouillait avec elle – un mec aux pecs gonflés à l'hélium et qui se faisait appeler Matéo alors que son vrai prénom, c'était Lucien – sont sortis de la chambre de Zineb. Déjà, ils fouillaient sa chambre ? Leur mine sombre indiquait qu'ils n'avaient rien découvert. Qu'est-ce qu'ils espéraient ? Les Bouziane n'étaient pas riches, ils ne possédaient pas même un ordi. Et Zineb n'était pas du style à cacher, sous son lit, des objets tombés du camion.

J'ai joué des coudes pour me diriger vers la chambre d'Hamza. Soudain, je me suis retrouvé devant Malika qui sortait de la salle de bains. Elle avait lavé son visage, remis du khôl. Le foulard noir sur ses cheveux cachait presque entièrement le tatouage sur son front : un arbre de vie symbolisé par quelques traits fins pour le tronc et les branches, des points pour les feuilles. Chaque fois que je suis devant elle, j'ai l'impression d'être chez moi, en Kabylie. C'est bête parce que je n'y suis jamais allé. La Kabylie, je la connais seulement par les souvenirs de ma mère. L'odeur des figuiers, de l'herbe sèche, la lumière qui ricoche sur la mer, les ruelles étroites, tortueuses où elle ne se perdait jamais, les vieux et leurs mains noueuses autour de leur verre de thé, le jeu des noyaux d'abricot : c'est elle qui me l'a racontée.

J'avais envie de demander à Malika si elle se souvenait aussi, mais son visage n'était plus que du vide, son corps était là, mais tout le reste était absent.

– Tu y comprends quelque chose, toi ? elle m'a demandé, d'une voix cassée.

J'étais tellement impressionné par sa douleur que j'ai rien pu répondre.

– Ma fille... elle était chez Khedima et puis...

J'ai cru que ses jambes se dérobaient sous elle, j'allais la soutenir quand elle s'est appuyée contre le mur.

– Ses copines, elles disent que Zineb a reçu un texto dans la nuit. Et qu'elles n'ont pas réussi à l'empêcher de sortir !

Elle secouait la tête, comme pour dire non. J'ai failli lui dire que j'avais vu les filles dans le hall de l'immeuble et que Joyce et Zineb avaient l'air fermement décidées à passer une bonne soirée... en ville. Mais j'ai remis ça à plus tard, ma gorge était serrée et j'étais pas certain de pouvoir parler sans me mettre à chialer.

– C'est pas comme ça qu'on l'a élevée... Si son père était encore en vie, il...

Elle a soupiré au lieu de finir sa phrase.

– Le mektoub, il fait de cadeau à personne.

Elle a posé ses mains brunes sur mes joues, et de ses pouces, elle a frotté mes pommettes, comme si elle cherchait à chasser les larmes de mon visage.

Parce qu'on l'appelait au salon, elle est partie, d'un pas lourd, rejoindre ses amies et les voisines. J'ai bien failli me casser mais la porte de la chambre qu'Hamza partageait avec Bouli s'est ouverte. Une ombre en est sortie. J'ai eu du mal à reconnaître mon pote tant son visage était un champ de mines. Par réflexe, j'ai tendu le poing vers lui, je visais le check mais il n'a pas réagi.

– Paraît que c'est toi qui as trouvé ma sœur...

Sa voix n'était pas comme d'habitude, différente même de celle de quand il avait trop fumé. Plus sourde, presque inaudible.

– Paraît que c'est un meurtre.

Le mot a crépité dans mon cerveau et j'ai eu la sensation d'être dans un de ces reportages à la con de BFM TV. J'avais une putain d'envie de repartir en arrière, sur mon banc, à attendre Sublime, et de ne jamais m'être approché du bordel. Et en même temps, au fond de moi, je préférais que ce soit moi qui ai trouvé Zineb plutôt que Mme Allouche.

– Si je trouve le connard qui a fait ça, je le bute, je te le jure, je le tabasse à mort.

J'en doutais pas. Hamza faisait de la boxe depuis plus longtemps que moi. Une fois, il avait été interdit de salle pendant plusieurs mois parce qu'il avait explosé la mâchoire d'un mec à la sortie de l'entraînement. Une bagarre pour une histoire de bédos.

– Les flics disent qu'on ne peut pas la voir encore. Elle doit subir un examen pour qu'on sache de quoi elle est vraiment morte.

Il avait encore baissé la voix, j'ai décodé plus que compris. Il s'est appuyé contre le mur et a regardé par terre.

– Putain, mec, si tu savais... J'ai mal... là...

~

J'avais pas mes affaires, mais je suis allé à la salle de boxe quand même. À part Driss, le coach, et Tico, qui balayait la salle, il y avait quatre ou cinq habitués qui m'ont salué de loin. En me voyant passer, Tico m'a lancé un salam aleykoum sans lâcher son balai. J'ai répondu machinalement. Personne ne lui accordait beaucoup d'intérêt. C'était un ancien poids léger qui n'avait jamais réussi à devenir professionnel. Il avait le nez pété et les oreilles en chou-fleur, et il bavait sur tout le monde, sauf sur le coach.

Driss était d'un autre calibre, épais comme une porte de prison. On disait qu'il avait tué quelqu'un. À mains nues. Rien qu'à voir ses doigts pianoter sur le clavier d'ordi, on se demandait si c'était pas la vérité. Le clavier se tordait chaque fois qu'il enfonçait une touche. Sans décoller le regard de son écran, il m'a demandé :

– Hamza n'est pas avec toi ?

C'est grâce à Hamza que j'avais commencé la boxe, et il était rare que je vienne à la salle sans lui.

– Tu n'es pas au courant ?

Il a pas eu besoin de répondre. Les nouvelles circulaient vite dans le quartier. Il a ramassé une paire de gants rouge vif, qui traînait sur une chaise, et me l'a lancée.

J'ai tapé sur le sac comme un teubé jusqu'à ce que le coach calibre mes coups. Il m'a demandé de bien allonger mon gauche. Puis il a mis les pattes d'ours et on a travaillé la précision et l'esquive. Au bout d'une demiheure, il m'a stoppé.

– Tu progresses vraiment bien.

– On peut continuer, je ne suis pas fatigué, j'ai râlé.

– Gardes-en un peu sous le coude. Tu risques d'en avoir besoin...

Avant que je parte, il m'a filé un tas de feuilles. Le dossier de candidature pour le Pôle France Jeunes à Nancy.

– Tu dois finir de le remplir, il a dit.

– On en a déjà parlé, c'est pas pour moi, ce genre de truc.

Quand Driss avait une idée en tête, il ne lâchait rien.

– Tu as le profil : t'es bon en classe et doué pour ce sport.

J'ai regardé le logo de la FFB. Hamza m'avait déjà parlé de ce pôle. C'était un rêve pour lui depuis qu'il avait franchi la porte du club. J'ai demandé à Driss s'il lui avait aussi donné le dossier.

– C'est pas tellement le moment.

Mais il a eu un regard si fuyant que je me suis dit qu'il y avait une autre raison. Hamza était un killer en boxe, mais il était souvent ingérable. Il explosait dans des colères qui ne duraient pas mais qui faisaient mal.

– En tout cas, Hamza et toi, vous pouvez venir quand vous voulez. Je te fais confiance, ne la perds pas...

Driss m'a glissé une clé dans la main. Ça m'a scotché parce que la salle était son territoire. Personne, pas même Tico, ne pouvait y pénétrer sans lui.

J'ai observé la clé d'un métal bleu. Elle brillait comme les escarpins que portait Zineb, la veille. Le coach m'a sorti de cette pensée glauque en me demandant :

– Si jamais tu croises Sublime, dis-lui que je veux le voir.

– Tu vas l'aider à passer en Angleterre ?

Driss a froncé les sourcils. Il n'aimait pas ce genre de question. Je suis parti sans avoir eu de réponse.

J'ai marché dans le quartier désert. C'était l'heure de rentrer, l'heure de bouffer, mais j'avais envie ni de l'un ni de l'autre. J'habitais pas dans un immeuble mais dans un des petits pavillons au large des tours. Je me suis fait emmerder tout le collège avec ça. Il paraît que c'est les riches qui peuvent se payer ce genre de maison. Sauf que depuis que ma mère s'était barrée, mon père avait beaucoup de mal à boucler les fins de mois. Et puis, c'était une maison mitoyenne avec des cloisons aussi fines que du papier à cigarette. On entendait la télé de la voisine d'un côté et la roue du hamster de la gamine de l'autre. On était même pas propriétaires... Les tours, c'est mieux : y a qu'à descendre pour retrouver les potes en bas.

Je me suis posé sur le toboggan cassé que la mairie venait jamais réparer. Le plastique était fendu dans toute sa longueur. Avec Hamza, avant, quand on était gamins, on s'amusait toujours à le descendre de toutes les façons possibles. Une fois, j'avais voulu faire mon malin et je l'avais dévalé en courant. Comme il pleuvait, j'avais glissé, et je m'étais envolé direct. Un vol plané qui m'avait fait atterrir durement sur le sol. Tous mes os s'étaient entrechoqués. Mes dents avaient claqué plusieurs fois d'affilée, j'ai cru que ça s'arrêterait jamais. Hamza se marrait. Mais j'étais resté allongé par terre un bon moment, à gémir sans pouvoir me relever. Au final, il avait été chercher ma mère. Elle était infirmière, mais dans la tess, tout le monde l'appelait « Doc ».

J'ai sorti de ma poche la liasse de feuilles que Driss m'avait refourguée. Il avait déjà rempli les cases concernant mon parcours sportif, le nombre de mes combats, défaites et victoires. Les chiffres parlaient pour moi et j'aurais dû en être fier, sauf que la page suivante concernait les parents. L'idée de devoir donner des infos sur ma mère m'a complètement glacé. Depuis qu'elle était partie, dès qu'on y faisait allusion, de n'importe quelle façon, c'était genre jab en plein cœur. Ça faisait plus mal qu'un vrai, alors je préférais éviter.

Et puis, Nancy, c'était loin ! Quasiment à l'autre bout de la France. Le bout du monde, quoi ! Mais c'est quand j'ai vu le montant de la formation que j'ai définitivement pensé que Driss était fou. Jamais mon père n'aurait les sous pour me payer ce genre de truc. Et emprunter de l'argent revenait à mendier. C'était pas le style de ma famille. Driss agitait des rêves que je ne pouvais pas me permettre. J'ai serré le poing, les feuilles se sont ratatinées dedans. En les froissant, je les ai fourrées dans ma poche. De toute façon, Sublime arrivait et je voulais pas donner d'explications.

– Driss veut te voir, j'ai dit, en guise de salut.

Quand, il y a six mois, j'avais trouvé Sublime derrière le club de foot, recroquevillé sous le robinet d'eau extérieur, c'est Driss que j'étais allé chercher. Depuis, le coach se sentait responsable et se démenait pour l'aider. C'est lui qui lui avait trouvé une place en foyer. Et à présent, c'est lui qui allait lui permettre de réaliser son rêve : passer la dernière frontière ! Je comprenais pas tellement pourquoi le coach s'impliquait autant. Des migrants, il y en a tellement ! Pourquoi Sublime ? Au final, peut-être que même Driss ne le savait pas lui-même.

Sublime avait l'air malheureux à bouffer des pierres. Il a hoché la tête, comme pour dire qu'il verrait ça plus tard. On a squatté là un moment, Sublime en haut, moi en bas. Il regardait l'horizon, moi la poussière.

– J'ai envie de dégueuler, il a dit à voix basse.

J'ai raclé la poussière avec mon talon.

– J'ai déjà eu envie de dégueuler, il a continué. Mais pas comme aujourd'hui... Aujourd'hui, c'est... comme si j'allais vomir du sable. Ça écorche à vif. À l'intérieur...

Sublime parlait pas beaucoup, mais à chaque fois qu'il le faisait, il tombait pile. Ses mots étaient comme des briques parfaites dans le mur de la conversation. Là, il mettait une image exacte sur ce que je ressentais depuis ce matin, et que je n'avais pu exprimer correctement. Il n'y avait rien à ajouter. Notre silence s'est rempli de bruits et de chagrin, à mesure que la nuit tombait. J'ai frissonné, presque un tremblement. Le corps de Zineb reposant sur un lit de bitume, les marques rouges sur son cou comme un collier sale, ses pommettes tuméfiées, égratignées, ses pieds nus, la chaussure bleu paillette à côté d'elle. Ses cheveux noirs griffant son visage. Ses grands yeux fixes. Son rire perdu.

~

Quand je suis rentré, mon père était assis à table devant une assiette remplie de poisson pané. Il ne bouffait quasiment que ça. Une odeur de vieille graille, de poiscaille et de clope flottait continuellement dans l'appart. Rien n'avait bougé depuis le départ de la daronne. Même le dernier magazine qu'elle avait lu était posé avec l'inclinaison qu'elle lui avait donnée en le jetant sur la table basse. Au cas où elle reviendrait. Après huit mois, on attendait encore. Un coup de fil, un mail, un SMS, un signe... N'importe quoi... On ne savait même pas si elle était morte ou vivante. Et je me suis demandé si, peut-être, par hasard, quelqu'un l'avait trouvée sur un trottoir, quelque part. Autre part.

– Tu en veux ? Je t'en ai pas préparé parce que je ne savais pas quand tu allais rentrer.

Mon père mangeait en regardant la télé sans le son. En fait, la télé était tout le temps allumée, c'était même la seule lumière dans l'appart.

– T'inquiète, j'ai déjà mangé.

– Tu me dis ça tout le temps.

Mon père a toujours été vieux. Et depuis qu'on n'est plus que tous les deux, il l'est encore plus. Ses rares cheveux sont d'une blancheur terrifiante, et il porte des gilets marron été comme hiver.

« Sors ! je lui disais, parfois.

– Pour aller où ?

– Chais pas... Ailleurs.

– Ailleurs, c'est pareil. »

Alors, il continuait de vivre sous les spotlights de la télé en bouffant du poisson qui n'en était pas vraiment.

– J'ai pas faim, de toute façon. J'ai un peu la gerbe.

Il a grogné un truc sur les repas équilibrés.

– Ça doit être ça, j'ai murmuré, en lorgnant son assiette.

J'ai failli lui parler de l'idée de Driss de me faire candidater au Pôle France Jeunes, mais une fois de plus, devant la figure complètement à la ramasse de mon père, je suis parti m'enfermer dans ma chambre.

Sur mon tél, j'ai tapé le nom de Zineb, mais aucun site d'information ne parlait d'elle. J'ai regardé des photos sur son Insta. C'était dingue de la voir, là, les yeux brillants, souriant à pleines dents, des oreilles de lapin ou une couronne de fleurs sur la tête. Ou faussement sérieuse, un stylo dans la bouche pour faire genre qu'elle bossait.

Ou avec Joyce et Khedima, les trois visages réjouis de déborder du cadre. J'arrivais pas à croire qu'elle était morte. Je pensais qu'en descendant la rue, j'allais la trouver dans la cage d'escalier de son immeuble, en train de bavarder avec Joyce et Khedima. Je lui dirais : « Ben, je croyais que tu étais morte ! » et elle me répondrait en riant : « Mais non, c'était juste une blague. » Tout ça me broyait le bide.

Je ne parvenais pas à m'empêcher de réfléchir à qui pouvait l'avoir butée. Mon cerveau s'arrêtait jamais, ça devenait fatigant. Il fallait absolument que j'interroge Joyce sur ce qu'elles avaient fait la veille au soir. Forcément, elle savait quelque chose. J'ai maté la story de Joyce, histoire de glaner une info. Les filles prenaient des selfies à tour de bras, ça me donnerait peut-être une indication sur le lieu où elles étaient. C'est fou comme une photo peut avoir des trucs à dire... J'ai rien trouvé. Alors, j'ai cherché les selfies de nous deux qu'elle avait postés quand on était ensemble. Il n'y en avait plus un seul. Elle avait tout viré. Je pensais en avoir rien à foutre mais j'ai senti une douleur dans ma poitrine. Une crampe au cœur. Putain, je détestais ce genre de truc.

2

Sur le ring

Sans leur ressemblance physique, on aurait jamais pu deviner qu'Hamza et Zineb étaient de la même famille. Zineb était réservée quand son frère était un vrai vantard, elle était populaire quand son frère se mettait tout le monde à dos, et souvent à une vitesse record. Il avait le truc pour les embrouilles, à croire qu'il les attirait.

Le lendemain matin, il m'attendait en bas de chez lui, sautillant, incapable de rester en place, la bouche tordue par un rictus nerveux.

– J'espère que tu m'as pas fait lever si tôt pour rien.

– T'inquiète. Tu vas kiffer.

Hamza a pigé trois cents mètres plus loin et il a ricané aussitôt.

– On va à la salle. Je suis sûr qu'on va à la salle, on va à la salle, hein ?

Souvent, Hamza répétait les trucs en boucle.

Sublime, qui venait de nous rejoindre, m'a lancé un regard dépité. Il n'aimait pas trop Hamza, et boxer, il voyait pas l'intérêt. J'avais beau lui expliquer la beauté du sport, il rigolait.

« Je me suis toujours débrouillé, il disait. C'est pas maintenant que je vais avoir besoin de mes poings. »

Hamza remontait son jogging sur ses hanches, un tic qu'il avait souvent.

– C'est ça ta surprise, mec ? T'appelles ça une surprise ? C'est naze comme surprise.

J'ai fait comme si j'entendais pas, ce qui a énervé Hamza.

– C'est fermé, en plus, trou de balle ! C'est dimanche !

– Ta gueule, j'ai grondé. Fais-moi confiance.

– Ma sœur se fait tuer et toi, la seule chose que tu trouves, c'est de m'emmener à la salle où je m'entraîne deux fois par semaine, et en plus un dimanche quand c'est fermé ? a balancé Hamza, alors que je fouillais ma poche pour trouver la clé.

Ça me démangeait de lui décocher une bonne droite, mais je ne comptais plus le nombre de fois où j'avais eu envie de le défoncer. Hamza pouvait être tellement chiant que ça en était dangereux pour les phalanges. J'ai tourné la clé et j'ai flanqué un coup de pied dans la porte.

À peine éclairé, entouré d'un silence inhabituel, le ring devenait un écrin pile à notre dimension.

– J'y crois pas ! Driss t'a laissé les clés du royaume, a murmuré Hamza.

C'est comme s'il redécouvrait l'endroit. Faut dire que l'espace, ainsi désert, semblait plus vaste, plus impressionnant. On circulait sans avoir besoin de vérifier ses arrières, sans risquer de se prendre un coude dans l'œil ou dans les côtes. Et pas besoin d'attendre pour taper dans un sac ! On pouvait même cogner sur celui de gauche, puis de droite, si on voulait !

– Putain, c'est classe...

C'était cool de le voir sourire, même si c'était rien qu'une ombre. On a enfilé nos gants tandis que Sublime se laissait tomber sur un banc du vestiaire. Il m'a taxé mon portable. Il s'était fait voler le sien par les mecs du foyer. J'aurais été infoutu de savoir à qui il écrivait. Il effaçait ses traces plus sûrement qu'un assassin en cavale.

– Au fait, tu te souviens ? Driss m'a dit qu'il voulait te voir, j'ai dit en lui tendant une paire de gants qu'il a refusée.

Il n'a même pas levé la tête de l'écran. J'ai eu beau lui dire qu'il pouvait pas rater l'échauffement, il textotait à toute vitesse. S'il avait pu être aussi rapide avec ses poings !

Sur le ring, Hamza a levé les bras au ciel, comme s'il était un champion prêt à disputer le plus grand match de sa carrière. Il devait entendre les clameurs du public, il avait l'air complètement parti dans son délire.

– Faut s'échauffer d'abord, j'ai conseillé.

Il a tapé quatre ou cinq fois dans le vide, en sautillant sur place.

– C'est bon, je suis prêt.

Je me suis mis en garde. Il a envoyé une bonne droite que j'ai esquivée. Et j'ai évité un crochet. Je le laissais venir. On s'observait, lui cherchait où ma garde était faible, moi je me demandais ce que ça faisait de perdre une sœur. Il aurait peut-être mieux valu que ce soit un de ses frères qui meure. Il en avait trois. Et s'il fallait donner un nom, j'aurais dit Icham, l'aîné. Il était devenu terrible depuis quelque temps. Quand il te regardait, ses yeux couleur cafard semblaient fouiller tous les placards de ton cerveau. Rayan l'imitait aussi sec, ce qui faisait que deux paires d'yeux noirs se braquaient sur toi. La dernière fois, ils avaient dégoupillé quand ils nous avaient surpris en train de jouer à la play. Au début, on n'avait pas compris avec Hamza. On avait cru qu'ils plaisantaient quand ils avaient commencé à nous faire la morale. Parce que Icham et Rayan adoraient nous mettre une raclée à NBA 2K. Mais cette fois-là, ils avaient dédaigné les manettes et nous avaient traités de nains débiles asservis aux Américains.

« Asservis ? Hé, les gars, vous devriez pas dire des mots que vous savez pas écrire », j'avais lancé en rigolant.

Mais les frères d'Hamza n'avaient pas ri avec nous. Et pendant un court instant, on avait bien cru qu'ils allaient dézinguer la play par la fenêtre.

Soudain, Hamza a envoyé du lourd et m'a décoché un coup, genre obus en pleine face. Une douleur fulgurante a fait le tour de ma tête.

– Putain, tu m'as pété le nez.

– T'étais pas concentré...

Des gouttes de sang s'écrasaient sur le ring, pile sur le logo dont Driss était si fier. J'ai filé aux lavabos. Je pissais le sang, si bien que j'ai mis un temps fou à me laver, à me bourrer le pif de PQ. Je me suis regardé dans la glace. Avec mes bouts de PQ dans les narines, on aurait dit un morse. Mon nez écrabouillé virait au bleu. Soudain, le visage abîmé de Zineb s'est incrusté à la place du mien.

J'ai pressé mes mains contre mes yeux pour le faire disparaître. Et si c'était Icham et Rayan qui avaient tué Zineb ? Les frères étaient guedins avec leur sœur. Je peux pas juger, j'en ai pas, mais des fois, quand j'entendais Icham et Rayan, je me demandais s'ils parlaient d'un membre de leur famille ou d'une pièce de collection. Ils lui interdisaient tout, de sortir, de boire, de fumer, de discuter, de s'habiller soi-disant comme une pute, mais rien qu'un legging sous un short leur faisait péter un câble. S'ils avaient pu lui interdire de respirer, sûr qu'ils l'auraient fait.

Je me suis agrippé au lavabo. J'ai essayé de me raisonner. Seulement, mon imagination s'est enflammée. Peut-être que dans la soirée, ils avaient appris que Zineb n'avait pas dit toute la vérité, qu'au lieu de la pyjama party prévue chez Khe, elle traînait en ville avec Joyce... C'était carrément un truc à les faire vriller, mais... de là à la tuer ?...

– Qu'est-ce que tu fous, mec ? Tu fais ta gonzesse ou quoi ? m'a demandé Hamza en passant la tête par la porte. Ça fait une plombe que t'es dans les chiottes.

J'étais aussi blanc qu'un toubab.

– T'es sûr que ça va ? On dirait que tu viens de chier un Dark Vador.

– Tu m'as bousillé le nez, j'ai râlé, en y enfonçant un dernier bout de PQ.

– T'avais qu'à être concentré. Driss dit toujours : « Sur le ring, même quand tu ne combats pas, tu combats ! »

– J'ai jamais compris cette phrase...

– Bien sûr que si ! C'est toi le plus intelligent, ici...

– Arrête avec ça...

Hamza avait été orienté en STMG, et moi en général. Mais ça n'avait rien à voir avec l'intelligence, en vrai. Juste qu'il ouvrait tout le temps sa gueule avec les profs.

– Tu sais, je ne suis pas étonné que toi, tu aies trouvé Zineb.

Les oiseaux ont de nouveau envahi mon crâne. Le bruit de leurs cris et de leurs ailes déchirait le ciel, à essayer de couvrir l'alarme de la bagnole. Je me suis adossé au mur et je me suis laissé glisser par terre. Hamza me regardait bizarre. Puis, il s'est assis à côté de moi, sur le carrelage.

– C'est l'enfer à la maison, sans elle, il a soufflé, comme si ça lui échappait.

Je n'ai pas bougé. C'est un truc, je crois, pour pas bloquer les confidences.

– La porte de sa chambre reste fermée. Et pourtant, je sens comme un courant d'air froid chaque fois que je passe devant.

Zineb était la seule de la famille à avoir sa propre chambre. Hamza partageait la sienne avec Bouli, Icham et Rayan étaient inséparables.

– Elle est morte toute seule, sur un trottoir en pleine nuit... Il faut que je trouve l'enfoiré qui a fait ça.

Sa tête s'est enfoncée dans ses épaules. Sur le coup, il ressemblait à mon père. Vieilli trop vite. Je savais pas quoi dire. Il y avait trop d'oiseaux qui hurlaient dans ma tête.

– On se gèle le cul, a fait Hamza en se levant, parce que le silence devenait trop pesant. On va aller manger. J'ai pas faim, mais Sublime crève la dalle.

C'était pas un scoop. Sublime mangeait tout le temps. Vite et beaucoup. Il avait comme un gouffre à rattraper. Il mangeait n'importe quoi et à n'importe quelle heure du jour ou de la nuit. Il cuisinait aussi. Avec trois fois rien. Un jour où je pensais à la daronne et où j'avais tellement fumé que mes yeux étaient embués de beuh, il m'avait emmené au foyer. J'aimais pas cet endroit, je ne savais plus pourquoi j'avais accepté de le suivre, je ne voulais pas rester. D'une voix pâteuse, j'avais tenté de lui expliquer que j'avais pas faim et qu'il fallait que je parte. La beuh bourrait mon crâne de coton fumeux, je planais, nauséeux, mal à l'aise. Depuis que ma mère s'était barrée trois mois plus tôt, je faisais que ça : fumer. Je n'allais plus en cours. Je ne mangeais quasiment pas. Je dormais à peine. Mes journées passaient, grises et aussi inconsistantes que le nuage épais qui se formait au-dessus de ma tête et me suivait partout. Mais Sublime avait été intraitable. Il m'avait désigné son lit où m'asseoir, avant de sortir d'un placard un réchaud, du genre qu'on utilise pour faire du camping. Du coup, j'avais obéi. Je m'étais assis. J'avais attendu, sans rien faire d'autre que de regarder le lit en face et d'entendre le chuintement du gaz et le son mat de la cuillère en bois contre la casserole. Soudain, des odeurs parfumées avaient empli la piaule. Elles avaient chassé le nuage gris et la nausée. Et quand Sublime m'avait tendu un bol, dans lequel trônait un œuf avec en dessous des poivrons et des trucs qu'on appelait des fèves, je m'étais rendu compte que j'avais terriblement faim. Aussitôt, j'avais plongé ma fourchette dans ce plat aux couleurs rasta. C'était délicieux, fondant, doux et relevé comme il fallait. Ça ne ressemblait à rien de ce que j'avais goûté auparavant. L'espace d'un instant, j'avais oublié ma mère. On avait mangé en silence, ce genre de silence tranquille qui surgit quand on est juste bien ensemble.

~

La porte du kebab s'est ouverte d'un coup alors que j'avais la main sur la poignée. Je l'ai prise en plein dans le pif. Je me suis remis à saigner.

– Excusez-moi, je vous ai fait mal ? Laissez-moi regarder, a dit un type frisé d'une quarantaine d'années, que j'avais jamais vu dans la cité.

– Vous êtes médecin ?

Hamza bombait le torse et toisait le mec. Avec son mètre quatre-vingt-dix et ses épaules taillées par la boxe, il en imposait. Le type a pris peur et s'est barré fissa. On est rentrés dans le kebab, moi la tête en arrière. Sublime a pris un tas de serviettes pas plus épaisses que le smic, sur le comptoir devant la caisse, et je me suis tamponné le visage. La douleur affluait par à-coups.

– C'est qui celui-là ? a demandé Hamza à Amin qui découpait des lamelles de viande si fines qu'on aurait dit qu'elles n'avaient qu'une face.

– Un journaliste, à ce qu'il a dit.

– Qu'est-ce qu'il voulait ?

Amin a baissé son couteau, mais il ne s'est pas retourné vers nous. Il bougeait plus, aussi droit et raide qu'un Mr. Freeze. Derrière la vitrine réfrigérée, la salade, les tomates, les oignons découpés et les carottes râpées, bien en place dans leurs bacs en alu, semblaient jaunir. Sur sa broche, la viande grésillait.

– Il voulait quoi ? a insisté Hamza.

– Des infos sur ta sœur, a murmuré Amin.

J'ai cru que la vitrine allait voler en éclats. Mais le poing d'Hamza s'est arrêté à quelques centimètres du carnage.

– T'as dit quoi ?

– Rien. Y a rien à dire, de toute façon…

Amin avait raison. Zineb était une fille sans histoires. Pas de clope, pas d'alcool, pas de drogue, pas de mec. Elle récoltait les bonnes notes, instagrammait avec ses copines, se préparait, sans se fouler, à la demi-finale du concours d'éloquence. Qu'est-ce qu'il cherchait, l'autre ? À faire le buzz, tout ça parce que c'était la cité, et que c'est toujours vendeur de nous montrer violents ? J'ai jeté mes serviettes en papier rougies dans la poubelle, et soudain, je me suis rendu compte que je ne savais rien de plus sur elle. J'avais beau la connaître depuis perpète, connaître ses parents, ses frères, ses meilleures potes, et même, cette année, être dans sa classe, en fait, je savais pas grand-chose. Elle était douée en français, elle participait à ce concours, mais à part ça, que dalle. En vrai, on se côtoyait de loin, seulement : « Salut, ça va, merci, c'est quoi les exos à faire pour le cours de français, super, bonsoir. » Sur Insta, elle postait des selfies avec ses copines, pour se marrer, et quelques photos de plats que sa mère cuisinait. Même si je likais tout le temps, ça voulait pas dire qu'on était proches. Tout le monde likait Zineb...

– Comme d'habitude ? a demandé Amin, l'air fatigué.

On a hoché la tête et on s'est assis autour d'une table si petite que nos genoux se touchaient. Sublime détestait ça, il se ramassait le plus possible.

– Qu'est-ce qu'elle faisait, ta sœur ? j'ai demandé à Hamza, alors que j'essayais de bouffer sans réveiller la douleur dans mon nez.

– Quoi, qu'est-ce qu'elle faisait, ma sœur ? il a grondé, encore vénère que l'autre con de journaleux vienne fouiner ici.

J'étais habitué au ton hargneux d'Hamza. Et de toute façon, quand j'avais envie de savoir un truc, j'étais comme un bouledogue qui mord dans un mollet. Je lâchais pas facilement.

– Ben, quand elle était pas en cours, elle faisait quoi ? Genre... sur son temps libre ?

– C'est quoi cette question pourrie ? Tu fais comme le journaleux, c'est ça ?...

De la sauce samouraï dégoulinait sur mon menton. C'est impossible de bouffer un kebab sans s'en foutre partout.

– Pourquoi tu demandes ça, là... maintenant ?

Il mâchait bruyamment. Ses yeux lançaient des éclairs. Sublime, qui détestait le conflit, faisait un sort à son kebab, sans lever la tête.

– Elle allait en cours et après elle rentrait à la maison. Elle traînait pas, si tu veux savoir, a craché Hamza.

– Oui, mais... des fois, elle avait bien le droit de sortir, non ?

Hamza a reposé lentement son kebab sur la table. On sentait que se maîtriser lui demandait beaucoup d'énergie et d'attention.

– De quoi tu parles ?

– Elle aimait forcément des trucs, non ?

– Ta gueule ! On parle plus de ma sœur, OK ?

Hamza avait monté le son. Peut-être qu'il s'énervait parce qu'en fait, il savait que dalle. Parfois, la famille, c'est des étrangers. Et parfois, les étrangers, c'est la famille. J'aurais volontiers échangé mon père contre Sublime.

Hamza allait ajouter un truc, quand son portable a sonné.

– Faut que j'y aille, il a dit, après avoir consulté son tél d'un rapide coup d'œil.

Il s'est barré. D'un geste sûr, Sublime a raflé le sandwich qu'il avait laissé sur la table, à peine entamé.

Après ça, Sublime et moi, on s'est posés sur le toboggan cassé du square. Il faisait beau encore. Il n'y avait pas d'oiseaux dans le ciel, sauf quelques corbeaux. Rien à voir avec hier. Le monde avait changé en un quart de seconde. Il y avait un avant et un après. J'ai regardé mes mains, j'avais des fourmis dans les doigts, et grave l'impression qu'elles allaient m'envahir. J'ai taxé une clope à un gars qui passait. Le type était pressé et m'a lâché la cigarette sans réclamer de thune en échange. J'ai sorti un bout de shit de ma poche.

Sublime m'a pris le joint et a tiré très fort dessus. Alors, je me suis souvenu du jour où je l'avais trouvé derrière le club de foot. Il n'avait plus que la peau sur les os. Au milieu de son visage émacié, ses yeux ressemblaient à deux pirogues sur le point de s'enfoncer dans des eaux sombres. Il était trop faible pour marcher. J'avais appelé Driss qui m'avait envoyé chez Amin. Sublime avait englouti l'énorme kebab en moins de deux. Pour dégueuler tout aussitôt. Paraît qu'il faut manger très doucement quand on est affamé, mais je ne le savais pas. Un truc que ma mère aurait pu me dire, si elle avait été encore dans les parages...

Les jours suivants, Driss s'en était occupé comme un père. Il avait négocié avec le président du club de foot.

Sublime avait pu rester dormir sur le canapé du club-house le temps qu'on lui trouve une place en foyer. Il a tout de suite détesté le foyer. Il partageait une piaule avec quatre mecs d'à peine deux ans de plus que lui, et parce que c'était la tradition que le plus jeune fasse la cuisine pour tous, il était traité moins bien qu'un larbin. Pour avoir un peu de répit, il venait dormir à la maison. Il adorait mes Krispies qu'il bouffait à longueur de temps.

Une nuit, il m'avait carrément réveillé avec le bruit de ses céréales.

« Faut mettre du lait, j'avais marmonné dans le noir.

– Y en a plus », avait-il répondu, avant de se marrer, la bouche pleine.

Au bout d'une dizaine de fois où Sublime avait squatté ma chambre et vidé tous les paquets de Krispies achetés par pack de six pour faire des économies, mon père avait dit qu'il était pas l'Aquarius. J'avais rétorqué que mon pote était pas chiant, qu'il venait juste dormir, et qu'il ne l'empêcherait pas de bouffer son poisson pané tous les soirs à vingt heures. Aussitôt, le vieux avait fait semblant de s'étouffer avec une arête.

~

Hamza est passé à l'autre bout du square, et il a fait semblant de ne pas nous voir. Il était avec la bande à Momo. Il était le seul à ne pas porter de sweat à capuche, tous les autres cachaient leur tronche. Ils avaient raison, ils étaient moches. Certains étaient clean, d'autres avaient déjà fait de la prison, mais le boss, c'était Momo. À vingt-cinq ans, il bichait avec quatre condamnations à son actif. Il portait une grosse chevalière au majeur droit qu'il embrassait dès qu'il jurait de dire la vérité et rien que la vérité. En vrai, il trafiquait tout le temps, sur n'importe quoi, et il était très fort pour t'entraîner dans ses combines. J'en savais quelque chose.

Hamza devait vriller sévère pour redevenir pote avec Momo. C'était bien le dernier truc à faire...

– La mort, c'est rien que des emmerdes, j'ai soupiré, en pensant qu'Hamza n'aurait jamais fait une nouvelle fois confiance à Momo si Zineb avait été encore en vie.

– Parce que la vie, c'est quoi d'autre ? a demandé Sublime.

Puis, c'est Joyce et Khe qu'on a aperçues. Elles marchaient d'un pas vif, elles avaient l'air de se disputer. Il y avait cette tension dans leurs corps, la même qu'on remarquait sur le ring, au début du combat. Soudain, Joyce a fait un grand geste, il y a eu quelques éclats de voix inaudibles. Khe s'est alors détournée et, tête basse, s'est enfoncée entre les tours, tandis que Joyce venait vers nous. Aussitôt, Sublime a sauté du toboggan. Il n'était pas du genre à taper l'incruste. Il a disparu en moins de deux... Je l'ai pas retenu. J'avais des questions à poser à Joyce et je préférais qu'on soit seuls.

Habillée simplement d'un jean moulant et d'un tee-shirt blanc, elle était splendide malgré les cernes de chagrin qui lui dévoraient les joues. Elle me subjuguait, comme si je la voyais pour la première fois. Cette fille était une bombe et c'était seulement maintenant que je le remarquais. Comme si la disparition de Zineb lui laissait toute la place. J'ai chassé cette idée étrange, je me suis dit qu'avant j'avais de la merde dans les yeux. Elle s'est assise à côté de moi, sur le toboggan cassé. Sa cuisse à quelques centimètres de la mienne.

– C'est la boxe ou tu t'es pris une porte ? elle a demandé, en faisant allusion à mon nez déglingué.

Elle avait cette belle voix grave et mélodieuse à la fois.

– Les deux...

– Tu cumules ?

– On peut dire ça comme ça.

Elle a posé sa tête sur mon épaule. Et j'ai plus pensé qu'à son corps près du mien, qui irradiait de tristesse.

– J’arrête pas d’y penser, elle a dit. Ça fait mal, un truc de malade.

Il y a eu un silence après, le genre de silence merdique où personne ne sait trop quoi dire. J’étais pas franchement doué pour consoler les gens, surtout les filles. Dans ma tête, j’essayais de formuler ma première question pour qu’elle soit la moins brusque possible, mais impossible. Tous les mots sonnaient durement.

– Demain, le lycée, je pourrai pas, a soufflé Joyce.

J’avais complètement oublié le lycée. Faut avouer que ça m’arrivait souvent le week-end. En général, le lycée tombait dans un trou noir le vendredi soir. Pour n’en sortir que le lundi matin, à cause de mon père. Il détestait que je traîne dans ses pattes, alors il était réglo sur les jours et les horaires.

– Sa chaise. Vide.

Elle avait raison. L’absence de Zineb allait être terrible. Ne plus entendre son rire. Elle avait un rire hyper sonore. Genre percutant. On savait où elle était rien qu’à son rire.

– Est-ce que les profs vont savoir ? Est-ce qu’ils vont dire quelque chose ? à chaque début de cours ?

J’en savais rien mais je me doutais qu’il y aurait un truc. Dans ce genre de cas, le malheur est plus vif qu’une langue de vipère.

– Tu crois qu'ils vont faire une minute de silence ? comme pour les attentats de Paris ? Ça devrait, non ? Enfin, je veux dire…

Elle a passé une main sur ses joues, écrasant au passage les larmes qui perlaient à ses yeux.

– T'as qu'à sécher, j'ai fait.

Elle a serré les lèvres en secouant la tête.

– Ma mère va me défoncer, si je sèche. Elle veut tellement que je décroche le bac…

Au Bénin dont elle était originaire, Bila, la mère de Joyce, était médecin. En France, son diplôme n'étant pas reconnu, elle torchait des vieux à la maison de retraite. J'ai pris une grande inspiration, étrange comme il faut du courage pour dire une phrase, juste une petite phrase de rien du tout, et je me suis lancé.

– Qu'est-ce qui s'est passé vendredi soir ?

– Sérieux ? Tu me demandes ça, a fait Joyce, dégoûtée que je mette ce sujet maintenant sur le tapis. Pourquoi tu veux savoir ça ?

– Je vous ai vues, tu te souviens ?

– Évidemment que je me souviens. Tu nous as matées grave…

Elle m'a lancé un bref regard, un moment je l'ai crue en panique. Mais tout aussitôt, elle m'a raconté qu'elles avaient été manger au kebab, chez Amin, que Momo avait même essayé de draguer Zineb, qu'il s'était pris un vent monumental, et qu'elles avaient rapporté un kebab à Khedima. Il y avait même des taches de sauce et de gras sur sa couette parce qu'elle l'avait englouti dans son lit.

– Vas-y, quelle sauce, le kebab ?

– Blanche, pourquoi ? Khedima n'aime que la sauce blanche.

Je ne l'imaginais pas choisir autre chose. Cette fille était tellement fadasse, ses goûts culinaires étaient à son image.

– Mais qu'est-ce qu'il s'est passé après ?

– On a discuté et on s'est endormies...

– C'est bidon, ton truc. Tu as dit à Malika que Zineb avait reçu un texto dans la nuit et qu'elle était sortie après ça.

Joyce a fait non de la tête.

– C'est pas moi. C'est Khe. Moi, je dormais. J'ai rien entendu.

Elle s'est collée un peu plus à moi, j'ai senti ses seins contre mes côtes. Et puis elle a dit :

– C'est trop dur, tout ça... Je ne veux plus en parler...

Son ton était si plaintif que je l'ai serrée dans mes bras. Je voulais pas qu'elle pleure de nouveau.

Il a commencé à faire froid parce que le soir tombait. C'est toujours comme ça avec l'été indien, le soir, c'est traître.

– J'ai pas envie de rentrer chez moi tout de suite, a murmuré Joyce.

On pouvait pas rester là. Je me suis levé et je l'ai prise par la main. Celle à qui il manquait un doigt. Joyce s'est laissé faire...

– Viens, j'ai une idée, j'ai dit d'une voix forte.

On a marché côte à côte sans rien dire. Sa main dans la mienne m'a fait du bien, même mutilée, elle restait chaude, vivante. C'était la première fois qu'elle acceptait. Comme si cela n'avait plus d'importance. La mort de Zineb recouvrait tout ça.

– La salle de boxe ? elle a demandé, étonnée mais presque amusée.

– C'est un endroit magique. Tu vas voir... Je vais te prêter des gants et tu vas cogner le sac.

– Regarde ton pif ! Tu as vu dans quel état ça t'a mis !

– Je te jure, ça va te faire du bien... Ça défoule grave !

J'ai fouillé mes poches pour attraper la clé. Elles étaient vides.

– Tu vas adorer, je suis sûr ! j'ai dit en cherchant dans mes poches arrière.

Mais il n'y avait pas de clé, là non plus.

– Merde, où j'ai bien pu la mettre ?

Driss allait m'étaler si je lui annonçais que j'avais perdu la clé. Joyce a attendu un peu que je fouille de nouveau mes poches, puis elle m'a regardé comme si j'étais un loser.

– Laisse tomber, va...

Quand elle m'a tourné le dos, j'ai eu l'impression d'avoir raté un truc qui reviendrait jamais.

~

Dès que j'ai ouvert la porte de chez moi, l'odeur de poisson pané a tout de suite agressé mes narines qui n'avaient pas besoin de ça. Mon nez était déjà dans un sale état. J'ai évité la cuisine, mon père et son assiette, ses questions au sujet de mon pif. J'ai campé dans la salle de bains, mon nez ressemblait maintenant à un groin de cochon. Et c'était rien comparé à ce qui m'attendait si je ne retrouvais pas cette foutue clé ! Driss ne rigolait pas, ni avec la salle ni avec les affaires qu'il prêtait. Je me suis repassé la scène image par image. Malgré la douleur qui perturbait mon cerveau, je me souvenais bien avoir fermé la porte et avoir glissé la clé dans la poche arrière de mon jean. C'est dans la nuit, réveillé en sursaut, que j'ai pigé.

3

Renvoyé dans les cordes

Parfois, le quartier au petit matin, c'est un bijou. D'abord, il y a un petit air frais qui fait du bien, et le soleil, qui ressemble à une montre de luxe, éclabousse les immeubles. Mon nez était encore gonflé et violacé mais il me faisait beaucoup moins mal. Je n'ai eu qu'à pousser la porte de la salle de boxe, elle n'était pas fermée à clé. Preuve que, malgré mon pif éclaté, j'avais encore du flair.

– Sublime ?

Pas de réponse. Peut-être qu'il dormait encore. J'ai été jusqu'au vestiaire. Personne. Sur le banc, il y avait une enveloppe fripée avec mon nom inscrit. Dedans, la clé de la salle de boxe qu'il m'avait piquée pour y dormir une dernière nuit, et une feuille pliée en deux.

Il me demandait d'aller fouiller la planque. *Quelque chose pour toi*, écrivait-il. J'ai fourré direct le papier dans ma poche.

Il y avait une cachette dans le mur, que je lui avais montrée après le vol de son portable. Ça lui avait servi à l'occase. J'ai enlevé les deux carreaux de faïence qui masquaient le trou et j'ai plongé la main dedans. J'ai senti un truc bizarre, ni doux ni rugueux, avec une drôle de forme, pointue et ronde à la fois. Je l'ai attrapé. Et quand j'ai vu ce que c'était, je me suis retrouvé sur le cul. Dans la lumière froide des douches, sur le carrelage un peu crade et cassé, l'escarpin à paillettes de Zineb ressemblait à un paquet de viande sur lequel se seraient agglutinées une quantité de mouches bleues. Un bourdon assourdissant a résonné à mes oreilles. J'ai frissonné, et je suis resté à fixer cette putain de chaussure. Pourquoi... Comment l'avait-il eue ? Quelle idée de la foutre dans cette planque... et de me la refiler pardessus le marché ! Et tout aussitôt, la peur m'a assailli. Si Sublime avait cette chaussure en sa possession, cela faisait-il de lui un assassin ? C'était pas possible que mon pote, celui avec qui je glandais comme pas deux, soit le meurtrier de Zineb. Sublime avait vu trop d'horreurs pour en perpétrer. À moins que... Est-ce qu'on connaît véritablement les gens ? Ma mère s'était bien tirée sans rien dire ! Je me suis tapé la tête contre le mur. Hors de question de comparer Sublime et ma mère... Et je refusais de penser que mon pote pouvait être un assassin.

Le cul sur le carrelage, je me suis demandé ce qu'il fallait que je fasse. La flic m'avait bien dit de la prévenir au cas où. Mais j'aimais pas les keufs, et si ça faisait de Sublime un complice, un coupable, valait peut-être mieux attendre. Qu'il soit loin. Introuvable. Et tout aussitôt, je n'ai eu que cette idée en tête : découvrir qui était le meurtrier de Zineb et disculper mon pote. Peut-être que je me disais que j'allais le blanchir. Ça m'aurait presque fait rigoler, ce jeu de mots débile, si j'avais pas été aussi seul, face à cette chaussure macabre sur le carrelage.

Au bruit que Tico a fait en entrant dans les douches, j'ai planqué la chaussure dans mon sac.

– Tu devrais pas être là, mec, il a râlé. C'est lundi, t'as cours. J'avais bien dit à Driss que c'était une mauvaise idée de te laisser la clé.

Alors Tico m'a servi son discours sur l'importance des études.

– La boxe, c'est comme une pute. Tu raques tout le temps. Tu veux pas finir comme moi, moche et à moitié sourd, à balayer une salle de boxe pour un smic de misère, ça non, tu veux pas finir comme ça...

D'un geste impatient, il m'a forcé à lui rendre la clé.

~

La prof de français, Mme Breteau, avait vraiment une sale gueule. D'habitude, elle était assez jolie, si on aimait le style intello, frange et lunettes. Aujourd'hui, elle avait des cernes dégueulasses, les joues tombantes, les yeux humides, elle n'arrêtait pas de se moucher. Quand elle a fait l'appel, elle n'a pas prononcé le nom de Zineb, mais son menton a tremblé. Elle est vite passée au nom suivant. Seulement... tout le monde a regardé sa place vide, sauf Joyce, qui a gardé la tête haute et droite. Carolina, un rang devant moi, s'est retournée :

– Qu'est-ce qu'il est arrivé à ton nez ?

– La boxe, j'ai grogné.

Carolina me dévisageait toujours.

– C'était comment ?

Tout, chez cette fille, était en forme de cœur : son visage, sa bouche, ses yeux, jusqu'aux boucles de ses cheveux. Ses lèvres, enduites d'un rouge à lèvres soutenu, m'ont fait penser à des fraises Tagada.

– C'était comment, quoi ?

– Ben... tu sais... de voir un cadavre ?...

De nouveau, les oiseaux ont hurlé dans ma tête. Carolina était lancée, et les lèvres Tagada se sont remises à bouger.

– Il paraît qu'elle a racolé des mecs en ville, en pleine nuit, et qu'elle est morte la tête fracassée sur le sol. Toi qui as parlé à la commissaire, tu confirmes ?

La prof a demandé à ce qu'on sorte une feuille, ça m'a évité d'avoir à répondre. Je voulais pas ouvrir mon sac. J'avais gardé la chaussure de Zineb dedans, personne n'allait me fouiller, de toute façon ce lycée était une vraie passoire, depuis le temps que je venais avec du shit dans la poche ! Mais quelqu'un risquait d'apercevoir l'escarpin. Les paillettes, ça pardonne pas. J'ai taxé une copie double et un stylo à mon voisin, et j'ai attendu que la prof nous dicte. Mais Mme Breteau bredouillait, hésitait, se reprenait. Puis elle nous a regardés comme si elle attendait qu'on lui souffle le cours. Faut dire que sa manière d'enseigner était fondée sur une série de questions, et en général, c'était Zineb qui répondait. Elle était douée. Mme Breteau prenait sur son temps libre pour l'aider à préparer le concours d'éloquence. Zineb avait survolé les qualifs, les quarts, n'en parlons même pas. La demie aurait dû se dérouler dans trois semaines. À vrai dire, je ne comprenais pas bien comment on pouvait kiffer ce genre de truc, d'autant qu'il fallait se coltiner la prof en dehors des cours.

Soudain, je me suis rendu compte du silence. Un silence bâtard, à moitié lourd, à moitié gêné. Mme Breteau semblait attendre quelque chose. Mais quoi ?

– Elle est nulle, cette prof, a dit Carolina de manière à ce que seule la classe entende.

Mme Breteau semblait perdue. Elle avait le regard vague, trop vague. Ça lui a été fatal. Il y a eu un premier sifflement, des « Oh ! m'dame, m'dame, on pourrait regarder un film plutôt », des « Ouais, m'dame, c'est trop chaud de nous faire bosser, on n'a pas la tête à ça avec ce qui s'est passé ce week-end », et encore d'autres sifflements.

– Taisez-vous !

Mme Breteau a hurlé, ce qui n'arrivait jamais.

– Je vous rappelle que vous avez le bac à la fin de l'année.

La prof a fouillé dans son cartable, a sorti un paquet de photocopies un peu froissées et l'a tendu au premier rang.

– Faites passer.

Deux ou trois élèves ont râlé par en dessous, d'autres ont toussé, des chaises ont raclé le sol, mais petit à petit le calme est revenu. Sur la feuille, il y avait un poème de Baudelaire qu'elle nous a lu avec une voix si profonde que j'avais carrément l'impression que c'était une porte qui permettait d'entrer dans les mots. À moins que la mort de Zineb ait aussi changé ça, que maintenant je comprenais la poésie.

Il me semble parfois que mon sang coule à flots,
Ainsi qu'une fontaine aux rythmiques sanglots.
Je l'entends bien qui coule avec un long murmure,
Mais je me tâte en vain pour trouver la blessure.

À travers la cité, comme dans un champ clos,
Il s'en va, transformant les pavés en îlots,
Désaltérant la soif de chaque créature,
Et partout colorant en rouge la nature.

J'ai demandé souvent à des vins captieux
D'endormir pour un jour la terreur qui me mine ;
Le vin rend l'œil plus clair et l'oreille plus fine !

J'ai cherché dans l'amour un sommeil oublieux ;
Mais l'amour n'est pour moi qu'un matelas d'aiguilles
Fait pour donner à boire à ces cruelles filles !

– Hé ! m'dame ! C'est chelou, votre mec qui saigne alors qu'il n'a pas de blessure. Il a ses règles ou quoi ?

– En plus, ça nous encourage à boire, vous avez vu, il dit que « le vin rend l'œil plus clair et l'oreille plus fine » !

– Il parle de la cité, il habitait dans la tess', Baudelaire ?

– Mais non, dans un champ...

– C'est un gros sexiste, ouais. Y a pas que les filles qui sont cruelles... Quel gros naze !

– Il a grave le seum, ce type. J'irais pas boire un verre avec lui.

Et pendant que la classe pataugeait dans le poème, je pensais à Zineb, à son corps sur le bitume. Je l'aurais pas dit tout haut, mais Baudelaire était loin d'être con.

Au cours suivant, on a eu la désagréable surprise de découvrir la proviseure, debout devant l'estrade à côté du prof d'espagnol. On a tous pensé qu'elle venait nous engueuler pour le souk qu'on avait mis au cours de français.

Mais c'était pas possible qu'elle soit déjà au courant. Elle venait pour l'autre chose, attendant que tout le monde soit assis pour parler de l'*événement*.

– Je suis là, ce matin, dans votre classe, pour vous faire part du décès de votre camarade, Zineb Bouziane.

Joyce a serré les dents, j'ai vu les os de sa mâchoire saillir sous la peau.

– La police pense que c'est un meurtre, a ajouté la proviseure, en triturant le collier qu'elle portait autour du cou. Il aurait été commis dans la nuit de vendredi à samedi.

Quelques reniflements et une forêt de bras. Tout le monde se posait des questions.

– Ce sont les seules informations dont je dispose à l'heure actuelle.

J'ai coulé un regard en biais à Carolina. Ses lèvres fraise Tagada murmuraient déjà quelque chose à l'oreille de sa voisine. Vu la tête horrifiée de cette dernière, la confidence devait être dégueue... Enfin, la proviseure a terminé sur la possibilité d'aller consulter les psychologues que le rectorat avait mis à disposition du lycée pour la semaine. Pourquoi pas aussi une distribution gratuite de gris-gris, j'ai pensé...

– Monsieur Tanatkelkouk, dans mon bureau, a fait la proviseure, avant de quitter la classe.

Elle a appelé Joyce aussi. On a pris nos sacs en grinçant des dents et on l'a suivie.

Le bureau de la prov' était dévoré par les dossiers. Il y en avait partout, des piles sur le bureau, les étagères, par terre, et même sur les chaises. Mais la commissaire

Mesronces avait quand même trouvé une place pour s'asseoir. Elle nous attendait, déjà installée, et pour nous saluer, elle s'est soulevée plutôt que levée.

– Tout va bien, monsieur Tanatkelkouk ?

J'ai hoché la tête, impressionné qu'elle n'écorche pas mon nom. La plupart des profs n'y arrivaient pas, même en fin d'année.

– Qu'est-il arrivé à votre nez ?

– C'est une longue histoire.

Elle n'a pas insisté. Je me suis assis sur le bord d'une chaise, sans enlever le sac de mes épaules. Il fallait que Sublime se casse, en me laissant cette putain de chaussure, le même jour où Mesronces décidait de se pointer au lycée. J'adorais ce genre de hasard.

Joyce affichait son air insolent, mais sa façon de mater tout autour d'elle, comme si elle calculait le moyen de s'enfuir au plus vite – par la porte ou par la fenêtre ? –, montrait qu'elle n'était pas super à l'aise. Soudain, on a frappé, et la porte s'est ouverte avant même que la proviseure ait donné la permission d'entrer.

– On m'a dit de venir, a dit Hamza, d'un ton brutal.

La proviseure lui a fait signe de s'approcher. Il a hésité : il y avait trop de représentants de la loi au mètre carré. Mais elle a eu le dernier mot en allant fermer la porte derrière lui.

Elle l'a rouverte aussitôt, après que quelques coups discrets se sont fait entendre. Khedima s'est faufilée dans le bureau sous le regard inquiet de Joyce. Celle-ci, en voyant sa copine, était devenue soudain fébrile, ne tenant pas en place. Elle bougeait sur sa chaise, entortillant la ficelle de son sweat autour de son index – de la main droite, la gauche étant bien planquée dans sa poche. Elle serrait si fort que le doigt en prenait une teinte grisâtre. Hamza gardait la bouche serrée. Ses yeux hyper mobiles passaient de la flic à la proviseure avec une rapidité dingue. Khedima regardait le plafond, comme si tout ça ne la concernait pas, et moi, j'essayais d'avoir l'air le plus détendu possible. Ce qui n'était pas gagné, avec ce que je trimballais dans mon sac.

– Vraisemblablement, Zineb a été agressée entre minuit et une heure du matin dans la nuit de vendredi à samedi, a commencé Mesronces.

J'ai noté le terme « agressée ». Il m'en venait tellement d'autres en tête, plus francs, plus nets.

– Lorsque Karim a découvert Zineb sur le parking en bas des tours, samedi dans la matinée, elle n'avait pas son portable, et il lui manquait une chaussure.

Là, j'ai senti la sueur couler le long de ma colonne vertébrale. J'ai manqué d'air.

– On peut ouvrir la fenêtre ?

La prov' a tout juste entrebâillé la fenêtre. À peine si un mince filet d'air s'est glissé à l'intérieur ! Elle était radine sur tous les plans, tout le monde le disait. Elle a, de nouveau, joué avec son collier, enroulant et déroulant la chaîne autour de son doigt. Pratiquement le même geste que Joyce avec son cordon de sweat.

– C'est pourquoi nous aimerions savoir si vous avez une idée de l'endroit où ces deux choses pourraient se trouver, a poursuivi Mesronces, qui n'avait pas l'air de remarquer la tension qui régnait dans la pièce.

Joyce s'est mise à trembler, et moi, je serrais de plus en plus nerveusement les lanières de mon sac. La fenêtre s'est ouverte brusquement sous le coup d'une rafale de vent. Quelques papiers sur le bureau ont volé. La proviseure l'a refermée d'un geste sec. J'ai suffoqué de nouveau.

– Les chaussures sont d'une marque de luxe. On est sur un prix qui monte au moins à trois chiffres. Elles sont bleues avec des strass. Elle les avait déjà portées, peut-être. Hamza ? Tu t'en souviens ?

Mais Joyce ne l'a pas laissé répondre.

– Je peux comprendre que vous vouliez retrouver le tél de Zineb, elle a fait, d'une voix sourde. Mais pourquoi la chaussure ? C'est juste une shoes...

– On pense que cette chaussure a joué un rôle majeur dans l'agression de Zineb, a répondu Mesronces.

Le ton lisse et hyper convenu de la flic commençait à énerver Hamza. Je le sentais bouillir.

– On n'a pas vu de godasses, il a grogné, en essayant de se contenir.

Mesronces a passé en revue chacun de nous quatre. J'étais le dernier.

– Dommage, elle a fait, sans me lâcher du regard.

– Pourquoi vous êtes là, en vrai ? C'est quoi, cet interrogatoire ? On devait être convoqués au commissariat, pas interrogés au lycée, a dit Hamza, sans ménagement.

La proviseure et la commissaire ont échangé un regard qui n'a échappé à personne. Finalement, c'est la prov' qui a pris la parole. Elle triturait toujours son foutu pendentif.

– C'est moi qui ai demandé à la commissaire Mesronces de venir. J'ai pensé que vous parleriez plus facilement dans un environnement familier.

Comme si son bureau était l'endroit où on aimait se retrouver pour taper la discute ! Elle était complètement à côté de la plaque ! Hamza s'est levé d'un bond, furieux.

– C'est n'importe quoi, cet interrogatoire. Je me casse.

– Restez assis, monsieur Bouziane. Et calmez-vous, a ordonné la proviseure.

– Me calmer ? Alors que ma sœur a été assassinée et que personne ne fait rien !

– Ne dites pas ça, voyons ! La présence, ici même, de madame Mesronces est une excellente preuve...

– Que dalle, l'a coupée Hamza.

La proviseure a serré le poing autour de son bijou. Elle contenait sa colère.

– Vous êtes à cran, monsieur Bouziane, mais n'oubliez pas la courtoisie...

– Courtoisie, mon cul. C'est pas toi qui as une sœur sur une table d'autopsie en train de se faire ouvrir avec des pinces et des tenailles.

Devant l'image sinistre, crue que venait d'évoquer Hamza, elle a ravalé son amour-propre. Je me suis mis à vriller aussi. La tension qui régnait dans la pièce, l'escarpin dans mon sac, l'idée de Zineb dans une salle mortuaire, tout cela me faisait bader.

– Quand est-ce qu'on pourra récupérer le corps de Zineb ? a enchaîné Hamza, d'une voix fissurée par l'émotion. Ma famille voudrait...

Il s'est tu brusquement. Mais de toute façon, tout le monde avait compris.

– Ça ne dépend pas de moi, malheureusement, a dit doucement la flic. C'est au légiste de faire son travail.

– Quand ? a insisté mon pote.

Mesronces a secoué la tête.

– Je ne sais pas. Je suis désolée de ne pas pouvoir vous renseigner.

~

– Cette Mesronces est une tricarde, a gueulé Hamza, dès qu'on est sortis du bureau. Pourquoi pas Mescouilles plutôt ! Et vous, les filles, vous allez m'expliquer deux ou trois trucs, sur votre soirée de vendredi... Vous deviez dormir chez Khe, pas vous bourrer de kebab chez Amin ! Et puis c'est quoi, cette histoire de texto en pleine nuit ?!

Mais quand on a débouché dans la cour, toute une foule semblait plus ou moins nous attendre. J'ai vu Carolina et sa voisine du cours d'espagnol, des potes de la classe d'Hamza et de celle de Khedima. Il y avait même des visages inconnus. Les regards étaient graves, certains s'essuyaient les yeux en loucedé, d'autres sont venus vers nous, salement curieux.

– Tu as une idée de qui a pu faire ça ?

– Elle avait des ennemis, ta sœur ?

– C'est quand l'enterrement ?

– C'est ouf, ça s'est passé en bas de ma tour !

Soudain, un grand type roux et boutonneux au dernier degré, Medhi quelque chose, un mec qui venait d'arriver dans la classe d'Hamza, s'est planté devant nous.

– Qu'est-ce qu'elle faisait dehors toute seule ? il a insinué méchamment. Tu surveilles pas bien ta sœur, mec. Si elle traîne dans le quartier, c'est sûr que c'est une tepu...

Hamza s'est rué sur le type et lui a envoyé une bonne droite. Les autres se sont poussés en criant. Medhi s'est défendu en balançant des coups de pied tout en gueulant qu'il disait juste tout haut ce que tout le monde pensait tout bas. Hamza lui a décoché un coup de genou dans le bide. La CPE a radiné aussitôt, suivie de la proviseure.

– Hamza Bouziane, a crié cette dernière. Dans mon bureau. Medhi Cazeau, chez la CPE...

– Pourquoi moi ? C'est lui qui a commencé ! s'est indigné Hamza.

– Ta sœur était une pute, faut te faire une raison, mec ! a lancé Medhi, que la CPE tentait de faire taire, sans succès.

De nouveau, Hamza a bondi sur lui et lui a envoyé une droite formidable. Le type s'est retrouvé par terre, en se tenant la mâchoire. La CPE l'a aidé à se relever alors qu'Hamza gueulait toujours et menaçait de lui en recoller une. Il allait mettre sa menace à exécution quand la proviseure a posé une main sur son bras, une tentative pour le calmer. Mais ça a eu l'effet inverse. Énervé, Hamza a donné un violent coup de coude. Le gnon n'est pas passé loin de la tronche de la prov', et j'avoue : j'ai été un peu déçu qu'il la rate.

~

Une fois rentré chez moi, j'ai sorti la chaussure de mon sac. Brillante, élégante, elle semblait me narguer dans le bordel de ma chambre. La pointe de l'escarpin, le bleu nuit brillant, la semelle rouge, le talon effilé comme une dague : c'était vraiment une belle godasse. Je me demandais comment Zineb avait pu se payer une telle paire de chaussures… Le fric, c'est le nerf de la guerre, dit mon père, surtout en fin de mois, quand les poissons panés sont plus que deux au lieu de quatre dans son assiette. Je me suis demandé si c'était à cause de ces chaussures que Zineb était morte. On a vu des gens tués pour des raisons plus débiles, parfois un regard de travers suffit. Et pas que dans le quartier. Je me souvenais d'une histoire aux infos où un routier avait tué une gamine juste parce que son père, au volant de sa voiture, lui avait fait une queue de poisson. Plus loin, sur la route, le camionneur avait retrouvé la caisse, et tout en roulant, il avait visé le père. Il avait atteint la fille à l'arrière.

Zineb avait très bien pu mourir à cause de ces godasses qui valaient la moitié d'un mois de salaire de mon père. En la détaillant de près, j'ai remarqué des traces de sang sur le talon. De minces traînées sombres striaient la pointe. Est-ce que c'était le sang de Zineb ? Putain, ça me rongeait de pas savoir, et surtout d'imaginer mon pote, celui-là même qui bouffait des Krispies sans lait, frapper une zouz à mort. En attendant, j'ai enterré la chaussure au fond de mon placard sous un tas de vêtements sales où personne ne viendrait fouiner tellement ça puait.

Je suis allé chez Hamza, histoire de parler avec lui.

Les volets de sa chambre n'étaient pas ouverts et ça sentait les pieds. À cause de la pénombre, j'ai cru d'abord qu'il n'y avait personne, mais avachi sur son lit, j'ai distingué Bouli en train de mater YT sur son tél. Bouli est incollable sur les youtubeurs.

Lui et moi, on s'entendait bien depuis toujours. Petit, il était fasciné par mes yeux très bleus, très clairs.

« Avec quoi tu les as lavés ? demandait-il souvent.

– Je suis né comme ça, Bouli, je riais. Les yeux, on les lave pas... »

Il croyait que je mythonnais, alors il remettait ça.

« Avec quoi tu les as lavés ? Avec du gel douche de Schtroumpf ? »

En attendant, faire la conversation avec un gamin de treize ans qui venait de perdre sa sœur, c'était chaud.

– Salut.

– Mmh.

– Il est pas là, ton frère ?

– Si.

J'ai plissé les yeux, et je me suis assis sur le lit à côté du gamin. Le matelas était pourri et Bouli a rebondi quand j'y ai posé mes fesses.

– Ben non.

– Ben non, alors.

– Qu'est-ce que tu regardes ?

– Un truc.

– C'est bien ?

– Mmh.

– T'es allé au collège aujourd'hui ?

– Mmh.

– Ça a changé depuis que j'y étais avec ton frère ? Y a toujours madame Congras, la prof de français très rousse ?

– Mmh.

– T'as des devoirs pour demain ?

Mes questions étaient nulles, mais quoi ! De toute façon, j'étais pas assez calé pour discuter d'ASMR ou du shiba de Squeezie. Bouli n'a pas levé les yeux de son écran et ma dernière question s'est perdue dans le flow de McFly.

4

Occuper l'espace

Le lendemain matin, j'ai attendu Hamza pendant des plombes en bas de sa tour. Depuis qu'on était gosses, on faisait le trajet ensemble jusqu'à l'école. C'était un détour de passer par chez lui, mais c'était mieux que de marcher tout seul. On avait gardé l'habitude au collège, et même au lycée. Au final, je me suis tapé les douze étages, mais chez lui, il n'y avait que Malika et son groupe de voisines.

– Il est déjà parti depuis longtemps, elle m'a dit, d'une voix fatiguée.

J'ai accepté le café qu'une voisine me tendait.

– Traîne pas, Karim, m'a conseillé Malika. Va en cours.

– Je commence à dix heures, j'ai menti.

Et je me suis proposé pour accompagner Bouli au collège. Depuis la mort de Zineb, Malika ne le laissait plus seul dans le quartier. Bouli, ça lui plaisait pas. Il tirait la gueule.

– Il a dormi avec toi cette nuit, Hamza ? j'ai demandé, sitôt dans l'escalier.

– Chais pas.

Et il a mis ses écouteurs sur ses oreilles en me regardant bien dans les yeux. Je les lui ai enlevés fissa.

– Joue pas au con avec moi. Bien sûr que tu sais. Alors ?

Il avait des grands yeux couleur pétrole, le genre qui peut engluer.

– Nan, il a pas dormi à la maison.

– Tu sais où il est ?

Il a secoué la tête.

Je suis allé partout : au resto d'Amin, à la salle, au square. Mais Hamza était nulle part. Je traînais dans le quartier quand j'ai croisé un mec de la bande à Momo. Pantalon et veste de survêt assortis, bob blanc enfoncé jusqu'au ras des cils, une clope entre les dents, il m'a regardé sans comprendre ce que je lui demandais. Il avait pas l'air d'avoir inventé l'eau tiède. Ou alors il était défoncé. À huit heures du matin… Comme j'insistais, son front s'est plissé sous l'effort qu'il faisait pour retrouver un gramme de mémoire.

– Hamza ? Je crois qu'il est chez Momo...

J'aurais dû m'en douter. J'étais déjà loin quand le type m'a crié :

– Attends, y a un mot de passe.

Je suis revenu lentement vers mister Bob. C'était quoi, ce délire ? Momo jouait encore aux espions à son âge ? L'autre souriait, mais seulement d'un côté.

– Tu peux pas entrer si tu connais pas le mot de passe.

– C'est débile ! On a passé l'âge, non ?

– Ben... y a des codes partout maintenant... Momo, y fait pareil.

– Si tu le dis... Vas-y, balance !...

Mais le type souriait toujours, bêtement.

– Ben alors, tu me le dis ou quoi ?

– Faut voir. T'as quoi en échange ?

J'ai fouillé mes poches. C'était le bon jogging, il me restait une boulette. Je lui ai refilé.

– « Momo en force », il a fait.

Je suis resté sans voix, les bras ballants. Avant de comprendre.

– C'est ça, son mot de passe ? Putain, il s'est pas foulé !

L'autre reniflait sa boulette.

– T'as pas des feuilles ?

Momo vivait dans un appart à l'autre bout du quartier. Une tour semblable à celle de Malika, mais dans celle-ci, l'ascenseur fonctionnait. J'ai frappé à la porte. Sous mes coups, elle s'est ouverte en grinçant. J'ai pris ça comme une permission d'entrer. Ça sentait la beuh à plein nez.

– Momo en force ?... j'ai fait, en me sentant vraiment très très con.

Mister Bob m'avait fait une blague, c'était pas possible autrement.

– Momo ?... Hamza ?...

J'ai avancé dans le couloir. Le silence était tapissé de fumée.

Dans le salon, se trouvaient deux types avachis sur un canapé aussi défoncé qu'eux. Hamza comatait dans un fauteuil. Il observait le plafond comme si c'était la nuit des étoiles filantes, et il avait l'air d'en voir des tas. Momo roulait un joint, accroupi devant une table basse où traînaient clopes, feuilles, briquets, narguilés, paquets de chips éventrés et cadavres de bouteilles éparpillés. La télé crachait une émission débile, un téléachat avec deux présentateurs aux visages enduits de fond de teint qui souriaient tout en parlant, ou l'inverse.

– T'en veux ? m'a fait Momo, en me tendant le bédo, tellement défoncé qu'il a trouvé normal que je me pointe comme ça dans son salon.

Ça peut paraître snob, mais je fume pas avec n'importe qui. Et pas n'importe comment.

– Je suis venu chercher Hamza.

– Bon courage, frère. Ça fait trois heures qu'il n'a pas bougé.

– Merde, les gars, vous avez pensé aux escarres ?! j'ai plaisanté, d'un ton plus cinglant que drôle.

Hamza aurait pu crever sur place, aucun des trois ne s'en serait rendu compte. Momo a rigolé à ma blague avec un temps de retard, il avait un rire de hyène. C'était pas beau à entendre. J'ai secoué Hamza assez fort. Il était complètement défoncé.

– On se casse, vieux.

– Nan, il a dit d'une voix pâteuse. Je suis bien ici.

Il a pas bougé, à part quelques coups maladroits dans mes jambes pour me faire partir. J'ai pas cédé, j'ai insisté, je voulais vraiment pas qu'il reste dans cet état, dans cet endroit. Momo m'a tendu le joint.

– Fume un peu, ça va te détendre.

Je l'ai ignoré.

– Putain, tu faisais moins le difficile avant...

Je ne savais pas à quoi il était coupé, leur shit, mais il puait méchamment la sueur aigre sous les aisselles.

– C'est le matin, je t'offre un petit-déj chez Amin, j'ai soufflé à Hamza.

– J'ai pas faim.

– Si ton pote veut pas bouger, il reste, a fait un des mecs incrustés dans le canap. On est dans un pays libre, ici... On était peinards avant que t'arrives.

Momo me lâchait pas du regard.

– Ça fait longtemps qu'on voit plus ta mère faire la tournée dans le quartier, il a dit soudain. Il paraît qu'elle s'est cassée de chez toi...

Il a ricané et les autres l'ont imité. Sauf Hamza qui continuait de fixer le plafond.

– C'est con... Pour une vieille, elle était sacrément bien roulée, ta daronne... Pour être franc, je me la serais bien tapée, a continué Momo. Ouais, je me la serais bien enfilée... Je suis sûr qu'elle doit miauler comme une chatte...

– Ta gueule ! j'ai crié, en me jetant sur lui.

Le mec du canapé s'est levé d'un bond, m'a attrapé par le col et m'a envoyé valser à l'autre bout de la pièce. Il avait des réflexes pour un type qui avait passé la nuit à fumer.

– Oh ! faut pas t'énerver comme ça !... Tu vas te faire mal.

Debout, il paraissait bien plus costaud qu'avachi sur son canapé. Il portait un sweat d'une blancheur incroyable après une telle nuit. Aucune tache d'alcool, de gras de chips, aucun trou de boulette.

– Allez... Casse-toi, mec, il a ordonné. Tu nous fais vraiment chier.

Il m'a poussé vers la sortie mais j'ai esquivé. J'ai filé une beigne à Hamza, le genre qui vous colle des larsens d'un bout à l'autre du cerveau, et je lui ai hurlé à l'oreille :

– Ta mère veut te voir. C'est au sujet de ta sœur.

Il s'est levé aussitôt.

À la lumière du jour, il avait l'air aussi gris qu'un gobelet en plastique en fin de soirée. Il a inspiré plusieurs fois profondément. Ça a eu de l'effet : son teint est devenu moins résineux.

– Qu'est-ce qu'elle veut, ma mère ?

– Que t'arrêtes de déconner, que tu ailles en cours.

Il a secoué la tête.

– En cours, je pense à Zineb tout le temps. Quand je fume, j'oublie.

– Essaie juste de pas fumer avec ces types. C'est des nazes.

– T'en sais rien, tu les connais pas. Momo, il peut être drôle...

– Je les connais autant que toi. Et Momo n'est pas drôle, il rit à tes blagues pour te faire croire qu'il est cool. Mais c'est juste parce qu'il a besoin de toi. Tu vas voir... Bientôt, il va te demander un service. Et tu les connais, les services de Momo...

– T'as rien compris ! C'est moi qui ai besoin de lui, cette fois. Et je suis prêt à tout, crois-moi. Je ferai ce qu'il veut.

– Les plans de Momo sont toujours foireux. Si tu venges ta sœur et que tu te retrouves en zonzon, ça sert à quoi ?

Il y avait une phrase qui roulait comme un compresseur dans ma tête, une phrase que ma mère avait entendue, à la radio, d'un type qui avait vengé son frère, mort dans une rixe. Ça disait un truc du genre : « Quand tu es en prison, c'est toute ta famille qui est emprisonnée. » Ma mère me répétait souvent cette phrase, ça l'avait marquée.

– T'inquiète !

– Nan mais vas-y ! Explique-moi comment tu vas faire !

– Lâche-moi, t'es pas ma mère.

J'ai pensé à Malika, à ce que deviendrait sa vie avec deux fils aînés retranchés derrière un silence sacré, un autre en prison, et une fille morte, assassinée. Peut-être qu'il y a eu un genre de transmission de pensée parce que brusquement Hamza a changé de ton.

– On n'a pas récupéré le corps de Zineb encore… Elle est toujours chez le légiste. Ma mère… Ma mère commence à péter les plombs. Et Icham et Rayan veulent qu'elle soit enterrée au Maroc.

Il a crispé les poings.

– Il y a plein de papiers à remplir. Mes frères ne veulent pas s'en occuper sous prétexte que ce serait se soumettre à la loi française, ma mère n'est pas en état de le faire. Elle n'a pas dormi depuis qu'elle a appris…

Il a regardé ailleurs un instant.

– Et en plus, je vais te dire une chose…

Il a craché par terre. Un jet précis.

– C'est juste mon intuition, mais je crois pas que Zineb, elle aimerait ça, être enterrée au Maroc… Elle adorait aller au bled, mais sa vie, ses copines, c'était ici… Y a plus personne maintenant là-bas. Mes frangins ont beau dire… Si elle est enterrée au pays, qui va aller se recueillir sur sa tombe ?

~

Après ça, j'avais pas la force d'aller en cours, alors je me suis mis à rôder dans le tiek. J'ai croisé Mme Allouche et ses sacs de courses. Ils raclaient le sol tellement elle semblait épuisée. J'ai voulu l'aider mais elle a refusé d'un coup de tête. J'ai marché sans but, avant de me rendre compte que je cherchais Sublime. J'aurais bien aimé lui raconter : le légiste qui gardait le corps de Zineb, le chagrin de Malika et celui d'Hamza, et moi qui m'étais mis en tête de trouver celui qui avait fait ça... Sûr qu'il aurait rien dit sauf une phrase, la phrase qui tue, la phrase parfaite, celle qui éclaire tout le bordel, et j'aurais peut-être enfin compris ce qu'il fallait faire. Parce que là, je pataugeais.

Puisque je pouvais parler à personne, que j'avais faim, et que je me disais que ça m'aiderait à réfléchir de manger un peu, je suis allé chez Amin. En attendant qu'il prépare mon kebab sauce samouraï, je lui ai posé quelques questions.

– Tu as vu les filles, vendredi soir ?

Amin m'a jeté un regard sévère par-dessus son immense couteau à découper.

– Faut pas parler de ça, Karim. Tu vas attirer le sheitan.

– Il est déjà là, Amin... Il est déjà partout dans la cité...

Amin a soupiré. Ça voulait dire que j'avais raison. Il a parlé tout bas. Entre le ronronnement de la broche et celui des frigos, je l'entendais à peine, mais suffisamment pour comprendre que Joyce et Zineb avaient bien commandé des kebabs vendredi soir.

– Deux ou trois ?

– Deux.

En prenant le sandwich qu'il m'avait préparé, j'ai senti mes mains devenir moites. Deux kebabs, ça voulait dire que Joyce et Khe baratinaient grave.

– Tu es sûr ?

Ses épaules se sont affaissées d'un coup.

– Non... Peut-être trois. Vendredi dernier, j'ai eu du monde, et je ne me souviens plus de leur commande. J'aurais fait plus attention si j'avais su que Zineb...

Il n'a pas fini sa phrase, et moi, j'ai jeté mon kebab à peine entamé à la poubelle. Soudain, toute cette viande me paraissait tellement grasse, et la sauce rosâtre écœurante.

Impossible de rentrer chez moi, mon père m'aurait renvoyé au lycée fissa. Alors, je suis allé jusqu'à mon ancienne école primaire. C'était pas encore l'heure des parents, personne n'attendait que s'ouvrent les grilles, laissant filer une tonne d'enfants heureux d'être libres, enfin. L'endroit était calme et désert. Je me suis assis sur un banc, avec une vue imprenable sur les bâtiments des classes qui paraissaient écrasés par les immeubles autour. La cour était beaucoup plus petite que dans mon souvenir. Pareil pour le kiosque à musique en face. À vrai dire, ce truc n'avait jamais servi à la musique. C'était, à l'époque, le squat des drogués. Les vrais, les purs, les durs. Ceux qui utilisaient des seringues. Après leur shoot, ils s'allongeaient sur le béton lisse ou s'adossaient aux piliers. En général, ils bougeaient pas beaucoup. Ils n'embêtaient personne. On les calculait pas, ils faisaient partie du paysage. Un peu comme Mme Allouche et ses sacs de courses. Le kiosque était désert depuis le jour où il y avait eu une sacrée descente de flics. J'y étais, j'avais tout vu. C'était à la récréation de midi, la plus longue de la journée, pendant qu'on s'amusait à « Éperviers, sortez ! ». Soudain, on avait vu débouler les keufs. On avait cessé de jouer aussitôt et on s'était rués à la grille pour voir ce qui allait se passer. Les flics étaient tellement nombreux dans les fourgons, un flot bleu marine qui n'en finissait pas de se déverser, inondant la place. Ils aboyaient des ordres : « Lève-toi, tes papiers, vite ou je t'en colle une ! », et gueulaient des insultes : « Sale pourriture, gros connard ! » Les camés, eux, n'avaient pas crié. Et ce silence les rendait particulièrement sympathiques face aux braillards hystériques. C'était comme s'ils faisaient partie d'un film muet alors que les autres se croyaient dans un film d'action à gros budget. Les flics tabassaient dur. Les coups pleuvaient sec. Les camés se protégeaient la tête de leurs bras maigres, ils se roulaient en boule ou bien ils tentaient de fuir. Avec leurs jambes épaisses comme des cannes usées... Du caviar pour les flics.

À un moment, il y avait eu une ouverture et un des shootés était parti en flèche. C'est Zineb qui avait crié la première, après on l'avait tous imitée : « Cours ! Vas-y, cours... T'arrête pas, bordel, cours... » On voulait tellement qu'il parvienne à se tirer. Mais les flics l'avaient nassé. Aucune chance. Quand ils l'avaient chopé, on s'était mis à huer la flicaille. On les avait sifflés, les deux doigts dans la bouche. Quand ils lui avaient mis les menottes, on s'était déchaînés. C'était un tel tapage qu'il devenait impossible de nous ignorer. Les flics nous lançaient des regards, certains furieux, d'autres blasés. Quelques-uns seulement, pas fiers, avaient baissé la tête. On gueulait encore quand ils avaient activé les sirènes de leurs camions. Les instits avaient bien essayé de nous calmer, mais il n'y avait pas moyen qu'on se taise. Et je crois bien que nos cris défonçaient leurs alarmes !

Le soleil commençait à décliner quand Hamza est venu s'installer à côté de moi.

– Comment tu as su que j'étais là ?

Il avait pris une douche, il s'était rasé, et il avait son sac de boxe. Le genre qui s'est repris en main. Enfin, presque. Les larges cernes, qui lui bouffaient quasiment les joues, parlaient pour lui.

– Au début, quand ta mère s'est barrée, tu venais tout le temps là.

Je l'ai regardé avec des yeux ronds. Je ne m'en souvenais pas ! Faut dire que cette époque était un peu brouillée : trop de bédos...

– Tous ces papiers que doit remplir ma mère ! a fait Hamza, d'une voix plus sourde. Et puis t'as vu la flic qui s'occupe de l'enquête ? Elle est nulle. Franchement, les meufs, ça devrait rester avec les gosses...

Je voyais pas vraiment ce que la compétence avait à voir avec le sexe, mais j'allais pas me lancer maintenant dans de grandes explications. Un autre jour, peut-être...

– C'est à moi de trouver celui qui a fait ça, a renchéri Hamza. C'est pour ça que je suis passé chez Momo, hier soir. Après il m'a proposé de rester, et c'est parti en fumette.

– J'aime pas ce type. Rappelle-toi ce qu'il nous a fait.

– C'est une vieille histoire...

Si Hamza avait formaté le disque dur, moi je me souvenais bien que pour un stock de casquettes Nike que Momo nous avait demandé d'écouler mais qui étaient si mal contrefaites que même ma grand-mère se serait foutue de ma gueule, et dont personne n'avait voulu, il avait menacé de nous balancer aux flics. Il avait voulu qu'on le rembourse, mais mille deux cents euros, c'était pas une paille...

– Laisse tomber Momo, j'ai dit. On peut très bien se débrouiller sans lui. Tu as interrogé Joyce ?

– Ouais... Elle m'a dit qu'elles avaient été manger un kebab chez Amin, qu'elles en avaient rapporté un à Khedima. Paraît que Khe a foutu de la sauce sur sa couette. Elle dit aussi que Zineb a reçu un texto dans la nuit et qu'elle s'est barrée.

Qu'est-ce que Zineb foutait dehors à une heure du matin, sans ses copines ? Joyce disait qu'elle n'en savait rien, elle dormait quand Zineb était partie. Mais j'avais l'intuition qu'elle cachait un truc. J'allais devoir utiliser les grands moyens pour la faire parler. Restait juste à trouver le bon moment.

Soudain, Hamza m'a chopé par le cou et a pressé son front contre le mien.

– Jure-moi que tu vas rester loin de tout ça. Fais mumuse avec Joyce, console-la si tu veux, mais viens pas faire ton fouineur.

Je me suis dégagé d'un coup sec. Je pouvais rien promettre. Je voulais savoir qui avait tué Zineb autant que lui. Le rôle de Sublime dans l'histoire n'était pas clair et ça m'aurait fait chier qu'un de mes potes bute une zouz.

– C'est à moi de m'en occuper, a répété Hamza, qui lâchait pas l'affaire. Et je vais le faire à ma manière.

En disant ça, il a ouvert son sac et me l'a tendu. À l'intérieur brillait un truc noir, massif.

– Merde, où tu as eu ça ?...

– C'est Momo qui me l'a donné.

Il a sorti le gun de son sac. L'arme luisait salement dans la lumière.

– Regarde comme il est beau.

Il l'a tendu vers moi.

– Tiens, prends-le.

J'ai refusé mais Hamza a insisté.

– Tu devrais sentir la puissance du truc, mec ! Quand j'ai ça dans la main, je suis le Roi du Monde !

J'avais pas besoin qu'Hamza me le dise. Je le savais déjà. Mon cousin, l'été dernier, m'avait mis le fusil de chasse de son père entre les mains. Je sentais encore le poids de l'arme, qui m'avait surpris avant que je m'y habitue. La crosse était d'une incroyable douceur, pareille à la peau d'une femme, disait mon cousin, qui, de toute façon, avec son pif incrusté de si gros points noirs qu'il aurait fallu une pince-monseigneur pour les lui extraire, n'avait sûrement jamais pu approcher une fille.

Pour autant, je me souvenais avoir été complètement fasciné par le pontet, et je n'arrêtais pas de caresser la queue de détente, ou de passer mon pouce sur la clef de bascule. Ça donnait tellement envie de tirer. De voir la cervelle d'un type voler en éclats et se répandre un peu partout. Comme dans un bon film de baston gore.

J'avais visé mon cousin. Je ne l'aimais pas vraiment. Il était du genre à vous coincer avec ses potes dans la cave et à vous enduire la bite de moutarde... Je tenais ce connard en joue, et il se marrait en me narguant que j'aurais pas le cran d'appuyer sur la détente.

Dans la voiture, sur le chemin du retour, j'avais un goût de poudre et de sang dans la bouche.

J'allais me barrer, je voulais pas retrouver ce goût-là. Mais Hamza m'a retenu.

– Je voudrais que tu viennes à la maison.

Il a rangé son gun dans le sac. Un éclair sombre et puis plus rien. Putain, c'était un beau gun, quand même.

– Pour quoi faire ?

– On prépare une manif... Pour qu'ils nous rendent Zineb.

Il a dit son prénom si doucement que je l'ai deviné plutôt qu'entendu. Et il m'a tendu le poing pour notre check. À ce moment-là, j'ai eu l'impression d'avoir retrouvé mon pote.

Mon portable a sonné, et une voix inconnue m'a demandé si j'étais bien moi. Je me suis éloigné, alors qu'Hamza m'interrogeait du regard.

– Une connerie de vente par téléphone, j'ai menti, en revenant vers lui.

Cet appel m'avait donné une idée, mais je préférais ne rien dire, pour l'instant.

Il y avait encore beaucoup de monde chez Hamza mais moins de larmes. Joyce et Bila, sa mère, aidaient Khedima à préparer une banderole. Elles avaient des traces de peinture rouge sur les mains et les joues. D'un coup, Bouli s'est planté devant moi. La veille, je l'avais vu allongé sur son lit et je n'avais pas remarqué qu'il avait autant grandi. Il faisait presque ma taille maintenant. Je me souvenais de sa bouille de morveux quand il essayait de me caler la tête entre deux coussins pour étudier mes yeux avec une loupe, et que je m'amusais à bouger au moment précis où il commençait son observation.

– J'ai un truc à te montrer, il m'a dit.

Il m'a tiré par le bras pour que je le suive dans sa chambre. Mais Hamza m'a interpellé. J'ai repoussé Bouli gentiment.

– Pas tout de suite, Bouli...

– Mais c'est important, a supplié le petit, qui était trop grand pour qu'on l'appelle encore comme ça.

– Oui, mais c'est pas urgent. Je viendrai plus tard.

Dans la cuisine, Hamza m'a montré le flyer. Un appel à se retrouver devant le commissariat le lendemain à midi. Des lettres blanches sur un fond bleu. Simple. Efficace. Hamza me parlait tandis que je tripotais le flyer, sans faire gaffe à ce qu'il disait. Je matais Khedima en douce. Son visage était sans relief, cette fille était vraiment terne. Et ses doudounes argentées, ses pulls à paillettes et ses jeans constellés de strass ne suffisaient pas à lui donner de l'éclat. J'avais même pas pensé à lui poser des questions tellement elle était transparente. Avant d'aller interroger Joyce une nouvelle fois, ça pouvait être intéressant d'avoir sa version des faits. Elle pouvait peut-être lâcher un truc qui m'aiderait.

J'ai profité qu'elle aille se nettoyer à la salle de bains pour m'approcher d'elle. Je voulais lui parler discrétos. Mais aussitôt, Joyce a radiné. Elle s'est mise entre nous deux et s'est collée à moi.

– Vous êtes de nouveau ensemble ? a demandé Khe, les yeux ronds.

Joyce m'a caressé la joue, d'un geste tendre. Elle en faisait trop.

– Depuis quand ? a voulu savoir Khe.

Alors Joyce m'a viré de la salle de bains, soi-disant pour échanger des confidences, tranquille avec sa copine. J'ai collé mon oreille à la porte pour tenter d'entendre quelque chose, mais le bruit du robinet grand ouvert couvrait leurs voix. J'ai eu la désagréable impression de m'être fait avoir. J'essayais toujours de comprendre pourquoi Joyce m'avait empêché de parler à Khe, quand Hamza m'a fourré un paquet de flyers dans les mains.

– Tournée des boîtes aux lettres ! Y a plein de voisins qui n'ont pas Internet.

Il avait déjà inondé Insta, Snap et FB de messages. On a commencé par sa tour. Hamza n'était pas très rapide, à croire qu'il avait les doigts en mode 3G. J'ai eu fini bien avant lui. J'ai mis les flyers qui restaient dans la poche de ma doudoune noire, et j'ai tourné les talons, espérant me casser en scred.

– Hé ! qu'est-ce que tu fous, mec ? s'est affolé Hamza, dès qu'il m'a vu faire.

J'étais mal à l'aise tellement j'avais l'impression de pactiser avec l'ennemi, alors je suis resté évasif.

– J'ai un rendez-vous.

– On a encore tout un paquet d'immeubles à arroser, et toi, tu te barres comme ça ? il s'est indigné.

– J'ai pas de comptes à te rendre, j'ai grogné, parce qu'il commençait à me saouler.

J'avais pas envie qu'il me prenne la tête, vu que j'étais déjà pas sûr d'avoir fait le bon choix en acceptant d'aller là-bas.

– T'es qu'un connard. Momo m'avait prévenu, il a renchéri.

– Quoi ? Répète ça...

– T'es qu'un connard. Momo m'avait prévenu : « Méfie-toi du connard du pavillon », il dit tout le temps.

La vieille insulte à la con...

– T'es pas comme nous, il a ajouté, faut t'y faire, mec. Regarde ta gueule !

Blond aux yeux bleus. Plus toubab que reubeu... J'ai fait craquer mes phalanges. Il a posé ses flyers et m'a défié du regard. Les boucles brunes, la bouche un peu large... Putain, ce qu'il ressemblait à sa sœur !

~

Les nuages faisaient des lambeaux dans le ciel, un peu comme le papier peint de ma chambre qui se décolle par endroit. À cause du fait que j'aimais vraiment pas l'endroit où je foutais les pieds, j'étais à cran. Mais si je me débrouillais bien, j'allais peut-être pouvoir profiter de la situation. Alors, je me suis forcé.

– Tu as ta convocation ? m'a demandé le mec de l'accueil.

C'était un jeune avec encore du duvet sur les joues. Déjà, le tutoiement d'office, j'étais fan absolu…

– Pas de convoc, pas de commissaire.

Il a souri à cette espèce de blague. On aurait pu lui décerner la médaille des reparties pourries, il aurait été content quand même.

– On m'a appelé pour me demander de venir, j'ai insisté, en brandissant mon tél.

– Les gens comme toi me font perdre mon temps. Dégage, a-t-il grondé, en montrant les dents.

J'ai serré les miennes avec l'envie de lui péter la rangée blanche et bien alignée qu'il croyait menaçante.

Dehors, un soleil jaune pisse luttait pour se sortir de la mouise nuageuse. Je suis resté un moment devant le comico à me demander si finalement, j'y retournais pas lui en coller une. Mes doigts bougeaient tout seuls.

– Excuse-moi, Karim, je suis en retard.

Nadia Mesronces marchait vers moi à grands pas.

– Tu aurais pu m'attendre dans mon bureau, tu sais…

Elle a cherché à me taper sur l'épaule. J'ai esquivé.

– Toujours sur la défensive, à ce que je vois…

J'ai fourré les mains dans mes poches.

– Allez, viens... Personne ne va te manger.

Elle m'a observé d'un drôle d'air, et j'ai eu subitement l'impression qu'elle comprenait. Ça a duré un quart de seconde, mais c'est ce qui m'a décidé à bouger.

En passant devant le petit jeune de l'accueil, elle a fait :

– Léo ? Tu vois ce jeune homme, c'est monsieur Tanatkelkouk.

Elle a dit mon nom comme l'autre fois dans le bureau de la proviseure, d'une traite, sans se reprendre. Quand il m'a reconnu, le gars a tiré une drôle de gueule.

– La prochaine fois qu'il entre ici, on l'installe direct dans mon bureau !

Le ton était doux mais ferme, genre « Me la fais pas deux fois à l'envers », si bien que le gars en a mordillé sa lèvre supérieure comme un gamin de cinq ans pris en faute. Il cherchait un truc à dire pour se justifier sans perdre la face. Je l'ai tchipé, ça lui a définitivement fermé sa gueule.

Elle m'a proposé un café qui venait d'une cafetière électrique antique. Le jus était d'un marron plus dégueu que les gilets de mon père. Mesronces a placé ses mains en triangle sous son menton et m'a regardé bien fixement.

– Karim, je t'ai convoqué pour que tu me dises tout ce que tu as vu.

J'ai répondu en soupirant que je l'avais déjà fait. Dodo m'avait interrogé sur le parking, l'autre fois.

– Dodo, qui est Dodo ?

Elle a eu un léger sourire quand j'ai raconté pourquoi on avait choisi ce surnom à la policière au visage mou et blafard qui patrouillait dans le quartier.

– J'ai besoin que tu me redises tout, parfois un détail revient en mémoire après coup...

– Vous avez interrogé Hamza ?

– Pas encore. Toi d'abord, parce que tu étais le premier sur les lieux.

J'avais prévu de dire que le strict nécessaire. Ce que j'ai fait. Avant de balancer la raison pour laquelle j'avais accepté de venir.

– Il faut que vous rendiez le corps de Zineb à Malika, j'ai dit, fermement.

Elle m'a répondu sur le même ton, sans ciller.

– Le légiste fait son boulot.

– Sa famille veut faire le deuil.

– J'imagine que la famille a également envie de voir le coupable sous les verrous. Pour cela, il faut nous laisser le temps de faire notre travail.

– C'est pas de temps que vous avez besoin, c'est de...

Elle s'est adossée à sa chaise, en croisant les bras sur sa poitrine, attendant que je finisse ma phrase.

– En vrai, je vous aime pas, j'ai lâché, en imitant son geste, et en me calant pépouze, sur mon siège en plastique gris et dur.

Elle a levé les yeux au ciel, comme si j'avais dit la plus grosse connerie de l'année.

– Tu n'as plus douze ans ! C'est pas une question d'affection... On est sur un autre plan, au cas où tu ne l'aurais pas remarqué !

Si elle se rendait pas compte que c'était pas possible de parler à quelqu'un en qui on avait pas un minimum confiance, je ne pouvais rien pour elle... Je me suis levé. J'avais rien à faire là, je le savais depuis le début.

– Moi je t'aime bien, elle a repris, d'une voix sincère.

Elle essayait de me baratiner ou quoi ?

– Vous me connaissez même pas !

– Je suis flic, il y a plein de choses que je devine...

– Dans quelle série policière à la con vous avez chopé cette phrase ?

– Ne sois pas insolent. J'ai besoin de savoir où tu étais vendredi soir dernier.

– Chez moi.

– Ton père peut confirmer ?

Mon père ? L'homme aux poissons panés ? Il dira sûrement qu'il m'a vu fermer la porte de ma chambre à vingt-deux heures et que je l'ai rouverte le matin.

– Tu peux me parler de Joyce ?

J'ai haussé les épaules.

– Tu es sorti avec elle, non ?

Son café était vraiment dégueu. Même sucré à mort, il laissait dans la bouche un goût amer.

– Qu'est-ce que ça peut vous foutre ?

– Elle t'a peut-être fait des confidences.

Mais devant mon air impassible, Mesronces a compris que je dirais rien.

– Rendez d'abord le corps de sa fille à Malika, après on verra, j'ai fait.

Elle a avalé son café sans même grimacer.

– Tu en veux un autre ?

– Plutôt crever. Il est dégueu, votre café.

– Tu pouvais juste dire « Non merci », ça suffisait, Karim, m'a fait Mesronces, en se resservant une nouvelle dose.

– Ah ! ça y est ! C'est terminé de m'appeler par mon nom de famille ? C'était juste pour impressionner l'autre abruti de l'accueil en montrant que vous savez bien prononcer les noms arabes ?

Elle a léché sa cuillère.

– Il est pas si dégueu que ça. Je te trouve bien exigeant.

Et elle a raclé le fond de sa tasse.

– Je sais que tu nous juges incompétents. Mais je t'assure qu'on a besoin de temps. On a retrouvé le corps samedi, elle a murmuré. Et le week-end, les légistes, ils bossent pas. On n'est que mardi... On ne peut pas aller plus vite que la musique.

– Elle est morte comment ?

La question m'avait carrément échappé, et ma voix a flanché sur la fin. J'ai baissé la tête, j'avais presque peur des mots que la flic allait employer.

La commissaire a hésité, elle devait se demander si ça valait le coup de faire une entorse au règlement et de passer outre le secret professionnel. Finalement, elle a dû se dire que lâcher du lest était le seul moyen de gagner ma confiance. Elle a éteint son tél.

– Perforation de la carotide. On pense que l'agresseur l'a frappée avec le talon aiguille de sa chaussure. C'est pour ça qu'on veut remettre la main dessus absolument.

Le goût amer que le café avait laissé dans ma bouche est devenu acide. Un quart de seconde, j'ai failli tout lui avouer. Mais j'ai pensé à Sublime. D'abord, il fallait que je m'assure qu'il était hors de portée.

– Elle avait des égratignures sur la joue et des traces bleues sur le cou. Elle s'est battue avant ?

Mesronces a botté en touche, cette fois.

– Tu as pensé à aller voir un psy ? Tu as subi un sacré traumatisme, quand même.

J'ai ricané.

– J'habite pas à Boboland, moi...

– Il y a des structures qui prennent les ados gratuitement.

– C'est pas pour moi, ce genre de truc.

Et je l'ai plantée là. J'ai enfilé les couloirs du commissariat à toute blinde. À l'accueil, c'est à peine si Léo m'a vu passer. Les portes d'entrée coulissantes se sont entrouvertes que j'étais déjà dehors. J'ai dévalé les marches et je me suis rué vers la bouche de métro. Elle m'a rattrapé juste avant.

– Fais pas le con, Karim. Je veux boucler le salaud qui a fait ça. J'ai besoin de toi.

Je me suis arrêté net. Ça faisait longtemps que quelqu'un m'avait pas dit ça, et venant d'un flic, en plus, c'était juste la quatrième dimension.

– Pour quoi faire ?

– Tu es du quartier, les gens te parlent. Tu as sûrement des infos que je ne pourrai jamais obtenir.

– Je ne suis pas une balance !

Elle a eu l'air gênée, car elle s'est excusée aussitôt.

– Bien sûr, ce n'est pas du tout ce que je voulais dire... Je sais que tu es proche d'Hamza, et j'ai peur qu'il essaie de se venger. Je veux éviter ça à tout prix. Madame Bouziane n'y survivrait pas.

Ça m'a étonné qu'elle ait une vision si précise, si juste de la situation. Cette femme était loin d'être teubée, mais je pouvais pas l'aider. Pas tant qu'elle n'avait pas rendu le corps de Zineb à Malika.

– Dormez bien, je lui ai conseillé. Demain, ça va être une grosse journée.

– Demain ? Pourquoi ? Qu'est-ce qu'il y a, demain ? Karim !!!

Elle gueulait toute seule dans la rue. Je m'étais déjà engouffré dans le métro.

~

À la salle de boxe, Driss était en train d'éteindre les lumières au tableau électrique. Tico, en râlant, ramassait quelques serviettes éponge qui traînaient par terre.

– Tu as l'air crevé, fils, m'a fait Driss.

L'espèce de conversation avec la flic m'avait vidé. Et j'avais pas obtenu ce que je voulais.

– Tu as rempli les papiers pour le centre de formation ?

J'ai secoué la tête.

– Traîne pas. La date butoir, c'est mardi prochain.

J'ai préféré changer de sujet.

– Ça s'est passé comment pour Sublime ? j'ai demandé.

Mais Driss a fait l'idiot.

– De quoi tu parles ?

– Il a pu embarquer ?

– Je ne vois pas de quoi tu parles.

J'ai compris un peu tard pourquoi Driss restait sur ses gardes. Tico et ses oreilles en chou-fleur traînaient dans les parages. J'ai baissé d'un ton.

– Je sais que tu l'as aidé à trouver un passeur.

Tico lavait par terre. Il avait l'air absorbé par sa tâche.

– Moins tu en sais, mieux ça vaut pour lui, a martelé Driss.

J'ai lâché l'affaire, dégoûté de ne pas savoir si mon pote avait pu embarquer ou non pour l'Angleterre.

– Qu'est-ce que tu es venu faire là, à cette heure, si c'est pas pour me parler de ton dossier ? a râlé le coach. Je suis en train de fermer, je voudrais rentrer chez moi. Latifah m'attend. La gosse n'arrête pas de pleurer.

– J'ai été convoqué par les flics.

Aussitôt, Driss s'est figé.

– Ils t'ont posé des questions sur Sublime ?

J'avais deviné que ce qu'il faisait pour Sublime n'était pas très légal, mais je pensais pas qu'il craignait vraiment les keufs. J'ai rectifié, en expliquant que ma convoc était en rapport avec Zineb.

Je lui ai tendu un des flyers d'Hamza que j'avais fourré dans ma poche avant d'aller au commissariat. Tico avait terminé son ménage et il avait disparu.

– Driss, tu as un peu réfléchi à l'assassin de Zineb ?

Il m'a regardé, étonné.

– Entre le taf et ma gamine, je touche pas terre. J'ai pas le temps de penser. J'attends que les flics fassent le job.

J'ai repensé à Mesronces et à ce qu'elle m'avait dit sur les gens du quartier qui se détournaient dès qu'ils la voyaient arriver. Elle allait pas réussir à grand-chose.

– Tu crois que c'est quelqu'un du quartier ? j'ai insisté, alors qu'il me poussait doucement vers la sortie. Ce serait bizarre parce que tout le monde se connaît ici, et tout le monde aimait Zineb. Et pourtant, dans la plupart des cas, la victime connaît son meurtrier. Tout le monde sait ça...

– T'occupe pas de ça, a fait Driss. C'est pas bon pour ta boxe. Tu dois être focus sur ton objectif, qui est, si je dois te le rappeler, d'intégrer le Pôle France... Tu ferais mieux de rentrer chez toi, et de remplir ton dossier avec ton père.

Cash, je lui ai demandé ce qu'il pensait d'Icham et Rayan.

– Pourquoi tu me demandes ça ?

S'ils avaient appris que leur sœur était en ville avec Joyce, ils avaient très bien pu dégoupiller. Driss a croisé les bras sur son torse, ses biceps saillaient, gros comme les jarrets de l'agneau qu'on bouffe à l'Aïd.

– Tu soupçonnes ses frères ?!

– Ils ont changé, tu peux pas dire le contraire, j'ai plaidé. Ils sont devenus chiants, à te dire ce que tu dois faire ou ne pas faire. Avant, on pouvait se marrer avec eux, quand même...

Mes mots résonnaient dans la salle de boxe vide. Drôle d'effet réverb. Driss a pris le temps de réfléchir avant de répondre.

– Icham et Rayan étaient à la mosquée avec moi, vendredi soir dernier. Je suis pas le seul à les avoir vus... L'imam et le reste des fidèles peuvent confirmer.

– La prière se termine en début de soirée. Zineb a été tuée après minuit, j'ai rétorqué, aussi sec.

Le coach a secoué la tête.

– On est restés avec l'imam après la prière. On a discuté assez longtemps de l'organisation de la fête du quartier. On était pas d'accord et ça a été assez houleux. Pour tout te dire, je suis rentré chez moi après une heure du matin. Je m'en souviens parce que Latifah m'a collé la petite dans les bras pour le biberon de la nuit.

Donc, Icham et Rayan avaient un alibi en béton. Je suis sorti dehors, soulagé quand même, mais déçu de voir cette piste s'évanouir, et complètement flippé à l'idée que Sublime devenait, à nouveau, le seul suspect.

~

Pour une fois, j'ai mangé avec mon père, en noyant le poisson sous une tonne de ketchup. Il me restait maintenant un goût de rouille dans la bouche, que même un tube de dentifrice n'a pas pu faire passer. J'étais épuisé, mais impossible de dormir. Ça me trottait dans la tête, la façon dont Zineb avait pu mourir. Quand on était petits avec Hamza, on jouait à ce jeu débile où il faut choisir sa mort préférée. On trouvait toujours des idées tordues, comme mourir attaché en plein soleil, couvert de miel, en se faisant dévorer par les fourmis, ou mourir pendu par les pieds dans la cale d'un bateau en pleine tempête, ou encore mourir éventré, étranglé avec son intestin grêle... Mais jamais on avait pensé finir comme Zineb. Le goût écœurant du ketchup et du poisson gras m'a empli la bouche. Je me suis tourné du côté de la fenêtre qui n'avait jamais eu de volet ni de store. J'avais une vue incroyable sur les tours. Les mille fenêtres allumées dessinaient des lumières carrées qui se détachaient sur les façades, comme des pixels dorés sur un écran d'ordi bugué. Je me suis amusé à les superposer, en les imbriquant, imaginant ce que ça donnerait, un appart dans un appart dans un appart. À force, j'ai pensé à Joyce. Une fois où il n'y avait personne chez elle, on s'était retrouvés dans sa chambre. Un lit, un bureau contre le mur, ça ressemblait plus à un couloir qu'à une chambre, mais qu'est-ce qu'on s'en foutait ! J'étais resté collé à elle, le nez dans son cou, l'odeur de sa peau plein les narines. Elle avait remonté la couette sur nos têtes et on s'était serrés l'un contre l'autre dans la moiteur de cette cachette de fortune. J'avais effleuré ses seins, elle s'était un peu cambrée. J'avais bandé comme un âne. Rien que d'y penser, je bandais de nouveau. Ma main s'est posée sur ma bite, j'ai fermé les yeux, mais à la place des seins de Joyce, c'est le visage de Zineb qui est apparu. Autant dire que je me suis mis à plat ventre pour m'étouffer avec l'oreiller.

5

Contre-attaque

– Y a des rumeurs qui circulent, comme quoi t'aurais bavé sur Rayan et Icham, a grogné Hamza dès qu'il m'a vu en bas des tours.

J'ai réfléchi à toute vitesse, me repassant la journée d'hier en accéléré. Driss était une vraie porte de prison, mais Tico plus bavard que le blog de l'ado de quinze ans acnéique et solitaire. J'avais pas fait assez attention.

– Tu crois que d'avoir trouvé le corps de ma sœur, ça te donne le droit de soupçonner mes frères ?

J'ai eu beau me défendre, il ne voulait rien entendre.

– T'es allé chez les flics, en plus ?...

– T'es ouf ou quoi ! J'ai été convoqué. Toi aussi, non ?

– Oui. Je dois y aller tout à l'heure, sauf que moi, c'est normal : je suis de la famille... Mais toi ? Tu te crois vraiment tout permis parce que tu étais sur les lieux le premier !

Hamza se plantait grave.

– T'as fumé ? j'ai demandé.

– Je suis clean, mec. Je veux pas que tu te foutes dans mes pattes, c'est tout. C'est à moi de trouver l'assassin de ma sœur. Je suis son grand frère, c'est ma responsabilité.

Il m'avait déjà dit la même chose, hier. Hamza se répétait. Comme souvent ça lui arrivait quand il était vénère. Mais s'il s'imaginait que j'allais lui obéir, il se fourrait le doigt dans l'œil jusqu'à l'os.

– La Mescouilles, elle vaut rien, il a ajouté. De toute façon, on se débrouille tout seuls, comme d'hab.

J'ai regardé les tours, quinze étages au minimum pour chacune, ça bouchait pas mal l'horizon. Ça nous protégeait, mais ça nous enfermait aussi. Hamza avait peut-être raison mais j'avais comme l'impression que la commissaire n'était pas tout à fait comme les autres.

– Les poulets, c'est juste bon rôtis, il a décrété, en cherchant à être drôle.

Mais sa blague est tombée à plat.

– Sois pas en retard tout à l'heure, il a dit, de nouveau sérieux.

Il faisait allusion à la manif qu'il avait organisée pour sa sœur. On aurait dit qu'il était plus aussi sûr de lui, tout d'un coup.

~

À midi, au moment de quitter le lycée, Joyce m'a fait du rentre-dedans, et après le sermon d'Hamza, ses lèvres m'ont fait un bien fou. Pour l'instant, j'avais besoin d'oublier toute cette merde, et les caresses de Joyce m'y aidaient parfaitement, mais je comptais bien arriver à mes fins. Le temps filait tout seul parce qu'on se roulait des pelles, serrés l'un contre l'autre, derrière le bâtiment de la cantine. Ça sentait le chou-fleur mais on s'en fichait pas mal.

– C'est quoi l'embrouille avec Zineb, vendredi soir ? j'ai demandé, après avoir tant embrassé Joyce que mes lèvres avaient doublé de volume.

– On a acheté des kebabs chez Amin puis on est allées chez Khedima... Tu le sais déjà, pourquoi tu demandes ?

– Qui est-ce qui lui a envoyé ce texto ?

Joyce a haussé les épaules.

– Zineb ne me disait pas tout.

Je pensais pourtant que les filles n'avaient pas de secrets l'une pour l'autre.

– Tu te souviens de l'heure exacte à laquelle elle a reçu ce texto ?

– Non, je venais de m'endormir.

Ses nattes ont tressauté sur sa tête, on aurait dit des pattes de crabes noirs.

– C'est pas ce que m'a dit Khe, j'ai bluffé.

Une ombre inquiète a voilé son visage, si furtive que j'ai cru avoir une vision. L'instant d'après, Joyce avait, de nouveau, l'air sûre d'elle.

– Elle t'a dit quoi ?

– Que vous étiez allées en ville. Dans le centre.

– Et ?...

J'en savais pas assez, je risquais de me foirer et Joyce comprendrait tout de suite que j'avais jamais interrogé sa pote. En même temps, elle n'allait rien lâcher si je ne m'avançais pas plus. Alors, j'ai tenté.

– Avec des garçons.

Elle a pouffé de rire.

– Je vois pas ce qu'il y a de drôle.

– Ta tête ! s'est moquée Joyce. Ta façon de dire « avec des garçons ». On aurait dit madame Allouche qui commère avec ses copines.

– Je lui ressemble pas du tout !

Elle a fait une jolie grimace.

– Allez, t'énerve pas...

Alors, elle a pris ma main et l'a enfouie sous son sweat. Son ventre était doux, ferme et chaud, un vrai délice. J'avais grave envie de caresser ses seins.

– Khe dit n'importe quoi pour se rendre intéressante, tu le sais.

Elle s'est cambrée et ses seins ont sailli davantage. Putain, qu'est-ce que j'avais envie d'y foutre la main !

– Ça s'est passé exactement comme je l'ai raconté. On a bouffé nos kebabs chez Khe, en se marrant parce qu'on en foutait partout. On a parlé, on a rigolé. Et je me suis endormie. D'après Khe, Zineb a reçu un texto. Alors, elle s'est levée et s'est rhabillée en disant qu'il fallait qu'elle sorte faire un tour, mais qu'elle revenait tout de suite. Khe a voulu l'accompagner, mais elle a refusé. Je te jure que je sais rien d'autre !

Joyce m'avait déjà servi cette histoire, je la connaissais par cœur. Mes doigts faisaient des arabesques sur sa peau, chaque fois un peu plus haut. J'allais effleurer son sein gauche, quand soudain, mon portable a sonné.

– Tu décroches pas ? a murmuré Joyce, les yeux mi-clos.

J'y étais presque.

– Pas envie.

Et comme pour me donner raison, la sonnerie a cessé. Mais le silence n'a pas duré.

– Décroche, ça m'énerve.

~

Hamza était de mauvais poil parce que j'avais oublié sa foutue manif, et les autres aussi. Il n'y avait pas foule devant le commissariat. Quelques amies et voisines, Malika et ses fils, Joyce, Khedima et moi. Vu tous les flyers imprimés et distribués, tous les posts sur Snap, sur FB et sur Insta, c'était déprimant. Ça faisait pitié. C'était pas une quinzaine d'individus qui allaient pouvoir faire pression sur les flics. Il bruinait, en plus. Des petites gouttes fines, qui s'insinuaient partout, jusque dans le cou.

Hamza ne tenait pas en place, ce qui agaçait Malika.

– Arrête de tourner en rond, lui a ordonné sa mère. Ça ne sert à rien et ça donne le tournis.

Il a obéi, et s'est mis à se bouffer les ongles en crachant les rognures par terre.

Malika portait un foulard noir rehaussé d'un liseré doré qui accentuait ses traits, creusés par le chagrin et le manque de sommeil. Malgré tout, elle paraissait digne. Elle se fichait pas mal qu'il y ait du monde ou pas. Elle était déterminée, elle irait jusqu'au bout, ses poings serrés sur le manche de sa pancarte en témoignaient.

La mère de Joyce et la tante de Khedima avaient déroulé la banderole. En lettres rouges sur le drap blanc, s'étalait la phrase *Zineb nous appartient*. Khedima avait bricolé une pancarte où elle avait collé une photo de Zineb. La photo venait sûrement d'un portable, elle était de mauvaise qualité, et on devinait seulement son sourire extraordinaire. J'ai réussi à l'attirer à l'écart, loin du regard de Joyce.

– Khedima, tu peux me raconter ce qu'il s'est passé vendredi soir ?

– T'es encore kéblo là-dessus ? Il me semble que Joyce t'a tout dit, non ?

– Je veux ta version.

– C'est la même que celle de Joyce.

– Ça colle pas. Zineb serait jamais sortie toute seule la nuit.

Elle a ricané.

– Pourquoi ? Parce qu'elle était belle et pure, et que tu penses qu'elle était pas capable de se la jouer tepu ?

Le visage pointu de Khe luisait de méchanceté. C'était moche.

– Vas-y, comment tu parles de ta pote !

Elle m'a tchipé.

– T'es qu'un pauvre mec, Karim. Et tu as de la merde dans les yeux...

Elle commençait à me gonfler, sérieux.

– Tu sais où est allée Zineb quand elle a reçu son texto ?

– Non. Aucune idée. Zineb ne se confiait qu'à Joyce, de toute façon.

Sa voix était amère, mais elle me regardait d'un air fier, comme si l'amitié forte, exclusive de Joyce et Zineb ne l'avait jamais blessée. Je savais que je remuais le couteau dans la plaie, mais j'ai insisté.

– Mais avant de venir chez toi, elles sont allées quelque part, non ?

– Au kebab, comme on t'a dit.

C'était pas la réponse que j'espérais. On ne se sape pas comme des reines juste pour aller chercher des kebabs chez Amin et s'enfermer après dans la chambre d'une pote. Je les avais vues ! Elles étaient canons et elles le savaient. C'est pour ça qu'elles gloussaient comme des gamines surexcitées ! Elles s'apprêtaient forcément à faire un truc d'enfer, un truc qui sortait de l'ordinaire.

– Pourquoi tu n'es pas allée avec elles ?

– J'ai pas le droit de sortir le soir, après dix-neuf heures.

– Zineb non plus et elle le faisait quand même.

– À croire qu'on était pas pareilles.

Sur ce point, elle n'avait pas tort. Elle était aussi terne que Zineb était solaire. Mais elle était futée et ça n'allait pas être facile de lui faire cracher le morceau. J'ai changé de tactique.

– Elle est bien faite, ta pancarte. La photo est bien choisie...

– C'est pas la peine de me faire des compliments ! Je te vois venir !

Un peu plus loin, Joyce enlaçait Malika qui pleurait dans ses bras.

– Il y a bien un truc que je pourrais te dire, a soufflé Khe, de façon tout à fait inattendue.

Ma respiration s'est bloquée, j'ai attendu la suite, suspendu à ses lèvres, tandis qu'elle souriait à demi, ravie de me tenir sous sa coupe.

– Mais faut raquer...

Impossible de savoir si elle bluffait ou non. Payer pour une clope, je trouvais ça réglo, y avait de la matière première et du boulot de façonnage, mais pour une info !...

– On n'est pas dans une série policière à la con...

– J'en ai rien à foutre de ce que tu penses. Tu as besoin d'un truc, et moi pas. C'est tout.

– Tu bluffes, tu sais rien.

Elle a brandi sa pancarte d'un geste brusque. Je ne sais pas comment j'ai évité son coude. Elle avait l'air tellement sûre d'elle, pour une fois, que j'ai demandé :

– Vingt balles, ça irait ?

Elle a levé sa pancarte en l'air pour faire monter l'enchère.

– Trente ?

Apparemment, c'était encore pas suffisant.

– Quarante. Seulement si ton info, elle tue.

– Cinquante, elle a exigé.

J'ai prié pour qu'un étourneau lui chie sur la gueule, mais ces trucs-là n'arrivaient jamais quand il fallait. Cinquante balles, c'était quelque chose, et je les avais pas sur moi.

Avant d'aller taxer Hamza, j'ai demandé :

– Quelle sauce, le kebab ?

Étonnée, elle a mis du temps à comprendre de quoi je parlais. J'ai dû répéter ma question.

– Le kebab que les filles t'ont rapporté. Quelle sauce ?

Elle a hésité un quart de seconde.

– Ketchup.

Je me suis détourné, un léger sourire au coin des lèvres. J'avais enfin une preuve que les filles mentaient. Quand Joyce m'en avait parlé, la sauce était blanche. Si j'avais des doutes, maintenant j'en étais sûr. J'ai hésité à confondre Khe. J'ai failli lui rentrer dedans. Mais, au final, je me suis bien gardé de dire quoi que ce soit. Elle aurait été capable de m'embrouiller. Là, j'allais jouer le jeu de Khe et trouver de la thune pour qu'elle crache le morceau. Si elle ne m'arnaquait pas, ça pouvait franchement valoir le coup.

– Je suis dégoûté… On a l'air de pauvres minables, m'a fait Hamza, en désignant la foule clairsemée devant le comico.

Je l'avais taxé mais ses poches étaient plus vides que les miennes.

Quand il a vu Icham et Rayan se barrer vers le métro, il est devenu verdâtre. Il a couru après eux.

– Vous faites quoi là ?

– Elle était pourrie, ton idée, a dit Icham.

– On le savait depuis le départ qu'elle était pourrie, ton idée, a ajouté Rayan, toujours en mode copie-colle de son frère.

Ces deux-là concouraient pour l'oscar des abrutis ou quoi ? Perso, je l'aurais donné à Rayan, parce que c'était juste un remake d'Icham.

– Même mes frères se cassent, a regretté Hamza.

– T'inquiète, les autres vont arriver…

Mais il ne m'écoutait pas, les yeux rivés à son Insta. Soudain, un ado mou s'est planté devant moi.

– Qu'est-ce que tu veux, Bouli ?

– J'ai un truc à te montrer, tu te souviens ?

J'ai croisé le regard de Khedima, qui m'a fait le signe « money, money » en frottant son pouce et son index avec un sourire narquois.

– T'aurais pas cinquante balles ? j'ai demandé à Bouli.

– T'as fumé ou quoi ? J'ai deux euros d'argent de poche par mois !

Bouli m'a regardé comme si j'étais le mec le plus chelou de la terre, il a craché par terre, puis il m'a mis son portable sous le nez.

– Quoi ?

– Tu te souviens, quand tu es venu à la maison, hier, je t'ai dit que j'avais un truc à te montrer.

– Tu crois que c'est le moment ? On verra ça plus tard, peut-être...

– Mais ça concerne Zineb, a insisté le gosse.

En vrai, j'ai pas fait attention à ce qu'il disait, car mon nom a résonné dans l'air. Carolina, la fille au visage en cœur, aux lèvres Tagada, qui était assise devant moi en cours de français, sortait du métro, suivie par une bonne partie de notre classe.

Elle a enroulé ses bras autour de mon cou pour me faire la bise mais j'étais trop surpris par le monde que dégueulait la bouche de métro pour faire gaffe à son petit jeu de séduction. J'ai pas calculé Joyce non plus et son regard plus jaloux tu meurs. J'étais trop en speed sur tous ces gens qui arrivaient. En plus de notre classe, ont déboulé des Arts Appliqués, des potes d'Hamza, et d'autres qui devaient connaître Khedima. Je saluais des têtes qui me disaient vaguement quelque chose. Lorsque la bande à Momo a débarqué, Hamza est parti comme une flèche les accueillir. Il a enchaîné les checks à n'en plus finir. Au milieu de cette foule qui grossissait à vue d'œil, Driss et Tico m'ont fait signe. J'ai cherché à les rejoindre, quand j'ai aperçu mon père. Avec son gilet marron, les trois cheveux qui lui restaient sur le crâne et son air épuisé, il se tenait droit, immobile, planté comme un piquet devant la bouche de métro, comme s'il pouvait repartir à tout moment. J'aurais dû aller le retrouver... Mais il y a eu un mouvement de foule, un groupe d'Arts Appliqués a voulu remonter jusqu'aux marches du comico, ils gueulaient comme s'ils étaient à un concert et qu'ils voulaient la place au premier rang pour mieux voir. Mon père a disparu de mon champ de vision. Pas longtemps. De nouveau, j'ai aperçu sa silhouette maigre, sa tête déplumée. Cette fois, il m'a vu, alors il a fait un petit signe de la main. C'était un geste tellement lent, si décalé...

Soudain, un long youyou a retenti, l'air a vibré. Entre les tours, ça a résonné de façon terrible, un mélange de douleur et de douceur, incroyable. Il y a eu un silence après. Même les oiseaux fermaient leur gueule. On était maintenant une foule dense, soudée. Vu du ciel, sûrement qu'on devait former un sacré bloc. Un deuxième youyou a envahi l'espace, suivi d'un troisième. Puis, d'une voix sonore, Joyce a crié :

– Nous voulons Zineb !

Et aussitôt, la foule a repris sa phrase. Avec une telle force que j'en ai tremblé. Joyce a crié encore, encore et encore. De voir que les autres suivaient, ça lui a donné de l'aplomb. Khedima a brandi sa pancarte, comme si elle voulait racler le ciel avec. Hamza a rythmé la phrase de Joyce en tapant dans ses mains. Certains de sa classe l'ont imité. Ça claquait, ça criait, ça bougeait avec une énergie de dingue. Même Mme Allouche parvenait à se glisser dans le tempo, ses sacs se balançaient en rythme au bout de ses bras. À ce moment-là, il y a eu une éclaircie dans le ciel, à moins que ce soit un autre genre de soleil qui illuminait le bordel.

Ça a rameuté des voisins aux fenêtres qui ont gueulé avec nous, des passants s'arrêtaient et se mettaient à taper dans leurs mains. Au bout d'un moment, on faisait un tel boucan que Mesronces a été forcée de sortir du commissariat. Son costard noir corbeau se détachait sur le crépi blanc des murs. Elle a dévalé les marches sous quelques maigres applaudissements, ceux qui voyaient d'un bon œil le fait que quelqu'un vienne s'occuper du problème. Elle s'est dirigée vers Malika et lui a parlé à l'oreille. Malika a juste hoché la tête. Elle a fait signe à Hamza, et tous les deux ont suivi la commissaire.

Il y a eu un moment de flottement dans la foule. On ne savait plus s'il fallait continuer de crier ou non. C'est Joyce qui a pris la décision. Elle a brandi son poing en l'air. Et les autres l'ont imitée.

Dès qu'elle trouvait le niveau sonore trop mou, elle redonnait de l'énergie en criant de plus belle. Personne n'aurait pu l'arrêter. Sa peau sombre luisait dans la lumière dorée de la fin d'après-midi.

Mais le soleil a décliné, la bruine est revenue, il a fait froid d'un coup, et ça en a chassé certains qui en avaient marre de crier, de brandir le poing, d'être debout, d'attendre... Quand enfin Malika et Hamza sont sortis du commissariat, il ne restait plus grand monde.

– Ils peuvent pas encore rendre le corps, a dit Malika, déçue, aux voisines qui l'entouraient. Ils n'ont pas... terminé l'examen.

La nouvelle a vite fait le tour, et des clameurs d'indignation ont fusé. Les doigts d'honneur ont remplacé les poings levés. Hamza et Momo étaient les plus remontés. Avec les potes de sa bande, ils ont pris les poubelles du commissariat et les ont déversées sur les marches. Une canette a atterri à dix centimètres de mes pieds.

– Vas-y, fais une passe ! a gueulé Hamza.

J'ai tiré et on a joué au foot comme ça, en se marrant. Un tir un peu trop cadré et la canette a ricoché sur une vitre avec un bruit de ferraille. Mesronces est sortie de nouveau et nous a donné l'ordre de nous disperser, mais on l'a ignorée. On a continué à jouer, cette fois on visait délibérément les fenêtres du commissariat. Les boîtes de conserve dégringolaient sur les vitres dans un bruit de plus en plus assourdissant. Et puis, c'est carrément un sac-poubelle qui a atterri sur une fenêtre. Cette fois, Mesronces a rameuté ses collègues. Tout un cordon de flics s'est aligné devant le commissariat. Ça sentait pas bon. Fallait se tailler. Je ne voyais plus Hamza, alors j'ai dit à Joyce d'emmener Malika chez elle. Les mains dans les ordures, j'ai agrippé des restes de fruits pourris et je les ai jetés sur les flics. Les autres de la bande m'ont imité en hurlant. On sous-estime le pouvoir de la purée : sur la visière d'un casque, c'est redoutable. On s'amusait bien quand les flics en ont eu marre et ont musclé le jeu. Ils ont chopé un grand de ST2A, qui venait de balancer une salade pourrie. Ils l'ont foutu par terre et l'ont menotté. Ça a été comme un signal. Je me suis élancé vers la bouche du métro, quand un keuf a surgi de nulle part et m'a barré le passage.

Le petit jeune de l'accueil a ricané en me voyant passer devant lui, menotté et traîné par son collègue. J'ai eu envie de lui cracher à la gueule, mais il était trop loin. Après m'avoir fait remonter des couloirs au pas de course, le flic m'a jeté dans un bureau, toujours menotté. Il m'a fouillé. Portable, clés, et même un vieux papier qui traînait dans ma poche ont été confisqués. Puis, sans un mot, le flic s'est barré.

Les coudes sur les cuisses, la tête penchée vers le sol, j'ai attendu. Il y avait rien à faire qu'à regarder le lino parsemé de taches bleues, qui, si on avait un peu d'imagination, faisaient toutes sortes de formes plus bizarres les unes que les autres. Au bout d'un moment, j'ai eu envie de pisser. J'ai essayé d'ouvrir la porte, mais elle était fermée. J'ai cogné, j'ai appelé, mais personne n'est venu.

La pendule sur le mur d'en face avalait les quarts d'heure aussi lentement qu'une anorexique son repas. J'ai tapé sur la porte une deuxième fois, j'ai hurlé de plus belle. Il y avait bien des bruits dans le couloir, mais personne n'a réagi à mes cris. L'envie devenait de plus en plus insupportable, bientôt mauvaise, douloureuse. Une heure que j'étais là, personne n'était venu voir si j'avais besoin de quelque chose. Je me remplissais de pisse et tout le monde s'en foutait. Ma vessie, ma bite, mon ventre, mes bras, mes doigts, ma tête me faisaient mal et je restais seul, comme un con. Une demi-heure de plus et c'est devenu intenable. J'ai sautillé sur place encore un peu, retardant le moment où j'allais me pisser dessus. Et puis j'ai remarqué une poubelle sous le bureau. N'y tenant plus, je me suis défroqué en tirant sur mon jogging comme je pouvais avec mes mains menottées. J'ai écarté les jambes juste au-dessus. En glissant mes poignets attachés sous ma queue, ça pouvait le faire. J'ai visé et j'ai pissé dedans. Quel soulagement !

– Je vois qu'on prend ses aises...

J'ai remonté mon froc le plus vite possible. Pas simple quand on a que ses poignets. Près de la porte, Mesronces avait un petit sourire.

– Ça fait trois heures que je poireaute ici, tout seul... J'ai hurlé qu'on m'emmène aux toilettes, personne n'a voulu me répondre ! Dès que je rentre chez moi, j'envoie un mail à Amnesty International pour vous dénoncer.

– Mais oui, c'est ça !

Elle a passé la tête dans le couloir et a crié un nom. Un officier en uniforme s'est empressé de venir, elle lui a désigné la poubelle en plissant le nez de dégoût.

– On n'en serait pas là si tu avais fait le job, elle m'a dit, quand l'uniforme a refermé la porte derrière lui.

– Vous êtes en train de dire que c'est de ma faute tout ce bordel ?

– Ouais, un peu, et puis celle d'Hamza.

– Moi, je dirais plutôt que c'est vous qui avez pas assuré.

Fallait que je lui rappelle qu'elle avait refusé de faire pression sur le légiste, hier ?

– Vous pouvez pas dire que je vous avais pas prévenu.

– Ah ! tu te crois malin ? Avec ce qu'il vient de se passer, tous mes agents sont réquisitionnés pour sécuriser le quartier. J'ai plus personne pour bosser sur le meurtre de Zineb. On va perdre un temps fou.

On s'est toisés. Genre le dernier qui lâche est un con. Ça a duré des plombes.

– Vous pourriez me les enlever, peut-être ? j'ai demandé en levant les bras.

Mais elle n'a pas répondu. Elle s'est assise derrière son ordi, l'air de rien.

– Djezabel Tanatkelkouk, c'est bien ta mère ?

Putain, j'avais plus entendu le prénom de ma mère depuis des lustres, mon père disait « ta mère » quand il voulait parler d'elle, et voilà qu'aujourd'hui, il ressortait dans la bouche d'une flic. J'ai regardé ailleurs. Je l'ai entendue pianoter sur son clavier d'ordinateur.

– Il y a des infos récentes sur elle quand je tape son nom sur mon ordi, tu sais ?

Je me suis mordu les lèvres pour ne pas lui poser des questions. Je croyais qu'ils avaient refusé de lancer des recherches. À l'époque, ils avaient dit à mon père qu'elle était majeure et libre de disparaître comme elle voulait.

– Le 7 mars, elle sort faire des courses et ne revient pas au domicile conjugal. Mais ça, tu le sais déjà. Ce que je peux t'apprendre, c'est que depuis trois mois, elle travaille à Marseille.

J'ai fait le mec pas concerné mais, dans ma poitrine, mon cœur cognait comme un rageux. Ma mère n'était pas morte. Elle ne gisait pas dans un fossé, au bord d'une route, étranglée ou poignardée par un serial killer en mal de proies faciles. Est-ce que mon père était au courant qu'elle était à Marseille, à l'autre bout de la France ? Ça se bousculait trop fort dans mon cerveau pour que j'y voie clair.

Mesronces a scruté son écran, lisant tout bas, marmonnant parfois des commentaires inaudibles. Puis elle a reporté son attention sur moi.

– C'est fou ce qu'on apprend avec ces grosses bêtes-là, elle a dit, en tapotant son ordinateur.

Une envie de chialer comme un gosse m'a envahi, que j'ai refoulée aussitôt. Pas devant elle. J'ai relevé bien haut la tête.

– Si tu réponds à mes questions, je répondrai aux tiennes, c'est honnête comme deal, non ?

Honnête ? C'était juste du chantage...

– C'est pas du chantage, Karim...

Encore son foutu don de lire dans mes pensées.

– C'est plutôt donnant-donnant...

J'ai serré les poings, les dents, les fesses, tout ce que je pouvais. Il fallait pas craquer. Sinon, après ça, j'étais cuit. Elle me tiendrait par les couilles. Je me sentirais genre redevable, et c'était bien la dernière chose que je voulais. Et puis, fallait avouer, vu comment mes tripes se retournaient, je crois que j'étais pas sûr d'être prêt. À tous les coups, la vérité allait pas me plaire, genre ma mère nous avait juste abandonnés, mon père et moi, pour un type plus beau, dans une maison plus jolie... Peut-être que je préférais continuer d'imaginer autre chose, un burn-out par exemple, plutôt que de savoir qu'on était si nazes qu'elle était partie sans rien dire.

– Alors ? Tu dis rien ?

– Vous allez faire pression sur le légiste, et rendre le corps de Zineb à sa famille ? j'ai demandé, en la défiant.

Elle a grimacé.

– On a déjà eu cette conversation, tu sais bien que je ne peux rien faire.

Elle a éteint son ordi et s'est levée de sa chaise. Je l'ai imitée, en tendant mes mains menottées, persuadé qu'on en avait terminé, qu'elle allait me libérer et me dire de partir. Mais elle s'est contentée de me dire :

– Je crois que tu as peut-être quelque chose que je cherche.

J'ai plissé les yeux.

– N'importe quoi.

Elle a brandi un morceau de papier froissé.

– Tu avais ça dans tes poches.

Le mot que m'avait laissé Sublime avant de partir. J'avais oublié de le jeter.

– Qui t'a écrit ça ?

Je suis resté muet.

– On a retrouvé le portable de Zineb... Il nous manque plus que cette chaussure ! Si tu sais où elle est, il faut nous le dire...

J'ai même pas entendu ses derniers mots. Les flics avaient donc retrouvé le portable de Zineb !

– Alors ?

J'ai dit la première chose qui me venait à l'esprit.

– De l'argent. C'est juste un pote qui me devait du fric.

C'était plausible. Sublime écrivait juste qu'il me rendait un truc. Mais la flic a pas eu l'air de me croire, elle a plongé ses mains dans ses poches, et a balancé ses talons d'avant en arrière.

– Tu as tort de ne pas vouloir nous aider, toi et moi, on ferait des étincelles !

J'ai rigolé. Une femme flic et un mec de cité... Fallait arrêter de rêver ! Elle a eu l'air vexée que je me marre, parce qu'elle m'a tourné le dos assez brusquement et s'est dirigée vers la porte d'un pas rapide.

– Hé, vous me faites pas sortir ? j'ai gueulé quand j'ai compris qu'elle se barrait. Vous n'avez rien contre moi !

– Tu as déjà oublié ton petit numéro de tout à l'heure avec les poubelles ? Trouble à l'ordre public. Quelqu'un d'autre va venir t'interroger, elle m'a annoncé, sans se retourner. Mais t'inquiète, on va se revoir...

Je suis sorti deux heures plus tard, après un interrogatoire dans lequel les mêmes questions revenaient toutes les dix minutes, comme des rouleaux compresseurs. Puis, quand ils ont vu qu'ils pourraient rien tirer de moi, ils m'ont relâché. Un flic m'a raccompagné à la sortie, comme s'il avait peur que je m'éternise dans ce putain d'endroit. À l'entrée, en face du bureau du petit con de l'accueil, sur une des chaises en plastique orange, une silhouette féminine a attiré mon attention. La femme avait la tête baissée, un foulard sur les cheveux et des lunettes noires, mais je l'ai reconnue. Surpris, j'ai eu le réflexe de m'avancer vers elle. Je voulais lui parler. Mais le flic m'a retenu et m'a entraîné vers la sortie.

– M'dame, m'dame, j'ai crié. Qu'est-ce que vous faites là ?

Elle n'a pas bougé, peut-être s'est-elle juste tassée davantage sur sa chaise.

– Oh ! c'est moi : Karim...

La femme s'est carrément cachée dans les bras de sa voisine.

– Eh, vous pourriez me répondre !

Cherchant à la faire réagir, je gueulais tout ce que je pouvais et freinais sec, enfonçant mes baskets dans le lino mou du couloir. Le flic en a eu marre. Il a resserré sa poigne. Je criais encore quand il m'a jeté dehors.

~

J'en revenais pas d'avoir croisé Breteau au commissariat, c'était vraiment pas le lieu où tu penses voir ta prof ! Je me doutais bien que si elle était là, c'était en rapport avec Zineb. Je lui demanderais dès que je la choperais au lycée. Pour l'instant, je profitais d'être à l'air libre. J'ai inspiré plusieurs fois à fond et j'ai rallumé mon tél, impatient d'avoir des nouvelles de tout le monde.

Joyce me disait de les rejoindre chez Malika. Avant ça, je suis rentré chez moi. Le petit numéro que m'avait joué Mesronces ne me sortait pas de la tête. Elle avait des infos sur ma mère, mais j'avais pas voulu rentrer dans son manège. Je savais que j'avais bien fait. Tôt ou tard, on saurait. J'aurais voulu mettre mon père dans le coup mais il dormait devant la télé, alors j'ai remis ça à plus tard. J'ai pris une douche, j'ai fourré l'escarpin dans mon Eastpak avec l'idée de le cacher ailleurs que dans mon tas de linge sale. Les soupçons de Mesronces, tout à l'heure au commissariat, me rendaient prudent. Puis j'ai fouillé la planque de mon père, mais y avait que dix balles. Je les ai gaulés quand même pour toutes les fois où il avait fait des descentes dans ma chambre pour ses clopes. Il me restait encore quarante balles à trouver pour obtenir les confidences de Khe.

Arrivé dans la tour d'Hamza, j'ai appuyé sur le bouton de l'ascenseur, sans conviction, juste au cas où, mais évidemment il n'a pas fonctionné. Ce truc ne marchait que pour Mme Allouche. J'ai foutu un coup de pied dans la porte en fer. Mes orteils ont pris cher. Et m'ont fait souffrir tout au long des douze étages. Le bruit débordait de chez Malika. On l'entendait depuis le couloir. Faut dire qu'il y avait un monde fou. Les voisines de d'habitude, des gens du lycée, et surtout Momo et sa bande. C'est Joyce qui m'a accueilli.

– Qu'est-ce qu'ils foutent là ? j'ai demandé en la décollant de ma bouche.

Le mot « embrouille » clignotait au-dessus d'eux comme le néon d'un sex-shop dans une ville de caserne. Et finir la journée avec eux était bien la dernière chose dont j'avais envie.

– C'est Hamza qui leur a dit de venir, m'a répondu Joyce, contrariée que je m'intéresse davantage à la bande à Momo qu'à elle. Hé ! tu sais que, à la télé, ils parlent de Zineb ?

Je l'écoutais à moitié, concentré sur Momo et Hamza. Ils avaient l'air de conspirateurs, ça m'a saoulé.

Malika m'a fait asseoir sur le canapé à côté d'elle, a réclamé une assiette pour moi. Aussitôt, deux voisines se sont précipitées dans la cuisine. En face de nous, la télé était allumée sur une chaîne d'info, sans le son. À intervalles réguliers, revenait le même reportage où on voyait une photo de Zineb, puis le trottoir sur lequel je l'avais trouvée. Après ça, on avait le droit à une interview de Mme Allouche, et ensuite à des images de la manif de cet aprèm, prises avec un tél.

Quand les voisines sont revenues avec une assiette remplie à ras bord, elles se sont mises à me poser tout un tas de questions sur mon interpellation. J'ai raconté le minimum. Tout le monde y allait de son petit commentaire, personne ne s'écoutait vraiment. Soudain, une femme avec de grands yeux sombres et inquiets s'est penchée vers moi.

– Pourquoi ils t'ont laissé sortir ? m'a-t-elle demandé, indignée. Moi, mon fils, il y est encore...

– C'est vrai ça, a fait Hamza, debout dans l'encadrement de la porte du salon. Pourquoi ils t'ont laissé sortir ? Tu as encore balancé des infos à Mescouilles ? Tu l'aimes bien, hein ? Tu lui sers d'indic ?

Tous les regards se sont braqués sur moi. Il y a eu un silence que seul le bourdonnement de la télé a atténué un peu.

– Ta gueule, Hamza. Ils t'ont même pas serré, toi... T'as bien su esquiver, hein ?

– Qu'est-ce que tu veux, je suis un boss !

Il bichait, fier de lui, mais quand Momo l'a appelé pour partir, il a radiné comme un toutou.

– Ne rentre pas trop tard, a dit Malika, et on voyait bien qu'elle y croyait pas elle-même.

J'ai voulu me lever, les suivre, mais la femme aux yeux sombres et inquiets a posé une main sur mon genou comme pour m'empêcher de partir.

– Je ne sais pas pourquoi ils retiennent encore votre fils, j'ai dit, en ôtant sa main.

La porte a claqué. Hamza avait filé. Toutes les voisines me dévisageaient. J'avais l'air con. C'est Bouli qui m'a sauvé. Je l'ai suivi dans sa chambre sans demander mon reste.

La pièce était plongée dans le noir. Mais on devinait quand même le bordel qui y régnait. Ça sentait autant les pieds que la dernière fois.

– Pose ton sac par terre et assieds-toi, a ordonné Bouli, en swipant sur son tél.

Je me suis rendu compte que j'avais gardé mon Eastpak sur le dos, alors j'ai obéi, et je me suis laissé tomber sur la chaise à roulettes du bureau d'Hamza. Elle a grincé quand je l'ai fait pivoter dans tous les sens. Étonnant qu'elle ne soit pas cassée depuis le temps qu'on s'amusait dessus...

– Tu sais où il va, ton frère, quand il sort le soir avec Momo ?

– Chais pas. Depuis que Zineb n'est plus là, il est plus pareil.

J'ai hoché la tête.

– Précise.

– Il me traite comme si j'avais quatre ans.

– Tu as quatre ans, Bouli...

– Même pas vrai, j'en ai treize.

Je n'arrêtais pas de faire tourner la chaise qui grinçait terrible, comme un couinement frénétique, ou une lamentation de hyène.

– Vas-y, arrête de bouger, s'est agacé Bouli. Je veux que tu sois concentré. Tu es prêt ?

Alors un beat a retenti, un beat avec un sacré groove. Bouli a posé son tél sur le bureau d'Hamza devant moi. J'ai vu une silhouette faire des allers-retours sur une scène microscopique. Elle a approché le micro de sa bouche, et une voix chaude mais un peu rauque a balancé avec un flow de ouf :

Y a rien à faire, pour me faire taire,
Je suis une meuf d'ici
et j'aurai jamais la même vie
que Miss Barbie,
Meuf ! Je préfère avoir la tête bien remplie
que le soutif trop garni
et tes rêves de famille unie
je les balance aux orties
Car Barbie me barbe avec sa face de marbre
son sourire niais qui nie que la vie
te plie comme un origami
T'as pas compris ?

on fait pas de gammes ici
on ne t'explique rien
t'es direct rincé dans le grand bain
Et on te frotte le dos, sévère
avec du papier de verre
Barbie, elle, elle a bien compris
pour pas s'embêter
elle utilise de la vaisselle jetable
ça en jette sur la table
Pour servir ses cocktails de fruits
elle ne jure que par les verres en papier
c'est plus simple, rien à laver
tout part à la poubelle
Que ça coule, que ça fuie
Barbie s'en fout
c'est mastoc, une vie en toc
c'est pratique, une vie factice
Moi, je vais te dire, je suis vénère
mais cent fois, je préfère le papier de verre
aux verres en papier
Aux origamis, je préfère la vie
les apparences, ça n'a pas de sens
Je vais peut-être bouffer du béton jusqu'à l'indigestion
mais vous connaîtrez mon nom

Vous retiendrez mon nom,
pour mes rimes et mon flow
pour mon beat et mes mots
Au cimetière des bimbos
qu'on oubliera aussitôt
Barbie ira se faire enterrer
quand moi, je serai encore
debout sur mes pieds
debout devant mon micro
Ouais, car je rêve d'une société
où je serai remarquée
pas pour la taille de mes seins
ni pour mon tour de reins
mais pour ma façon de rapper
pour ma façon de rapper...

La vidéo était mauvaise. La luminosité était trop basse, l'image floue et pixellisée, mais le charisme de Zineb était visible. Palpable, même ! Je suis resté scotché.

– Tu as vu comment elle envoie du lourd !

Les yeux de Bouli étaient suffisamment écarquillés pour que même dans cette pénombre, on y devine toute la fierté et la tristesse qui l'envahissaient. De mon côté, j'étais bluffé.

– Tu savais que ta sœur faisait du rap ?

Bouli a fait non de la tête.

– C'est la première fois que je l'entends chanter. Elle en écoutait beaucoup mais tout le monde écoute du rap maintenant, même les filles.

J'ai pas relevé, encore impressionné par ce que je venais de voir.

– Qui est-ce qui a filmé ça ? Et quand ?

– Chais pas.

– Y a un nom ?

– Juste un pseudo.

« Tartaredu81 » ne m'évoquait rien du tout.

– Comment tu as su ?

Bouli m'a regardé sans comprendre.

– Des vidéos, y en a des milliers sur YouTube. Comment tu l'as trouvée, celle-là ? T'as pas googolisé ta sœur alors qu'elle était morte ?

– Bien sûr que non, a répondu le gamin, choqué. On m'a envoyé le lien. Par texto.

– Qui ?

– Chais pas, c'était un SMS anonyme.

– Quand ?

– Lundi soir.

Il me regardait, un peu effrayé.

– Montre !

J'ai tendu la main vers le téléphone. Bouli tremblait.

– Ça sert à rien. J'ai enregistré le lien et j'ai effacé le message.

Le gamin n'avait rien dans le crâne ou quoi !

– Tu as bousillé une preuve !

Bouli a passé une main dans ses cheveux, baissant un peu la tête.

– Ça faisait trop flipper. Ça disait un truc du style : *Regarde ta salope de sœur qui se déhanche dans un bar.*

On est restés un moment silencieux.

– Pourquoi toi ? j'ai demandé, soudain.

Il a haussé les épaules.

– Pourquoi on te l'a envoyé à toi et pas à tes frères ?

C'était plutôt à Icham et Rayan qu'aurait dû s'adresser ce genre de message.

– Peut-être qu'ils l'ont reçu mais qu'ils ont rien dit. Je parle pas trop avec eux...

– Pas trop, ça veut dire jamais ?

Il a levé les yeux au ciel, ce qui, dans le langage Bouli, signifiait que les frangins n'étaient pas souvent là.

– Et avec Hamza, tu parles des fois ?

Le gosse a haussé les épaules.

– Mon frère est devenu comme fou. Il ne parle de rien d'autre que de vengeance. Je crois bien qu'il me fait peur...

Je l'ai serré dans mes bras. Bouli était le petit dernier qu'on oubliait un peu facilement. Ça voulait pas dire qu'il était pas en galère, comme les autres. Est-ce qu'Hamza m'aurait mis au parfum, s'il avait reçu une telle vidéo sur sa sœur ? Je réfléchissais à toute vitesse. Bouli a repassé la vidéo. Cette fois, j'ai fait davantage attention aux détails. Zineb portait les escarpins bleus à paillettes. Elle était habillée d'un jean et d'une chemise blanche, exactement comme quand je l'avais vue dans le hall de l'immeuble, vendredi soir. Ce qui voulait peut-être dire que cette vidéo avait été tournée juste après... Et puis, la voix chaude de Zineb m'a happé. Elle avait le truc pour vous faire entrer dans son flow, c'était incroyable. On était tout de suite dans l'ambiance qu'elle voulait poser. Une bouffée de tendresse m'a étouffé et je me suis senti con.

– Merde alors, j'aurais jamais imaginé ça d'elle...

– Elle assure, hein ?

– Grave, j'ai fait. En musclant un peu plus le texte, avec de l'entraînement et un bon manager, elle aurait pu faire carrière.

Là, Bouli a éclaté en sanglots.

6

Jeu de jambes

À six heures du mat, ils étaient là. Dodo et Matéo, en uniforme, accompagnaient Mesronces, en costard noir, toujours le même, à croire qu'elle en avait qu'un seul... Elle avait laissé le doigt appuyé sur la sonnette, histoire de bien nous exploser les tympans, jusqu'à ce que je lui ouvre la porte. Je dormais pas de toute façon. J'avais pas dormi de la nuit. J'avais passé mon temps à réfléchir et à fouiller le Net à la recherche d'autres vidéos de Zineb. J'en avais trouvé aucune.

Je les ai laissés entrer, même si c'était la dernière chose dont j'avais envie. Mon père, endormi devant la télé, s'est réveillé en sursaut, et il a eu un choc en les voyant. Dodo et Matéo faisaient des commentaires sur nos meubles pourris, nos vieux bibelots et les affiches syndicales de mon père, punaisées au mur, carrément défraîchies. Mesronces les a rappelés sèchement à l'ordre. J'ai apprécié, vite fait.

Vexés, ils se sont tus, en se mettant à fureter partout, minutieusement, ouvrant les tiroirs et les placards sans rien refermer après. Leurs doigts sales couraient partout.

– Hier, vous aviez dit qu'on allait se revoir, mais je ne pensais pas que ce serait si rapide ! j'ai dit à Mesronces, d'un ton grinçant.

Je faisais le malin mais j'en menais pas large. Je croisais les doigts pour qu'ils n'aillent pas fouiller dans mon tas de linge sale.

– Bonjour, d'abord, m'a fait la flic, plutôt gentiment.

Mesronces a tendu la main à mon père, qui a gardé les siennes dans ses poches. Il détestait les flics autant que moi, même si c'était davantage à cause de son passé d'anarchiste que d'avoir subi trop de contrôles d'identité.

– Je comprends pas bien pourquoi vous êtes là, il a dit. Karim a fait une connerie ?

Mesronces a sorti le mandat de perquisition et le discours qui allait avec.

– Un petit café, ce serait pas de refus, elle a fait, en se tournant vers moi.

– Vraiment ? Il est pas terrible, le café, ici...

– Tu oublies que j'apprécie le café dégueu, elle a répondu, avec un sourire qui se voulait complice.

J'ai traîné les pieds dans le couloir, pour bien montrer mon agacement. Elle m'a suivi. La cuisine m'a semblé toute moche et toute petite, avec la commissaire dedans. D'un coup, je remarquais le papier peint jauni, les feux de la gazinière noirs de crasse, le plan de travail constellé de morsures de couteau et la table en formica bancale. Elle s'est adossée au mur en me regardant attraper le paquet de café dans un placard.

– Vous avez l'air crevée, commissaire. Vous n'avez pas bien dormi ? L'idée de fouiller chez les gens, ça vous berce pas ?

– Karim, arrête ton petit numéro deux secondes...

J'ai dosé le café, et j'ai mis de l'eau dans la cafetière.

– Faut que je la surveille, j'ai fait, en désignant la cafetière. Des fois, elle déconne. C'est pas le dernier modèle.

Mesronces a soupiré. Elle n'était pas dupe.

– Tu te méfies ? Je comprends. J'étais pareille à ton âge.

– Vous êtes venue me raconter votre vie ?

Elle a souri de nouveau, un sourire aussi vieux que la cafetière.

– Depuis hier, j'ai le maire et le préfet sur le dos, elle a soupiré. Bientôt le ministre de l'Intérieur. Tout le monde craint que le quartier s'embrase. En plus, les journalistes commencent à fouiner.

– C'est pas mon problème…

Je la fixais sans ciller, de mon regard bleu que je savais rendre glacial. En général, je réussissais à mettre les gens hyper mal à l'aise, sauf que là, Mesronces ne s'est pas laissé impressionner. Le café coulait en faisant un bruit dégueulasse d'intestins qui se vident.

– Parle-moi, Karim, elle a dit soudain, très bas.

J'ai pensé qu'elle n'avait pas envie que ses collègues l'entendent. Ils étaient dans ma chambre, juste à côté. On les entendait ouvrir les tiroirs de mon bureau et les portes de mes placards. J'étais tellement tendu vers ce qu'il se passait de l'autre côté de la cloison que j'ai pas vraiment écouté ce qu'elle disait.

– Je te le répète : tu es malin, tu connais tout le monde dans le quartier, et je mettrais ma main à couper que tu as envie de découvrir le meurtrier de Zineb avant qu'Hamza fasse une connerie.

J'ai secoué la tête, je voulais juste qu'elle parte, qu'elle me laisse tranquille.

– Si on coopère, on a plus de chances de le serrer, elle a insisté.

J'ai tendu l'oreille, guettant un cri triomphal. Le tas de linge sale était dans mon placard, pas difficile à trouver. Dans ma tête, je priais.

– Karim ?

J'allais faire l'effort de revenir à la conversation quand Dodo et Matéo se sont pointés dans la cuisine. Ils en avaient fini avec ma chambre, et la maison n'était pas si grande. Ils ont secoué la tête l'un après l'autre. Rien trouvé. Ils étaient teubés, ou quoi ? Le sac leur tendait les bras ! Ça m'étonnait qu'un truc comme ça leur passe sous le nez. À moins que... le sac soit ailleurs ?!... Soudain, je me suis souvenu. Je l'avais emporté avec moi hier soir, quand j'étais allé chez Malika. Je m'étais dit que j'irais le planquer à la salle de boxe après. Mais secoué par la vidéo que Bouli m'avait montrée, j'avais oublié le sac là-bas.

La commissaire a tendu sa tasse vers moi, et je lui ai versé le café. J'essayais de rester calme, mais presque ma main tremblait. Elle a soufflé sur le liquide brûlant, tout en m'observant. J'ai dû servir les deux autres d'un air le plus innocent possible, alors que je n'avais qu'une envie : qu'ils se cassent tous.

– Il est pas si mal, ce café, elle a commenté, après en avoir bu une gorgée.

Mais elle a reposé sa tasse à moitié pleine sur la table et elle a donné le signal du départ. En passant la porte, Matéo s'est tourné vers moi, un sourire aux lèvres, plus démoniaque qu'un Joker sous coke. Ce type faisait flipper.

Tapi dans l'ombre, à travers la vitre du salon, je les ai regardés rejoindre leur bagnole, attendant qu'ils dégagent du paysage pour courir chez Hamza. Aux aguets, j'ai entendu toute leur conversation.

– On va où maintenant ? a demandé Dodo.

– Chez les Bouziane, a répondu Mesronces, en lançant les clés à Matéo.

La lose ! C'était mon jour ou quoi ? J'ai sauté sur mon portable, mais c'est la messagerie d'Hamza qui m'a répondu. Soit il avait éteint son tél, ce qui n'arrivait jamais, soit il m'avait bloqué. Je savais plus de quoi était capable mon pote depuis hier soir, avec ses insinuations à la con et la façon dont il m'avait planté, en se cassant avec Momo. La sueur perlait à mon front. Si les flics trouvaient la chaussure chez Malika, ils suspecteraient sûrement Hamza ! Il n'en faudrait pas plus pour qu'il dégoupille et fasse une connerie. Il était tout le temps sur le vif, et en ce moment plus que d'habitude. Une seule réflexion de Mesronces pouvait entraîner un geste merdique de sa part. Malika avait assez de problèmes comme ça. Fallait pas que je traîne si je voulais réparer ma connerie. J'ai pris mes clés et je me suis dirigé vers la porte, fébrile.

– Tu vas m'expliquer ce qui se passe ? m'a demandé mon père, hagard.

– Pas le temps.

– C'est en rapport avec le meurtre de Zineb ?

Un bref instant, je l'ai revu à la manif, un genre d'épouvantail vieux, moche et marron. Pour une fois qu'il sortait. Pour une fois qu'il vivait avec les autres et pas avec la télé.

– C'est bien que tu sois venu hier, j'ai dit, avant de me barrer.

J'ai couru à toute blinde, pris tous les raccourcis, mais évidemment j'arrivais trop tard. Les flics étaient déjà là. Je les voyais dans le hall de l'immeuble, en train de presser le bouton de l'ascenseur comme des malades. Ils allaient être déçus. Douze étages, ça fait mal...

Impossible de monter chez Malika. Mesronces allait trouver ça suspect si elle me voyait débouler. Même si je prétextais que je venais voir mon pote. À sept heures et demie du mat, c'était chelou. J'étais sur les nerfs, incapable de me pardonner cette énorme boulette.

J'ai réessayé d'appeler mon pote mais dans la précipitation, mon tél m'a échappé des mains. Ouvert en deux sur le bitume. Putain, c'était pas le moment de faire ce genre de connerie. Je me suis faufilé entre deux bagnoles pour récupérer ma coque qui avait glissé sous un gros utilitaire gris. Et comme j'étais plutôt pas mal planqué pour surveiller l'entrée de l'immeuble, je me suis assis là. J'ai attendu, le tél dans la main, à swiper sur l'écran d'accueil pour vérifier que je loupais pas d'appel. Un tic débile.

Du mouvement devant l'immeuble m'a sorti de mes pensées. Mais c'était rien que deux journaleux, un mec avec une caméra à l'épaule et une meuf blonde, comme sortie d'un plateau télé : coiffure parfaite, teint de rose et bouche en cul de poule. Elle avait l'air vénère. Mesronces avait dû les chasser à coups de mots bien choisis et de regards noirs. J'ai replongé dans mon portable.

– Qu'est-ce que tu fais là ? a demandé la blonde.

Apparemment, l'utilitaire était leur véhicule. Le mec ouvrait le coffre pour y fourrer sa came.

– Tu n'es pas là par hasard, a deviné la meuf.

Je me suis levé, j'allais me casser quand elle m'a retenu.

– Je m'appelle Julie. T'aurais pas quelque chose à m'apprendre ? Je bosse pour CNews.

Décidément, aujourd'hui, tout le monde voulait que je parle. La journaliste me dévisageait d'un air blasé.

– Qu'est-ce qu'on fait ? a demandé le mec, qui portait des Stan Smith d'une blancheur éclatante. On remballe ou tu veux faire une prise encore ? il a fait, en me désignant d'un coup de menton.

La blonde a hésité. Elle m'a sondé un moment. On voyait qu'elle réfléchissait sévère.

– Tu habites ici ?

– Faut croire.

– Pourtant, tu n'es pas typé...

Elle cherchait ses mots... Je l'ai aidée.

– Arabe ? Étranger ?

Son petit rire gêné a résonné entre les voitures. Le gars a pointé sa caméra vers moi mais Julie a temporisé.

– John, je te présente...

Elle a fait un geste, comme si elle me donnait la parole.

– Karim Tanatkelkouk, j'ai dit.

– Tu as donc bien des origines arabes ? a demandé Julie, en faisant signe à John de se tenir prêt.

La question des origines, j'adore.

– Kabyles.

– Ah ! Ça revient au même, non ?

Elle commençait à me saouler.

– Vraiment ? Vous, par exemple, vous êtes corse ?

– Non, mes parents habitent Angers.

– Ça revient au même, non ?

Ses yeux se sont agrandis, elle était carrément choquée.

– C'est pas du tout pareil ! Comment tu peux dire ça !...

J'ai souri. Coup classique.

– Viens, on remballe, a fait le type en se détournant. On a ce qu'il nous faut, de toute façon.

Mais la fille n'a pas bougé. Elle me regardait intensément.

– Tu ressembles pas tellement à un...

Elle a fait un geste de la main autour de son visage, et comme je disais rien, elle a lâché :

– Enfin... tu vois bien ce que je veux dire...

– Non, pas bien...

– Un Maghrébin, quoi !

Elle aurait dit « bicot », ça aurait été pareil. J'ai avalé ma salive. L'envie de cogner me chatouillait les doigts.

– Vous pensez que les Arabes sont tous bruns aux yeux noirs ? Qu'ils sont tous intégristes, à vouloir imposer la prière cinq fois par jour, à dire du mal des Français de souche ?

– C'est bon, t'énerve pas, non plus, je suis pas raciste. Tu te trompes de cible !

– C'est vous qui le dites...

– Julie ! a crié le type en claquant les portes du coffre de la fourgonnette. On y va, maintenant !

Elle m'a tourné le dos. Sans saluer, ni rien.

– Et la politesse, au moins, bande de bouffons !

Et j'ai craché un gros mollard en direction de leur camionnette, dont le pot d'échappement rejetait une fumée noire vraiment dégueulasse.

Je suis retourné à mon spot tout en matant mon portable. Hamza n'avait pas donné signe de vie. De nouveau assis sur mon bout de trottoir, comme un con, j'ai recommencé à m'inquiéter. Les deux abrutis m'avaient un peu distrait, mais maintenant l'angoisse revenait en force. Attendre aidait pas. Et soudain, ils sont sortis de l'immeuble. Mesronces, en tête, marchait d'un pas rapide, suivie de Dodo puis de Matéo, qui avait la bouche pleine des loukoums de Malika. Ce connard abusait : en plus de ceux dont il s'empiffrait, il en tenait un dans chaque main !

Au moins, ils étaient seuls. Pas de Malika ni d'Hamza. Et vu leurs têtes déconfites, ils n'avaient rien trouvé... Mon sac leur avait échappé ! Et avant que je comprenne comment c'était possible, comment ils avaient pu passer à côté d'un sac rouge déglingue, on m'a tapé sur l'épaule. Bouli, avec sa bouille de petit frère éternel, se tenait devant moi, un smile léger déformait ses joues.

– T'as oublié ça dans ma chambre hier soir, j'ai voulu te le rapporter chez toi, avant d'aller au collège, mais t'étais déjà parti...

La fin de sa phrase s'est perdue dans le câlin que je lui ai fait. Je l'ai carrément étouffé.

– Tu me sauves la life, Bouli, tu peux pas savoir comment tu me sauves la life !

Bouli m'a repoussé et il a pris sa voix la plus grave pour me dire :

– Oh ! ça va pas, frère, te donne pas en spectacle dans la rue, comme aç...

Je lui ai frotté la tête du plat de la main.

– Pourquoi tu es devant chez moi à cette heure-là ? a grogné Bouli, qui essayait de recoiffer les cheveux que je venais de lui ébouriffer. Il est carrément tôt !

– Longue histoire...

– Tu m'accompagnes au collège ? il a demandé en reprenant sa voix normale. Comme ça tu me racontes ?

– Je croyais que t'aimais pas qu'on t'accompagne ?

– Toi, c'est pas pareil. Toutes les filles de ma classe te kiffent, je suis devenu populaire depuis que tu m'as emmené la dernière fois. Elles te trouvent trop beau. Quand elles ont découvert que je te connaissais, elles ont toutes voulu être mes copines. J'ai les poches remplies de bonbons.

J'imaginais bien le truc. Je lui ai raconté qu'en cinquième, j'étais amoureux d'une fille du lycée, une Samantha qui faisait allemand première langue. Elle était grande avec une superbe poitrine. Et j'avais découvert mes sentiments le jour où, à cause d'une bousculade dans le bus, moi qui n'avais pas encore fait ma poussée de croissance, je m'étais retrouvé la tête entre ses seins...

– Pervers, a conclu Bouli.

– Tu sais où est ton frère ? j'ai demandé, sans transition.

– Lequel ? J'en ai trois.

C'était aussi un jeu entre nous quand il était petit. J'avais oublié. Merde ! Comment j'avais pu laisser Bouli grandir sans m'en rendre compte...

– Je te parle d'Hamza. Il est rentré dormir cette nuit ?

– Je crois pas. Son lit n'était pas défait...

Bouli s'est arrêté net.

– Tu crois qu'il fait des conneries ?

– J'en sais rien, Bouli... J'en sais vraiment rien.

~

– Madame Breteau est absente, m'a lancé Carolina, de ses lèvres Tagada glossées à mort.

Dans ma tête, j'ai revu la prof, avec son foulard et ses lunettes noires, au commissariat. C'était hier mais ça me paraissait à des années-lumière. J'allais devoir trouver une autre solution que de la coincer au lycée, si je voulais savoir pourquoi elle était là-bas... J'ai essayé de voir si Carolina savait quelque chose. Cette fille était une mine d'infos, une sorte d'Internet sur pattes.

– Tu sais pourquoi ?

– Les flics ont trouvé le portable de Zineb dans sa voiture...

J'étais soufflé. Je savais que Breteau emmenait parfois Zineb aux différentes épreuves du concours d'éloquence, mais le dernier round avait eu lieu des semaines auparavant. Zineb ne serait pas restée sans portable aussi longtemps...

– Tu mythonnes !

Elle a eu l'air choquée que je doute d'elle. Son visage en forme de cœur est devenu brique, ses joues se sont gonflées, ses yeux se sont écarquillés. On aurait dit une grenouille au bord de l'explosion. J'ai cru qu'elle allait péter un scandale au beau milieu de la cour. Mais elle a réussi à se maîtriser.

– Le cousin de ma meilleure amie travaille au commissariat... C'est comme ça que je le sais.

Imparable.

– Il s'appellerait pas Léo, par hasard, ce cousin ? j'ai demandé, en repensant au petit con de l'accueil.

Surprise, elle a levé un sourcil, un seul, le droit. Assez balèze.

Je me demandais bien comment le portable de Zineb avait pu atterrir dans la voiture de Mme Breteau. Joyce devait savoir. Je l'ai interceptée avant qu'elle monte en cours.

– Viens, on sèche.

Elle a pas été longue à convaincre. Il y avait un trou dans la haie qui ceinture le lycée, on s'est calés juste derrière. J'ai roulé un bédo. La beuh la rendait bavarde. J'ai allumé le joint, j'ai tiré quelques lattes puis je le lui ai tendu.

– Zineb rappait, j'ai dit, pour amorcer la conversation.

Le bout a grésillé quand elle a tiré dessus. Elle a fumé en silence, goûtant chaque taffe comme si c'était la dernière. Je posais des questions, cherchant un moyen de relancer la conversation. En vain. Elle ne disait rien. J'ai roulé un deuxième bédo que j'ai chargé à mort. Je voulais vraiment qu'elle parle. Au bout de quelques taffes supplémentaires, son regard a commencé à être plus vague.

– C'est grâce aux chaussures... elle a fini par dire, d'une voix pâteuse.

Je voyais pas très bien le rapport avec le rap...

– T'es un mec, tu peux pas comprendre le pouvoir de la chaussure.

C'était peut-être le moment de lui avouer qu'avec les Nike Air Max 200 Black, je courais plus vite qu'avec n'importe quelles autres pompes !

– Tu aurais dû voir la gueule de la vendeuse quand on est entrées dans son magasin de luxe pourri ! a continué Joyce, qui devenait maintenant bavarde. Une bouche tellement serrée qu'une pipas y serait pas entrée ! On était mortes de rire...

Sa voix s'est cassée sur la dernière phrase. Mais elle était partie ; les mots coulaient de sa bouche, aussi facilement que la fumée du joint.

– La première fois qu'on y est allées, on a passé un temps fou dans le magasin rien que pour la faire chier. Mais aussi parce que les pompes étaient magnifiques, encore plus belles que derrière la vitrine. On n'arrivait plus à s'en séparer, elles avaient comme un truc magnétique qui nous attirait. Je peux te dire, quand tu les mets, tu as l'impression d'avoir le monde à tes pieds !

Son ton baissait de plus en plus. J'avais peur qu'elle n'ait pas assez de voix pour aller au bout.

– On les voulait absolument. Zineb, pour rapper avec. Elle pensait que ça lui donnerait un style... Rappeuse aux talons hauts, ça claque, non ?

– Mais ça coûte un bras, ce genre de pompes !

– On a bossé, mec ! Zineb a gardé le neveu de Breteau et moi, j'ai aidé Mahmoud au marché, le dimanche. Pendant quatre mois, on a économisé chaque centime qu'on gagnait et même ceux qu'on trouvait par terre ! On a payé à deux. Une chance qu'on fasse la même pointure. Le deal, c'était de se les passer à tour de rôle. Putain, je ferais tout pour les avoir de nouveau aux pieds !

– Tu pourrais les mettre ? Tu pourrais porter ses chaussures après ce qui s'est passé ?

Joyce a bredouillé. Elle avait tellement trimé pour les avoir, ces pompes, à décharger des cageots du camion à s'en péter le dos. Et puis, c'était pas des chaussures ordinaires.

– Mais tu te rends pas compte, mec !... C'est genre, comme si j'étais une autre avec ces chaussures-là. Une de ces filles qui pouvaient avoir une vie, quoi !

Elle s'est serrée contre moi, ses grands yeux à bloc de tristesse semblaient me supplier de ne pas la juger.

– Vendredi soir, après avoir acheté des kebabs chez Amin, vous n'êtes pas rentrées tout de suite chez Khe. Vous avez juste oublié de dire qu'entre les deux, vous êtes allées dans ce bar où Zineb a rappé.

Elle a hésité, a tiré sur le joint, et comme j'insistais, elle a lâché le morceau.

– C'est moi qui lui avais trouvé ce plan...

– Pourquoi ne pas l'avoir dit ?

– À cause de ses frères...

Zineb voulait pas qu'ils apprennent qu'elle rappait. Il fallait que ça reste secret. Le temps qu'elle se fasse un prénom, quoi !

– Mais pourquoi les flics ont-ils retrouvé le portable de Zineb dans la caisse de la prof ?

Elle a humecté ses lèvres plusieurs fois d'affilée.

– Zineb avait invité Breteau, et la prof nous avait proposé de nous emmener là-bas en voiture. Zineb ne tenait pas en place, elle était surexcitée. Son tél est tombé de sa poche.

Sauf que... le portable, c'est sacré. Si on le perd, on retourne la terre entière pour le retrouver.

– Elle ne s'en est pas rendu compte tout de suite tellement elle avait le trac, a expliqué Joyce. Et quand elle en a eu besoin, après le concert, elle a d'abord cru l'avoir oublié dans les loges du bar. On y est retournées, on a fouillé partout, mais on n'a rien trouvé. Et le temps qu'on pense à Breteau, celle-ci était déjà partie.

– Partie ? C'est pas elle qui vous a ramenées ?

– Non... On est restées boire un verre. Tout le monde venait féliciter Zineb, c'était ouf !

– Vous êtes rentrées à pied ?

Joyce a ouvert des yeux aussi ronds que les cercles de fumée qu'elle s'amusait à enchaîner. Comme elle ne répondait pas, j'ai insisté.

– À quelle heure vous avez quitté la salle ?

– Je sais plus très bien. Moi, je suis partie avant. Je voulais pas me faire gauler par la tante de Khe. Mais Zineb avait trop bu, elle était ingérable.

– Vous n'êtes pas rentrées ensemble ?!

Les deux filles étaient inséparables, j'avais du mal à comprendre comment Joyce avait pu laisser sa pote, torchée, dans un bar.

– Quand est-ce que tu as vu Zineb pour la dernière fois ?

Elle a rigolé, désormais complètement défoncée. Son rire secouait son corps qui tressautait par à-coups. Mais il n'y avait aucune joie dedans. Je lui ai enlevé le bédo des mains. Elle a vaguement essayé de me le reprendre. Et soudain, elle s'est figée.

– Tu crois que c'est madame Breteau qui a tué Zineb ? elle a dit, comme si elle venait d'avoir une révélation.

– Breteau, mais pourquoi ? Elle a aucun mobile !

Joyce a gloussé encore et elle a haussé les épaules, comme si j'étais le pire teubé de la planète.

– Zineb voulait arrêter le concours d'éloquence.

Surpris, j'ai tiré trop fort sur le oinj. La fumée m'a cramé les poumons. J'ai toussé.

– Quoi ? Mais c'était sa vie, ce concours !

Pourquoi Zineb avait lâché si près du but ? Si je me souvenais bien, le gagnant partait à Paris pour la finale et se produisait devant des célébrités de la littérature et du théâtre. Une petite reconnaissance, même si c'était rien qu'un concours d'éloquence. Joyce a chassé une natte que le vent ramenait sans cesse sur sa joue.

– Zineb en avait marre. Et puis elle voulait se consacrer au rap, uniquement au rap... Je pense que la prof a vrillé et qu'elle l'a tuée.

– Mais... on ne tue pas quelqu'un pour ça !

– Qu'est-ce que j'en sais, moi ! Les gens, parfois, c'est des psychopathes. Breteau, son travail, c'est toute sa vie. Elle a pas supporté que Zineb la plante si près du but, et elle a pété un plomb. Elle est revenue au bar, a emmené Zineb et l'a tuée pour se venger.

Ça ne tenait pas debout. J'ai rallumé le bout de joint qui restait. Pour moi. Joyce m'a regardé comme si j'étais un kebab qu'elle allait se faire. Puis elle s'est renversée en arrière.

– Cherche pas plus loin, elle a fait, allongée dans l'herbe. C'est la prof, je te dis... Elle est cheloue de toute façon, cette prof...

– Arrête ! Tu dis n'importe quoi.

– Et alors ? Tu as une idée de qui ça peut être d'autre ? elle a fait, d'une voix aigre.

Elle virait bad trip. Ça se voyait à ses yeux qui se voilaient de haine. Je l'ai aidée à se relever. On a repassé la haie en sens inverse, et on a longé les bâtiments des prépas. Elle s'appuyait sur moi, les jambes flageolantes. Arrivés au milieu de la cour du lycée, elle s'est serrée contre moi.

– Qu'est-ce que tu cherches au juste, Karim ?

– Je veux savoir, j'ai répondu franchement.

Des élèves qu'on ne connaissait pas, agglutinés dans la cour, nous mataient, curieux.

– Des fois, il vaut mieux ne pas savoir, tu sais, Karim... C'est comme pour ta mère.

J'ai senti un frisson glacé parcourir ma colonne vertébrale. C'était un coup bas, et toute défoncée qu'elle était, Joyce en avait parfaitement conscience.

– Tu vois, la vérité, faut la laisser où elle est. Ta mère, par exemple, tu n'as pas envie de découvrir qu'elle s'est barrée parce que tu es un loser...

Je l'ai lâchée brusquement. Elle a titubé, déstabilisée, mais elle est restée debout.

– Moi, je crois que tu cherches à prouver que t'es pas un loser... C'est pour ça que tu veux retrouver l'assassin de Zineb avant tout le monde.

Je suis resté sans bouger, comme pétrifié. Ses mots étaient aussi foudroyants que les balles d'un sniper.

– Mais je vais te dire une autre chose, Karim : tu es un loser. Ta mère, elle reviendra pas ! Et Zineb, elle est morte ! Mets-toi ça dans le crâne. Zineb est morte...

Des nattes s'étaient échappées de sa coiffure, se hérissant autour de son visage ravagé.

– T'es complètement à côté de la plaque, j'ai répondu. Je veux que l'assassin paye pour ce qu'il a fait, c'est tout.

– Sinon quoi ? Il va recommencer ? C'est pour protéger les autres que tu fais ça ?

Elle a eu un rire grinçant.

– Tout ça, c'est rien que des conneries !

Et elle s'est mise à crier de toutes ses forces :

– Des conneries !

Elle a basculé la tête en arrière, répétant toujours plus fort :

– DES CONNERIES !!!

Des fenêtres se sont ouvertes et des têtes sont apparues, interloquées. Des murmures la taxaient de folle. Forcément : elle s'était mise à tournoyer, sans cesser de hurler.

– DES CONNERIES !!! DES COOOONNERIES !

Des pions ont déboulé dans la cour et lui ont demandé de se calmer, mais Joyce a continué, augmentant même le volume sonore d'un cran, comme si c'était possible qu'elle hurle plus fort encore.

~

– Comment elle va ? m'a demandé Khe, essoufflée.

Elle accourait de l'autre bout du lycée, du bâtiment des bacs pro.

– Mieux…

Joyce avait été amenée à l'infirmerie par deux surveillants, qui avaient galéré pour la faire s'allonger sur le lit.

– Je préviens Bila, a fait Khe en sortant son tél.

– Laisse tomber. L'infirmière l'a déjà fait.

Khe a gardé son tél à la main. Elle pensait que Bila allait vouloir la joindre. Vêtue d'un jean incrusté de grosses perles, genre fausses perles d'huître, et d'un sweat plein de strass, avec le nom de la marque étalé en gras sur la poitrine, elle avait l'air de crier : « Regardez-moi, regardez-moi. »

– Il était coupé à quoi, ton shit, pour qu'elle se mette dans cet état ?

– Vas-y… Me parle pas comme ça…

Elle a levé les yeux au ciel.

– T'es con ou quoi ? Joyce supporte mal la beuh et toi tu la fais fumer !…

Fallait avouer que j'étais pas très fier de moi, mais j'avais quand même appris deux ou trois trucs. Rien que pour ça, ça valait le coup.

– T'es mignon mais il te manque quelques neurones.

J'en avais rien à foutre de ce qu'elle pensait de moi. J'allais profiter de l'avoir sous la main pour lui soutirer d'autres infos.

– À quelle heure les filles sont rentrées chez toi, vendredi soir ?

– T'as le fric ?

Merde ! J'avais oublié que la fille monnayait ses infos.

– Je fais pas crédit, moi, elle a ajouté. Faudrait pas me prendre pour la Banque de France.

~

Mon portable a vibré sous le coup d'un texto d'Hamza : *Tu sais où est Sublime ?*

Quand il avait besoin de moi, il savait où me trouver... Aussitôt, un deuxième message s'est affiché sur mon écran :

Vidéo. Zineb. Sublime. Si tu sais où il est, faut me le dire.

Je comprenais rien. Il avait la flemme d'écrire des phrases entières et je comblais pas les trous.

Alors j'ai répondu : *Faut qu'on se voie.*

On s'est retrouvés au square. Hamza avait son visage des mauvais jours, teint gris et regard dur. On est restés debout, car il a refusé de monter sur le toboggan cassé.

– J'ai plus douze ans, il a dit.

Puis il a enchaîné sur la vidéo que Bouli m'avait montrée.

– Elle assurait grave, hein ?

Sa voix charriait autant de tristesse qu'un tractopelle.

– Elle était hyper douée, j'ai répondu.

Il a soupiré.

– Je savais même pas qu'elle faisait ça. Si j'avais su, je l'aurais encouragée.

On savait tous les deux que c'était pas vrai. Mais il voulait y croire.

– Je te jure, je connais un mec qui a un studio chez lui… Je suis sûr qu'il lui aurait prêté, gratos, le mec a une dette envers moi. Après ça, il suffit de créer une chaîne YouTube, et de…

Si Icham et Rayan avaient appris qu'elle faisait du rap, ils l'auraient cloîtrée dans sa chambre jusqu'à la fin de sa vie.

– Tu l'as vu, alors ? a dit Hamza, subitement.

– Ben oui, t'es con ou quoi, je viens de te dire que je l'avais trouvée incroyable !

– Je te parle pas de Zineb.

– On parle de qui, alors ?

– Sublime. Tu l'as pas remarqué sur la vidéo ?

Sublime avait été filmé ? Hamza a sorti son tél et a lancé YT. Comme la première fois, j'ai été saisi par l'énergie de Zineb. Son rap filait la pêche, un truc de ouf. Soudain, Hamza a mis en pause la vidéo, et il a agrandi l'image au niveau du public, un amas de têtes floues.

– Tiens, là, tu vois ?

Mais je ne distinguais qu'un profil assez classique, la suite logique d'un front, d'un nez, d'une bouche, d'un menton. S'il y avait une vague ressemblance avec Sublime, elle pouvait aussi être due à la pénombre.

– Alors ?

– Il fait sombre et la vidéo est pourrie.

Hamza a ricané.

– Tu le défends même avec la preuve sous ton nez.

– La preuve de quoi ?

Hamza a reniflé plusieurs fois en me regardant par en dessous.

– C'était un clando, mec... Ces types sont prêts à tout pour vingt balles.

J'ai cru entendre parler mon père. C'était pas possible que mon pote ait pris quarante ans d'un coup ! Hamza se comportait vraiment comme un connard. Déjà hier, quand il m'avait balancé les paroles de Momo et qu'il avait enfoncé le clou en me rappelant que j'étais blond aux yeux bleus, « pas comme nous »... Je savais qu'il en bavait rapport à la mort de sa sœur, mais le chagrin a bon dos, et il n'excuse pas tout.

– De quoi tu parles ?

– Je pense que ton pote est venu voir ma sœur au bar où elle rappait vendredi soir. Et après, qu'il l'a suivie et coincée entre deux bagnoles...

On nageait en plein délire.

– Pour quelle raison Sublime aurait tué ta sœur ?

– Pour lui voler ses chaussures. Ça vaut un paquet de thunes ces choses-là, et Sublime, il avait besoin de fric.

J'ai secoué la tête dans tous les sens, comme pour chasser l'idée, parce que c'était le truc le plus con que j'aie jamais entendu.

– Ça tient pas debout, ta théorie. Il y avait une chaussure près de Zineb, quand je l'ai trouvée.

– Il a dû être dérangé et il s'est barré avant de pouvoir récupérer la paire.

– On tue pas quelqu'un quand on veut seulement le voler !

– Qu'est-ce que t'en sais ? T'es un expert ? Des fois, ça tourne mal...

Je pensais vraiment pas que Sublime, qui hurlait dans ses cauchemars le nom des morts qu'il avait laissés derrière lui, était capable de tuer une zouz à mains nues pour une paire de pompes. Mais Hamza n'en démordait pas.

– Ce type, on le connaît pas. Il débarque dans le quartier et il repart, comme ça… Il est pas net, c'est sûr. Je te jure, si je le retrouve, je le bute.

~

Cette conversation m'avait énervé, et comme mes poches étaient vides de boulette mais qu'il y traînait trois euros, je suis allé m'acheter une canette et un paquet de bonbons à l'épicerie du quartier. Une petite bière et un gros shoot de sucre, ça remplacerait pas un joint mais ça serait déjà mieux que rien. Dans le rayon des alcools, Mme Allouche, ses deux sacs de courses posés à ses pieds, discutait avec M. Rondeau, un petit fonctionnaire à la retraite. Pour une fois, Mme Allouche écoutait. C'était tellement surprenant que j'ai tendu l'oreille.

– Vous savez que la bière, ça fait enfler, disait M. Rondeau, qui, contrairement à ce qu'on pouvait penser vu son nom, ne devait pas avoir touché un verre d'eau depuis ma naissance.

Sa peau était bistre et son regard tenait pas le cap.

– Moi, depuis que j'ai arrêté la bière, j'ai maigri, il a déclamé, son index en l'air, pointant le ciel.

Mme Allouche a souri poliment. M. Rondeau n'avait pas maigri. Il était fat comme un tonneau. Sa balance ne devait plus avoir de piles...

– Avant, j'allais au parc pour boire, parce que je préfère boire dehors que tout seul chez moi.

L'alcool, c'était comme la beuh, ça vous déliait la langue en moins de deux...

– Je mettais ma bouteille dans un sac en papier kraft. Les gardiens du parc, ils savaient mais ils ne me disaient rien.

Mme Allouche a penché la tête de côté. Je crois qu'elle avait un peu pitié.

– Mais maintenant, je n'y vais plus. Les gardiens ont changé... C'est plus pareil...

Mme Allouche a ouvert la bouche, sûrement pour débiter une consolation qui aurait ressemblé à une bière éventée. J'ai filé au rayon sucre. Il y avait une promo sur les crocodiles, j'ai raflé deux paquets pour le prix d'un.

~

– Les flics sont venus, m'a appris Tico, dès que je suis entré dans la salle de boxe.

– Chez moi aussi, j'ai rétorqué.

Mais Tico avait l'air de s'en foutre. Son monde s'arrêtait à la salle, de toute façon.

– Ils ont fouillé partout, a enchaîné Tico. Ils ont mis le bordel dans le bureau de Driss.

– Ils ont trouvé quelque chose ?

À ce moment-là, la salle m'importait peu. Je voulais m'assurer que Sublime avait traversé la Manche et qu'il était au chaud en Angleterre. Loin d'Hamza, de ses soupçons et de son gun.

– Ils ont rien trouvé parce qu'il n'y a rien à trouver, est intervenu Driss.

Je lui ai proposé des bonbons mais il a refusé.

– Tu ferais mieux d'aller t'entraîner au lieu de te gaver de sucreries, a dit le coach.

– On peut aller dans ton bureau ? j'ai demandé en jetant un regard à Tico et ses oreilles en chou-fleur.

Je m'étais fait avoir une fois, pas deux.

– Tu as des nouvelles de Sublime ? j'ai demandé, une fois la porte du bureau fermée.

Driss enlevait le scratch de ses gants avec ses dents.

– Assieds-toi.

– J'ai pas envie de m'asseoir. Je veux savoir si Sublime a pu se barrer, et si aujourd'hui, il est loin d'ici.

Driss s'est assis, et le fauteuil a couiné sous son imposante stature.

– Je ne devrais pas te le dire. Moins il y a de gens au courant, mieux c'est.

– C'est des conneries, tout ça, Driss... Je ne suis pas comme Tico, moi...

Driss a tiqué que je bave sur son collègue, mais c'était plus fort que moi. Je détestais les bavards...

– Les dernières nouvelles que j'ai remontent à hier, a fait le coach. Ça fait trois jours que Sublime attend son passeur qui ne vient pas, qui ne donne aucune nouvelle.

Mon pote était donc encore à O., à une vingtaine de kilomètres d'ici. J'ai eu les boules, grave.

– Comment c'est possible ? j'ai demandé, en frottant mes mains contre mes bras.

– T'inquiète, il a dû être retardé mais il va venir, a répondu Driss, d'un ton qui se voulait confiant. C'est un type fiable, je l'ai payé une blinde.

Mais, à la télé, les passeurs qui se tiraient avec la thune, sans remplir leur part du contrat, pullulaient dans tous les reportages sur le sujet.

– Te prends pas la tête. Va te changer, m'a ordonné le coach. On va s'entraîner.

J'ai serré mon sac, bouleversé. Et j'ai raconté à Driss la conversation que j'avais eue avec Hamza.

Il a souri.

– Hamza est une grande gueule, mais je le crois pas capable de faire du mal à qui que ce soit.

Le coach a croisé les bras sur sa poitrine, d'un air ennuyé.

– Pourquoi il vient plus, d'ailleurs ? Ça lui ferait du bien de se défouler, c'est pas bon de rester avec le chagrin à l'intérieur...

Je me suis changé vite fait. Avant de me rendre sur le ring, je me suis glissé dans les douches. J'ai fait ce que je voulais faire depuis hier. J'ai descellé les carreaux de carrelage dans le mur, j'ai balancé la chaussure à l'intérieur. En passant, mon bras a frotté le bord du trou, un bout de joint s'est décollé, tombant en poussière sur le sol. Quand j'ai voulu remettre les carreaux de faïence, ça s'emboîtait pas, vu que la jointure se faisait plus.

– Putain de mur à la con, j'ai grincé, entre mes dents serrées.

J'ai essayé de tourner les carreaux dans tous les sens pour les faire tenir d'une autre façon. Ils me glissaient des mains, moites à force. Mes gestes devenaient nerveux. J'ai entrechoqué les deux carreaux et l'un d'entre eux s'est fendu en deux. De rage, j'ai foutu un coup de pied dans le mur.

Une fois sur le ring, j'étais tellement chaud que j'ai tapé sévère. J'ai tapé sur Hamza qui voulait se venger sans preuve tangible. Mais j'ai tapé aussi sur Sublime qui s'était barré, me laissant une belle merde sur les bras. Sur Mesronces qui savait des choses sur ma mère. Et sur Joyce, qui, même défoncée, disait que ce qu'elle voulait bien dire.

– Tu progresses, c'est bien, m'a complimenté Driss, au bout d'une heure qu'on s'entraînait. Surtout ton jeu de jambes.

J'ai enlevé mon casque. Mes cheveux étaient collés à mon crâne à cause de la transpiration. Je dégoulinais. Je cherchais ma respiration. Mes muscles me faisaient souffrir, mais c'était une douleur qui faisait du bien.

– Si tu continues comme ça, tu vas déchirer au centre de formation.

Quand on est sortis de la salle, il faisait nuit, une nuit un peu pâle, qui tirait davantage sur le bleu que sur le noir. Dans le ciel, il y avait une lune jaune et grosse, comme si elle s'était gavée de frites. Tico râlait comme quoi on avait pris des douches trop longues. Driss cherchait sa clé pour fermer, et moi, je passais une main dans mon cou, mes cheveux gouttaient sur ma nuque. L'escarpin bringuebalait dans mon sac. J'avais pas osé le laisser dans la planque fissurée.

On ne l'a pas sentie tout de suite, c'est venu plus tard, quand on a descendu la rue. L'odeur de cramé. Et puis, il y a eu beaucoup de monde d'un coup. Des jeunes sortaient des immeubles, certains cagoulés, d'autres avec des barres de fer dans les mains, d'autres gueulaient, à pleins poumons, en sautillant, comme branchés sur le haut débit.

– Ils vont pas à une rave party, ceux-là, a commenté Driss.

J'en ai chopé un par le bras.

– Qu'est-ce qui se passe ?

– Ils ont brûlé des bagnoles et y a les keufs qui déboulent. On fait comité d'accueil.

– Qui ? Qui a cramé les voitures ?

– J'en sais rien, frère ! On va taper du keuf, c'est cool... Tu devrais venir.

Le quartier s'embrasait, la suite logique des tensions après la manif d'hier.

Il pleuvait des pierres. Des cris. Des insultes. Des coups. J'ai pas hésité une seconde. Même quand Driss m'a demandé de ne pas y aller.

– T'abîme pas maintenant. Ça serait dommage.

Driss n'avait que le Pôle France en tête. Il pouvait pas comprendre que ma place était d'abord à côté des potes. Je lui ai confié mon sac, en lui disant que je passerais le prendre plus tard. Le coach a râlé mais au final, il a pris mon sac. Je savais que je pouvais lui faire confiance sur ce coup-là. En vrai, le coach était une des rares personnes en qui on pouvait avoir confiance. Il s'est enfoncé dans le quartier, Tico sur ses talons. J'ai armé mon bras, ma main lestée d'une moitié de parpaing. Hamza a gueulé en faisant tournoyer une barre de fer au-dessus de sa tête. Les flics ont balancé les lacrymos. La rue s'est voilée d'un nuage orange toxique et c'est devenu rapidement irrespirable. En reculant, j'ai aperçu Bouli, un peu à l'écart. Il détruisait une gouttière à coups de basket. J'ai volé vers lui. Il était trop petit pour être là. Fallait qu'il rentre chez lui, fissa. Mais un flic a surgi, et j'ai rien pu faire. Le keuf a frappé Bouli de toutes ses forces avec sa matraque. Le gamin s'est écroulé à mes pieds. Derrière sa visière de protection, j'ai reconnu Matéo. Il avait l'air de se marrer comme une baleine.

– Connard, c'est rien qu'un gosse ! j'ai hurlé, tout en prenant Bouli dans mes bras.

– Je m'en fous, il a répondu, l'ennemi, c'est l'ennemi.

Il a disparu avant que j'aie pu lui rétorquer quoi que ce soit. Je l'ai suivi des yeux un instant, avec l'impression qu'il levait sa matraque plus haut que tous les autres. J'ai porté Bouli en courant jusqu'à chez lui. Son immeuble n'était pas loin, mais l'ascenseur était toujours en panne. Je me suis tapé les douze étages.

– Téléphone aux urgences, j'ai dit à sa mère qui se tordait les mains dans tous les sens.

– Ils voudront jamais venir... Avec tout ce bordel dehors !

Une des voisines, qui squattait là depuis samedi dernier, a proposé sa bagnole. Malika a pris son sac, et j'ai descendu Bouli jusqu'à la caisse de la voisine. Il commençait à peser son poids, le petit frère... Malika a posé une main sur mon bras.

– N'y retourne pas.

J'ai tenté de la rassurer d'un sourire. Elle a détourné la tête.

J'ai couru rejoindre mes potes. On avait ni tactique ni stratégie. On jetait ce qui nous tombait sous la main, et on reculait aussitôt se mettre à l'abri. Insaisissables. Déterminés. On était chez nous, on connaissait notre territoire. Certains sont allés chercher des vieux pneus à la décharge, d'autres se sont servis direct à la source, en désossant des bagnoles. On les enflammait et on les balançait sur les flics. Les pneus dégringolaient la rue en fumant noir, dégageant une odeur de caoutchouc insupportable. Leurs lacrymos pouvaient aller se rhabiller. Les autres, on s'en est servi comme barricade. Comme on gagnait du terrain, on a cru qu'on allait réussir à les sortir du quartier. Mais c'était les sous-estimer. À l'instant où on croyait avoir pris le dessus, ils nous ont compressés, séparés, puis encerclés et bloqués. De se voir pris au piège, un gars de la bande à Momo s'est tellement énervé qu'il est devenu presque fou. Il a bondi comme un bélier contre les CRS. Malgré les coups de matraque, il a tellement cogné, un vrai bulldozer, qu'il a réussi à faire une brèche. Je me suis engouffré dedans. Ils m'ont poursuivi et m'ont serré au niveau de l'abribus. Ils m'ont plaqué contre la paroi, l'abribus en a tremblé. Ils m'ont bourré de coups de poing jusqu'à ce que mes jambes me lâchent. Je me suis affaissé. Mais ils m'ont relevé. L'un me maintenait debout. L'autre continuait de me cogner. Dans le bide. Ça laisse moins de traces, tout le monde le sait. Ils ont arrêté de me taper quand j'ai dégueulé sur leurs rangers. Ils se sont barrés en me traitant de gros porc. J'aurais bien aimé leur dire que ça risquait pas, mais la douleur me tuait carrément. Rien que respirer était un supplice. À travers les fumées grises des lacrymos et celles, plus noires, du caoutchouc, j'ai vu Momo monter sur le toit d'une bagnole. Il a sauté dessus en riant. Un de ses potes l'a rejoint, une bouteille à la main. Le type a allumé la mèche et a tendu le cocktail Molotov à Momo qui l'a jeté de toutes ses forces. La bouteille enflammée a volé dans le ciel comme une fusée. Elle a explosé en touchant le sol, trouant la nuit d'une lumière brûlante. Fier de lui, Momo a levé les bras en l'air. Avant de s'écrouler, fauché par un tir de flashball.

7

Crochet du droit

Je me suis réveillé avec une haleine de chacal et l'impression d'être englué dans une vie qui n'était pas la mienne. Sûr que dans la vraie vie, je n'aurais pas eu besoin d'aller chercher un putain de sac chez Driss, après m'être fait cogner par les flics. Et ce matin, j'aurais dû sentir l'odeur du pain grillé et du café au lait plutôt que l'essence et la tôle en fusion. Cette fois, j'avais échappé aux flics, mais pas Momo ni Hamza.

J'ai forcé mon corps à s'extirper de la couette. Mon ventre était encore douloureux, mes jambes pesaient cinquante kilos chacune, mes bras traînaient par terre.

Mon tél affichait plus de textos qu'au premier janvier. Tous les potes appelaient à remettre ça, ce soir. Mais pour l'instant, j'avais plus urgent à faire. J'ai envoyé un texto à Bouli pour savoir s'il était guéri, et je me suis habillé en quatrième vitesse, jogging et sweat gris, le plus passe-partout possible. Je pouvais plus attendre : il fallait que je fasse parler Khedima. Et pour ça, j'allais devoir chercher la thune là où elle était.

J'étais pas vraiment doué comme pickpocket. Dépouiller quelqu'un en douceur, en détournant son attention, et pendant ce temps-là attraper son portefeuille, c'était pas mon truc. Mes gestes étaient trop brusques et malgré ma gueule de babtou, j'inspirais pas confiance. Du coup, j'avais développé un style plutôt frontal : foncer, bousculer, courir. Vite et loin.

J'ai visé ma proie devant une Biocoop plus bobo tu meurs. La meuf avait les bras encombrés de paniers débordant de légumes. J'ai foncé dans le tas. Pommes, carottes, chou-fleur et patates ont valsé par terre. Quand elle a senti mes doigts sur la lanière de son sac, elle a hurlé. Et elle a eu un réflexe de dingue. Elle l'a saisie en même temps que moi. On s'est retrouvés tous les deux de chaque côté de la lanière. J'ai tiré brutalement. Elle a failli se vautrer par terre. J'ai détalé, en évitant le chou-fleur sur le trottoir.

Mais comme elle gueulait comme un putois, ça a rameuté le vigile. Il devait se sentir investi d'une mission parce qu'il m'a poursuivi. Il criait qu'on m'arrête, que quelqu'un me stoppe, que j'étais un voleur, un sale voleur. Mais les passants réagissaient toujours avec un temps de retard. Quand ils comprenaient ce qu'ils auraient dû faire, j'étais hors de portée.

À cause des coups reçus hier soir, mon ventre me faisait souffrir. Et courir réveillait la douleur. Chaque inspi enflammait mes poumons. J'allais pas pouvoir continuer longtemps sur ce rythme. Le vigile semblait gagner du terrain. J'entendais ses pas rapides résonner trop près derrière moi. À moins que ce soit mon cœur qui cognait dans ma poitrine, comme un Mike Tyson enragé.

Fatigué, nerveux, j'ai fait le mauvais choix. Je me suis précipité dans la première bouche de métro. J'ai sauté au-dessus du tourniquet d'accès. Le métro était en attente, prêt à repartir. Impossible de reculer maintenant. Discrétos, j'ai pris la thune qu'il y avait dans le portefeuille puis j'ai jeté le tout sous la rame, direction les rails. Sans sac, le délit serait plus compliqué à prouver.

Des murmures ont flotté, indistincts. À travers les vitres, quelques voyageurs me regardaient d'un air stupéfait. C'était pas le moment de paniquer. Le vigile déboulait, on l'entendait hurler. Je suis entré dans la rame, en espérant qu'elle parte vite. Tout aussitôt, j'ai regretté mon geste. Si le vigile montait lui aussi, alors j'étais piégé. Fallait toujours s'aménager une sortie de secours. S'enfermer était le meilleur moyen de se faire prendre. Je pouvais même pas penser à remonter de rame en rame pour lui échapper. Le métro était composé de deux wagons qui ne communiquaient pas entre eux. Impossible de passer de l'un à l'autre. J'avais vraiment merdé.

Mais c'était pas le moment de perdre son sang-froid. J'ai enlevé mon sweat que j'ai noué à ma taille. Il n'y a rien qui ressemble plus à un jeune de la tess qu'un autre jeune de la tess. Les vigiles nous reconnaissent à nos vêtements, et encore... J'ai sorti mon portable et j'ai fait mine de textoter. Si je paraissais normal, genre serein, j'allais me fondre dans la masse et passer inaperçu. Enfin, c'était le plan. Surtout, j'ai prié pour que personne me dénonce. Le silence des gens, sinon j'étais foutu.

Le vigile a interpellé les passagers à travers les portes encore ouvertes de la rame.

– Vous auriez pas vu un jeune avec un sac à main de femme ?

Le ton était si agressif qu'à part quelques regards furtifs, hésitants, aucun n'a répondu. Je me forçais à contrôler mes mouvements. Faire comme si rien de tout cela ne me concernait. Le vigile a hésité à entrer dans la rame. Mais il a préféré aller voir dans l'autre wagon. Puis il est revenu, de plus en plus furieux.

– C’est un voleur… Il porte un sweat gris. Le sac est noir… C’est impossible que vous ne l’ayez pas vu !

Des regards coulaient le long de mon dos. Je les sentais. Quand est-ce que cette foutue rame allait démarrer ? Le temps me semblait cloué sur ces putains de rails !

– Vous allez me répondre, oui ! Vous êtes en train de protéger un criminel !

J’étais en apnée. Un geste suffisait. Un bras tendu. Un mot lâché. Je lorgnais de plus en plus souvent vers les portes ouvertes, tenaillé par l’envie de jaillir et de m’enfuir.

– C’est pas possible. Le type ne s’est pas volatilisé ! Forcément, vous l’avez vu… Dites-moi par où il est parti !

Dans la rame, le malaise grandissait, devenait palpable. Lequel d’entre eux allait me dénoncer ? Lequel ? Si j’avais pu, j’aurais parié sur le grand à lunettes. Il avait une tête de fan de Zemmour.

– Je vais lui mettre la main dessus et je vais le niquer, ce fils de pute !

Il y a eu des chuchotements. Quelques-uns hésitaient.

– Mais… répondez-moi ! Vous n’allez pas protéger ce gros salopard, quand même !

Certains secouaient la tête, les lèvres pincées. La colère rendait le vigile si haineux que ça jouait contre lui. Des murmures de désapprobation commençaient à enfler.

Ma jambe tressautait comme une folle. Soudain, le signal de départ a retenti. Le bruit a mis le vigile dans un tel état de fureur que ses joues gonflées sont devenues violacées. Une jeune fille aux cheveux courts m'a regardé. D'un geste hésitant, elle a levé le bras. Est-ce qu'elle allait me pointer du doigt ? Mais, tout d'un coup, les portes se sont fermées. Pris de furie, le type a tambouriné dessus comme un malade. Puis le métro s'est mis en branle avec ce chuintement si particulier, comme un asthmatique qui soupire, et le vigile est resté comme un con, tout seul sur le quai.

~

La première chose qu'elle a vue, c'est les billets entre mes doigts. Elle a décroché son blouson du portemanteau et a crié à sa tante qu'elle allait faire un tour. La tante a refusé en gueulant pareil, ce qui a donné lieu à une réaction en chaîne, une suite de cris et de disputes qui n'en finissaient pas. Khedima a eu le dernier mot en claquant la porte. Elle avait plus de caractère qu'elle le laissait paraître...

– Les caves ? C'est chelou, non ? j'ai dit quand je l'ai vue appuyer sur le bouton -1 de l'ascenseur.

Dans son immeuble, il fonctionnait.

– T’es con ou quoi ? Je sors pas dehors. Je veux pas qu’on nous voie ensemble… Si Joyce l’apprend, elle me décalque…

Cette histoire de jalousie commençait à m’énerver. Mais brusquement, je me suis souvenu d’une vieille histoire. Khe faisait de l’athlétisme, du demi-fond ou un truc du genre. Elle semblait douée, en tout cas, elle s’entraînait pas mal. On la voyait souvent courir dans le quartier le matin et le soir. C’est le sport le moins cher du monde, disait-elle en rigolant. Un samedi, elle avait une course super importante, des qualifs pour les régionales. Elle s’était préparée comme une dingue, doublant son entraînement. Son coach avait confiance. Elle était déterminée. Mais deux heures avant la course, Joyce lui avait demandé de l’accompagner en ville, un rendez-vous avec un garçon rencontré sur le Net. Joyce avait peur d’y aller toute seule, le Net, c’est plein de psychopathes, ou de vieux pédophiles. Khe avait négocié : juste une heure… Au final, le type n’était ni l’un ni l’autre. Son profil tendait plutôt vers le geek, lunettes et sweat ringard. Chaque fois que Khe se levait pour partir, Joyce trouvait un prétexte pour la retenir. Un selfie à faire et à refaire pour poster sur Snap, son tél à montrer au geek pour qu’il lui booste la mémoire, un problème de soutien-gorge à remettre aux toilettes, du coca renversé sur son jean. Khe avait couru pour attraper son bus, et même si elle avait couru vite et bien, modulant son souffle comme son coach lui avait appris, elle avait été en retard. La course était partie sans elle. Joyce avait peut-être fait exprès de retenir Khe en ville avec elle. Elle ne supportait pas que quelqu'un d'autre puisse *gagner*. Je me demandais comment elle avait pu être amie avec Zineb aussi longtemps... Zineb éclipsait tout le monde, et Joyce la première.

Les portes de l'ascenseur se sont ouvertes et on a déboulé dans un couloir aux murs de béton, suintant une eau dégueulasse et puante. Le couloir se divisait à l'infini. Un vrai dédale. On a marché, et ça m'a semblé interminable, jusqu'à ce qu'elle s'arrête, sans que je sache pourquoi là et pas deux portes plus loin. Au-dessus de nous, le néon clignotait, comme la paupière qui saute quand on est au bout du rouleau.

– C'est incroyable, tes cheveux, elle a fait, en tendant la main vers ma tête. Ils brillent comme de l'or... Pas étonnant que Joyce te garde comme un trésor...

– D'où tu te permets de me toucher ? j'ai grogné. Je suis déjà bien gentil de te filer du pognon...

– C'est comme ça, on raque tous à un moment ou un autre...

Je ne savais plus qui m'avait raconté cette histoire de course ratée, peut-être même que c'était un fake... Sous le néon de la cave, elle avait vraiment une tête de souris pâlichonne. Sûrement qu'elle avait besoin de soleil. Est-ce qu'elle aurait été la même si elle avait vécu au bled ? Khedima était de Casa. C'était sa fierté. Quand elle ne s'habillait pas avec ses sweats à paillettes et ses jeans brodés de perles, elle portait le maillot de l'équipe de foot du Maroc. Son père était mort, rongé par l'amiante des chantiers qu'il enchaînait. C'est après qu'elle était venue vivre ici, chez sa tante. La daronne, elle n'en parlait jamais.

– Allez ! File-moi la thune, elle a réclamé.

– Va falloir que tes infos soient béton, je l'ai prévenue. Je sais déjà tout un tas de trucs...

Elle a levé un sourcil interrogateur.

– Comme quoi ?

J'ai lancé la vidéo qu'avait reçue Bouli.

– C'était vendredi soir. Zineb est habillée de la même façon que lorsqu'on s'est parlé dans le hall de son immeuble. Elles ne t'ont jamais rapporté de kebab, hein ? Vous avez menti là-dessus. Avec Joyce, vous êtes pas raccord sur la sauce.

Elle a eu un petit sourire.

– La thune, d'abord.

Les billets ont changé de main.

– Elles sont allées manger chez Amin mais vite fait, elle a dit très vite.

Une fraction de seconde, je me suis demandé si elle se foutait pas de ma gueule.

– Vas-y, t'énerve pas… Je commence juste…

Khe ménageait le suspens, mais elle n'était pas douée pour ça. Elle réussissait juste à m'agacer au dernier degré.

– Elles sont allées dans un bar appelé Le Sauvage, c'est genre un squat et il est géré par tout un tas de gens… Y a pas de patron, quoi, tu vois ?

À vrai dire, ce genre de détail ne m'intéressait pas vraiment. Je ne comprenais pas le rapport avec le meurtre de Zineb.

– C'est un endroit hyper à la mode.

Elle a défait sa queue de cheval, pour la refaire aussitôt, tirant et lissant ses cheveux bien en arrière. Son front luisait sous la lumière des néons.

– Il paraît que l'ambiance est géniale… Tout le monde discute avec tout le monde… Et souvent, le bar organise des « scènes ouvertes ».

Elle a dit les deux derniers mots lentement. Elle le faisait exprès ou quoi ? J'allais exploser quand elle a posé un doigt sur ma bouche pour me faire taire.

– Elles sont pas rentrées direct après le show.

– Je le sais, tout ça !

– Mais tu ne sais pas pourquoi elles sont restées.

– Elles avaient envie d'en profiter... Paraît que Zineb était la reine de la soirée...

Khe a pris une grande inspiration, du genre de celle qu'on prend quand on a décidé de traverser toute la piscine sous l'eau.

– Pas seulement. Zineb voulait présenter son mec à Joyce.

~

La nuit commençait à tomber, une de ces nuits qui annoncent l'hiver en se pointant dès cinq heures de l'après-midi, mais je n'ai pas bougé de mon toboggan. Six jours que Zineb était morte. Six jours, autant dire une éternité. Les oiseaux étaient revenus bouffer du ciel, leurs piaillements transperçaient l'atmosphère, insupportables. Six jours et voilà qu'entrait en scène un parfait inconnu. Zineb, celle qui refusait toutes les propositions, et il y en avait des tas, avait un amoureux. Forcément suspect, puisque Icham et Rayan avaient un alibi, que je voyais mal Breteau dézinguer son élève préférée et que je refusais de croire la théorie d'Hamza concernant Sublime.

Sauf que Khe n'avait aucune idée de qui était ce mec. Je la croyais. Elle avait juré sur la tête de sa sœur.

« Pourquoi tu demandes pas à ta meuf plutôt ? avait soupiré Khedima. S'il y a bien quelqu'un qui sait, c'est elle ! »

J'ai revu Joyce tournoyant dans la cour comme une tarée. Elle était cloîtrée dans sa chambre depuis, ne répondant à aucun message. Sa mère avait dû lui confisquer son portable. C'était le genre de Bila.

« Zineb et Joyce disaient qu'on était potes, avait continué Khedima, mais c'était du vent. Souvent elles racontaient des trucs et moi, je comprenais rien. J'étais paumée dans leurs conversations, elles parlaient à demi-mot. En fait, elles se confiaient à moi seulement lorsqu'elles s'embrouillaient toutes les deux. »

Genre variable ajustable.

« Ou quand je pouvais leur être utile, avait ajouté Khe. Vendredi soir, le plan, c'était qu'elles viennent dormir chez moi, après la scène ouverte. Je les ai attendues jusqu'à deux heures du mat. Seule Joyce est venue... Elle était dans un drôle d'état. Je l'avais jamais vue comme ça... Vraiment, elle faisait peur à voir. Elle m'a dit qu'elle s'était disputée avec Zineb et qu'elle me raconterait le lendemain, et qu'elle avait juste besoin de dormir. J'ai pas trop insisté, j'avais tellement peur qu'on réveille ma tante ! »

Des larmes avaient brillé dans ses yeux. À moins que ce soit le reflet de ses perles en plastique sous le néon qui clignotait.

« Tu chiales ? »

Elle avait essuyé ses yeux du revers de son sweat.

« C'est de ma faute si Zineb est morte... »

J'avais manqué me foutre de sa gueule. Sa faute ? La meuf cherchait le rôle de sa vie, ou quoi ?

« De quoi tu parles ? Tu n'y es pour rien...

– Si... J'aurais dû prévenir les flics à minuit quand j'ai vu qu'elles n'arrivaient pas et qu'elles répondaient pas à mes messages. »

~

Installé sur le toboggan cassé, j'ai essayé de joindre Joyce. Je voulais qu'elle m'en apprenne plus sur l'amoureux de Zineb. Comme j'étais occupé à saturer sa messagerie de vocaux, je les ai pas vus venir. Une violente secousse m'a fait dégringoler du toboggan. Un coup de poing en pleine face m'a éclaté la joue. Ma pommette a explosé, la douleur avec. J'ai cru que mon œil sortait de son orbite. J'ai tâté pour voir s'il était bien à sa place. Il tenait encore, mais les quatre types en face de moi, dont les capuches serrées au max masquaient les visages jusqu'aux yeux, étaient flous. L'un d'entre eux avait le pif tellement long qu'il dépassait sacrément de sa capuche. Mon regard a surtout été attiré par un sweat d'une blancheur incroyable. Comme de la cocaïne, j'ai pensé. Un coup de pied monumental en plein ventre m'a coupé le souffle. Les douleurs de la veille se sont réveillées, voraces. Je me suis quand même relevé et je me suis mis en garde, prêt à parer la prochaine attaque. En face, les mecs ont rigolé.

– T'es pas sur un ring, là, connard !

– D'où vous m'emmerdez ? j'ai riposté. Je veux pas d'embrouilles, moi... Je vous connais même pas.

– Mais nous, on te connaît, a rétorqué Sweat Blanc.

J'ai pas eu le temps de fouiller dans ma mémoire – où est-ce que j'avais vu ce sweat impeccable, où est-ce que j'avais déjà entendu cette voix ? – qu'il m'avait balancé son poing dans la gueule. Quatre contre un, c'était franchement déloyal. J'aurais préféré garder mon énergie pour caillasser les flics, si on remettait ça, mais j'allais pas me laisser faire. J'ai paré une attaque de Long Pif, un peu trop lente. Par contre, pour le coup de pied dans les genoux du troisième, j'ai rien pu faire... J'ai tenté de limiter la casse, j'ai protégé mes parties. Pour le reste, fallait avouer : leur nombre valait leur force.

Ces types avaient une idée derrière le crâne, ils me tabassaient pas par hasard ni pour le fun, même s'ils avaient l'air de sacrément kiffer.

– Tu protèges un assassin… a grogné celui qui venait de m'exploser le genou.

– Vous êtes qui ?

– C'est pas ton problème, mec… a dit Long Pif en me balançant une gifle du tonnerre.

– Vous êtes des gros nazes ! Même pas le courage de me tabasser à visage découvert.

Ils ont rigolé.

– Tu devrais plutôt t'inquiéter pour ta gueule, a fait Sweat Blanc.

Avant d'ajouter :

– Crache le morceau, mec, ou on va continuer à te démonter.

– Je vois pas de quoi vous parlez, j'ai murmuré, essayant de me tenir le plus droit possible malgré mon genou douloureux.

– On te parle de ton pote là, avec un nom de débile… Sublime. Tu vas nous dire où il se cache ?

Mes yeux sont devenus deux radars, à sonder les capuches qui recouvraient leurs sales faces.

– Allez, vas-y… Accouche…

Cette voix plus grasse que l'huile des frites de chez Amin Kebab me faisait vraiment penser à quelqu'un...

Maintenant, les types se marraient franchement. C'était à celui qui rirait le plus fort. Ça m'a gonflé, j'ai balancé un bon crochet du droit à Long Pif qui a riposté aussi sec. Une seconde plus tard, j'étais étalé par terre comme une flaque. Les quatre types se sont jetés sur moi et m'ont laissé aucune chance. Le dos, les jambes, le ventre, la tête, même roulé en boule, ils arrivaient à m'atteindre à chaque fois. La douleur est devenue insupportable, noire comme le sang qui dégoulinait de mon nez.

– Tu as tort de le protéger. Ici, on n'aime pas les assassins, a dit Sweat Blanc en m'écrasant la gueule d'un coup de talon.

J'ai cru que ma cervelle allait sortir de ma tête. La terre a tourné de plus en plus vite, mais pas assez pour les envoyer valser au loin, juste suffisamment pour me donner envie de gerber. Mes paupières papillonnaient, des points lumineux dansaient devant mes yeux. Il y avait des graviers dans mes narines, mais pour le reste, ça se diluait dans les coups qui continuaient de pleuvoir. Je cherchais à déglutir, mais c'était du sang que j'avalais. Poisseux, épais, un goût de coquelicot. Et soudain, il y a eu des crissements de pneus, des portes qui claquent. Les gars ont eu l'air d'hésiter, mais pas trop longtemps. Trois ont détalé. Sweat Blanc s'est penché vers moi. Il a souri et m'a assené un dernier coup de poing sur le nez. Du sang a giclé. Une myriade d'étoiles rouges ont criblé son sweat. En voyant ça, le type a beuglé que je l'avais fait exprès. Pour la peine, il m'a envoyé un autre coup de pied dans le ventre. La douleur est montée direct, fulgurante et précise. Il allait recommencer mais après un rapide coup d'œil sur les bagnoles et ceux qui en descendaient, il s'est barré. J'ai cherché à apercevoir qui venait me sauver mais tout était flou. J'ai cru voir s'approcher un costard noir, je me suis dit que la mort était bien sapée, et je me suis évanoui.

– Il se réveille pas, votre type... Vous êtes sûre que c'est son nom ? Il n'a pas une tête à s'appeler Karim, a dit une voix.

Un rire bête a fusé. J'ai ouvert un œil à demi, et j'ai vu Dodo penchée au-dessus de moi.

– Oh ! merde, si, c'est le Karim du pavillon, rue des Lilas ! s'est exclamée la flic. Il est tellement amoché que je l'avais pas reconnu !

J'avais mal partout, on aurait dit que la douleur se faisait concurrence, c'était à qui, de l'œil, la lèvre, le genou, les côtes, le ventre ou le bras, me ferait le plus souffrir. Et il fallait que ce soit les flics qui soient venus...

– Appelez une ambulance, a balancé Mesronces. Il a l'air vraiment mal en point.

Matéo a lancé une blague sur les Arabes et leur capacité à endurer les coups, pas très fort, juste de façon à ce que Dodo entende. Ils ont ri en douce.

À l'hôpital, ils ont appelé mon père. Il paraît que c'est obligatoire quand on s'occupe d'un mineur. Mesronces piaffait dans le couloir, en attendant que l'infirmier finisse de me soigner. Le toubib avait diagnostiqué deux côtes cassées, des contusions sévères, mais pas de trauma crânien. Il y avait quelques plaies à désinfecter.

– Tu es un gars solide, Karim, a dit le toubib. Tu seras vite sur pied. Par contre, on arrête la boxe pendant quelques semaines pour que tes côtes se ressoudent. Je te laisse une ordonnance pour les antidouleurs.

Je l'ai laissé dire. Dès que l'infirmier lui a fait signe, Mesronces a rappliqué. Quand elle m'a vu, elle a eu un pauvre sourire. Je ne devais pas être beau à voir...

– Les mecs qui t'ont fait ça, tu les connais ?

J'avais la rage après la terre entière, j'allais pas lui répondre. Un truc me tordait le bide bien plus que la douleur et les contusions. Je me souvenais de l'endroit où j'avais vu un sweat nickel, où j'avais entendu cette voix graisseuse. Long Pif et Sweat Blanc étaient des potes de Momo. Ils étaient chez lui la fois où j'avais sorti Hamza de sa nuit de fumette. Ce que je comprenais pas, c'est pourquoi Hamza n'avait pas eu le cran de venir me tabasser lui-même.

– Karim, il faut que tu parles, tu ne peux pas garder tout ça pour toi. Il faut que tu me dises ! Je veux arrêter ceux qui ont fait ça...

Je lui ai lancé un regard plus lourd qu'un char d'assaut.

– Laissez-moi tranquille. Je suis pas une balance.

Sauf qu'elle a insisté, en mode rouleau compresseur.

– Mais dis-moi au moins pourquoi ils t'ont cogné. Ça a un rapport avec les émeutes ? Ou c'est à cause de ce qui est arrivé à Zineb ?

Merde alors, s'il fallait lui expliquer que tout était imbriqué, l'assassin de Zineb avait de beaux jours devant lui.

Mon daron est entré dans la salle de soins. D'un coup, les néons lui ont donné dix ans de plus. Avec son vieux gilet marron et sa mine informe, il avait plutôt l'air d'un patient de l'hôpital que d'un père venu récupérer son fils. Mais il tombait à pic, il allait me débarrasser de cette sangsue de commissaire. Quand il a vu mon visage, le nez en compote, l'œil droit tuméfié, la lèvre fendue en deux, les bleus sur la pommette et au menton, il est devenu tout blanc.

– On se casse, j'ai dit sans grimacer, malgré la douleur qui m'a empoigné dès que j'ai voulu descendre de la table d'examen.

Mesronces s'est précipitée vers lui, en brandissant sa carte de flic sous son nez.

– Monsieur, il faut convaincre votre fils de me parler...

Si la douleur ne m'en avait pas empêché, j'aurais éclaté de rire... Mon père ? Me convaincre ? Pour ça, il fallait déjà qu'on échange plus de cinq phrases par jour et on en avait perdu l'habitude. Mon père parlait davantage à ses poissons panés qu'à moi.

– Il sait comment me joindre, s'est entêtée la commissaire. Mais au cas où, je vous donne ma carte.

Et elle lui a fourré d'autorité le morceau de carton blanc dans la main.

– À n'importe quelle heure... Vous pouvez m'appeler à n'importe quelle heure... Vous vous en souviendrez ?...

On est sortis en silence, la laissant là, dans le couloir de l'hôpital. Elle faisait moins la fière qu'hier matin, pendant la perquise. Elle avait l'air au bout de sa vie, comme si on la laissait sur une île déserte, sans eau ni allumette.

Mon père a gardé les mains sur le volant un long moment avant de démarrer. De temps en temps, des spasmes les secouaient, elles se crispaient toutes seules, enserrant le volant noir, faisant saillir les veines bleues sous la peau abîmée. Des mains moches. Mon père avait passé sa vie à soulever des valises du tapis roulant pour les balancer dans des chariots, qu'il convoyait ensuite de l'aéroport aux cales des avions, et vice versa. Ça ne pouvait que déformer les doigts.

De rester sur le parking de l'hosto, moi, ça me rendait fou. J'étais prêt à rentrer en bus, quand, enfin, il a démarré.

Il s'est arrêté dans le centre-ville, devant un lavomatique haut de gamme, dont les machines pouvaient être commandées à distance par Internet. Enfin, c'est ce que disait la pub sur la vitrine. Mon père avait l'air contrarié. Il est descendu de la voiture, il s'est planté devant le lavomatique, a scruté l'intérieur, puis a levé le nez en l'air. Il est resté un moment comme ça, avant de partir vers la droite, jusqu'au bout du trottoir, et de revenir sur ses pas pour prendre la rue dans l'autre sens. Visiblement, il cherchait quelque chose. Quand il est remonté dans la voiture, il a claqué la portière. Le bruit de ferraille a réveillé le goût de rouille dans ma bouche. J'étais fatigué et je ne comprenais pas ce qu'on faisait là.

– Est-ce qu'on peut rentrer maintenant ?

– Il y avait un petit restau, là, avant. Un couscous presque aussi bon que celui du bled. On y venait souvent avec ta mère…

Je suis resté scotché. Première fois depuis longtemps que mon père enchaînait trois phrases d'affilée. Première fois depuis qu'elle était partie qu'il parlait comme ça de ma mère. Gêné, j'ai dit le premier truc qui m'est passé par la tête.

– Tu veux pas rentrer et on se fait une assiette de poisson pané ?

– Marre du poisson pané !

Décidément, c'était la soirée des révélations culinaires. Il a mis le contact et a voulu démarrer en trombe. Il a juste réussi à faire tousser la caisse plus fort que d'habitude.

Il roulait dans la ville qui commençait à se remplir d'étudiants cherchant les bars. Il râlait. Il ne reconnaissait plus rien. Les rues, les ronds-points, les magasins. Tout avait changé. Et je me suis demandé depuis combien de temps il n'avait pas mis les pieds dans le centre. Plus il s'énervait, moins il trouvait sa route. Il a fini par nous perdre. Ma lèvre me faisait souffrir comme jamais, la douleur semblait vouloir s'étendre, plonger dans ma bouche, prendre racine dans mes gencives. Sans compter l'œil droit que je pouvais quasiment pas ouvrir et les bleus qui se réveillaient au moindre mouvement. J'étais encerclé par la douleur. Et mon père partait en vrille… Finalement, je l'ai guidé vers le quartier.

On s'est arrêtés chez Amin. Il n'était même pas neuf heures et il s'apprêtait à baisser le rideau de fer.

– Ça va bouger encore ce soir dans le quartier, il a fait. C'est pour ça que je ferme plus tôt.

Il a quand même rallumé son couteau électrique. Ça lui faisait plaisir de revoir mon père.

– Comme d'habitude ?

J'ai acquiescé sans consulter mon père. Après son régime de poisson pané, je doutais qu'il puisse avoir un avis sur la question. On s'est installés à une table, l'un en face de l'autre. On n'avait pas fait ça depuis que ma mère s'était tirée. Du coup, on était mal à l'aise. Mon père triait les dosettes de ketchup et moutarde dans leur petit panier, et je crois bien qu'ensuite, il les a comptées.

– Qui t'a fait ça ?

Les yeux toujours rivés à ses dosettes rouges et jaunes, il a parlé d'une voix si étranglée que j'ai mis du temps à comprendre sa question.

– Je sais pas.

– Menteur !

Son poing a percuté la table, mais il ne me regardait toujours pas.

– Je sais comment ça marche... Me la raconte pas...

Dans ma bouche, le goût de coquelicot avait laissé place à un autre, indéfinissable, beaucoup plus aigre, beaucoup plus fort.

– Je peux rien dire...

Mon père a enfin levé les yeux sur moi.

– Faut que je te demande une chose, et je veux que tu me dises la vérité, fils !

De nouveau sa voix était grave, elle se fondait dans le décor comme l'odeur de graille.

– Est-ce que tu deales ?

Sa question m'a pris de court. C'est pas le genre de truc que tu vas confier à ton daron. Plutôt se dessécher sur place que d'avouer ça. Je sentais la sueur perler dans mon dos, une moiteur désagréable envahissait mon tee-shirt. Je dealais plus mais je l'avais fait. Momo m'avait mis au guet. Il disait que j'étais doué. C'est là que ma mère m'avait gaulé. J'étais en bas de la tour George-Sand, à trois blocs de la maison. Bien en dehors de sa zone de boulot. Sauf que j'avais oublié que ma mère se foutait des zones. Quand quelqu'un avait besoin d'elle, elle y allait. Ce jour-là, elle avait pris un nouveau patient, un blessé, mordu par un rottweiler. L'homme avait besoin d'un pansement à un endroit délicat. Elle était dans le hall de l'immeuble lorsqu'elle m'avait repéré. Tout de suite, elle avait su. J'étais resté sans bouger, comme un con, à me demander si elle n'allait pas se jeter sur moi et me gueuler dessus. Mais elle n'avait pas fait un pas. Très droite, sa mallette d'infirmière lourde et encombrante à la main, elle m'avait fixé d'un air déçu. Sur le coup, j'y avais pas fait trop gaffe. Elle avait essayé de m'en parler mais j'avais réussi à esquiver à chaque fois. Une semaine après, elle disparaissait. Elle avait prétexté des courses à faire et n'était jamais revenue. Forcément, il y avait un lien. Depuis, je m'étais juré d'arrêter les conneries, dans l'espoir un peu vain que ça la ferait revenir.

De ma voix la plus ferme, j'ai assuré à mon père que je dealais pas. Il a penché sa tête sur le côté, avec un air « on me la fait pas à moi », alors j'ai reconnu fumer un bédo de temps en temps, histoire de planer un peu après les cours. Sinon, réglo. Amin a apporté les sandwichs et un extra de frites jaunes et luisantes à souhait. On a mangé en silence. Le truc bizarre, c'est que je trouvais que mon kebab avait un arrière-goût de poisson pané...

8

Crochet du gauche

Le lendemain matin, il y avait des grappes de nuages mous et blancs qui pendaient aux tours, comme du vieux linge. L'hiver avait fracassé l'été indien en un rien de temps. J'ai remonté le col de ma veste de « Tout à deux euros », autant dire que je me les caillais grave. Il sifflait un vent brutal, telle une mauvaise nouvelle. J'ai marché rapidement, pas seulement pour me réchauffer.

La veille, comme prévu, les potes avaient remis ça. Le quartier était dévasté. Sur les trottoirs, une voiture sur trois était cramée, plus aucun arrêt de bus ne tenait debout, la station de métro avait été vandalisée, les quelques bancs avaient servi de bélier, des pneus entassés en barricade bloquaient la rue. Balayées par le vent, des barres de fer abandonnées roulaient par terre, faisant résonner dans la rue un bruit métallique. Des grenades vides traînaient dans les coins, comme des cadavres de cafards énormes.

Quand on était rentrés du kebab, mon père avait fermé la porte à clé, m'interdisant de sortir. C'était bien la première fois depuis longtemps qu'il faisait preuve d'autorité. Je m'étais allongé sur mon lit tout habillé. Il suffisait d'attendre un peu que le daron s'endorme pour rejoindre les potes. Je l'avais fait plus d'une fois. Mais j'étais tellement crevé, et la douleur pulsait si fort dans mes côtes que je m'étais endormi comme une masse.

Je marchais donc entre les grenades et les tessons de bouteilles, quand j'ai entendu un chant un peu fort, un peu faux. Ça venait de l'endroit exact où j'avais trouvé Zineb, une semaine auparavant. Tout un groupe du lycée se tassait devant une grande photo d'elle posée au milieu de bougies et de fleurs. De la cire coulait sur les pétales. J'allais faire demi-tour, ce genre de trip m'intéressait pas du tout, mais Joyce a fondu sur moi.

– Tu es guérie ? Ta mère t'a laissée sortir ? j'ai demandé.

– On fait un hommage à Zineb, vu que ça s'est passé il y a une semaine... Ma mère pouvait pas me priver de ça, elle a répondu, en glissant sa main dans la mienne.

À son contact, je me suis écarté. On allait vraiment faire comme si rien ne s'était passé ? Apparemment, c'est ce qu'elle avait prévu, vu qu'elle n'a pas relevé. Elle a préféré me parler de ma tronche.

– Tu es salement amoché, Karim. Qu'est-ce qu'il s'est passé ? Driss a enlevé les gants à l'entraînement ou quoi ?

J'allais pas lui raconter qu'Hamza avait commandité les gars de Momo pour me tabasser. Elle n'a pas insisté.

– C'est bien que tu sois venu, elle a ajouté, doucement.

Elle s'est tournée vers le groupe qui pleurait en allumant des bougies autour du portrait de Zineb. J'allais lui proposer qu'on se retrouve ailleurs, c'était pas trop pour moi ce genre de délire, quand elle m'a demandé :

– Hamza t'a dit ?

Rien que son nom m'écorchait les oreilles. La nouvelle devait être énorme, car Joyce ouvrait des yeux ronds comme les jantes qui roulaient autour de nous, poussées par le vent.

– Ils ont rendu Zineb à sa famille.

Aussitôt j'ai pensé à Malika.

– Quand ?

– Ce matin. Elle est dans une chambre funéraire. On peut aller la voir si tu veux.

J'ai entendu les oiseaux piailler au-dessus de ma tête. Vraiment ?... La voir ?... Encore ?...

– L'enterrement est mercredi, a ajouté Joyce, comme je ne répondais pas.

– Ici ?

– Où veux-tu que ce soit ? Tu sais combien ça coûte de rapatrier un corps ?

Elle a fouillé dans son sac, en a sorti une pochette graffitée au posca et me l'a tendue.

– Tu y as pensé ?

– Comment faire autrement ? Tu m'as harcelée de textos...

Comme elle m'avait lâché des *vu*, je pensais même pas qu'elle m'avait lu. J'ai attrapé la pochette mais elle s'y est cramponnée.

– Fais gaffe. C'est précieux. Y a tout dedans. Même ses brouillons, elle a murmuré, avant de desserrer ses doigts.

La pochette a changé de main. Aussitôt, j'ai embrayé.

– Elle parle de son mec dans ses textes ?

– Quel mec ? a demandé Joyce, en plissant les yeux. Je vois pas de quoi tu parles. Tu sais bien que Zineb n'avait pas le droit d'avoir un mec.

Ça prouvait rien. Elle s'arrangeait bien avec les interdits.

– Khe m'a dit que Zineb voulait te présenter son mec vendredi soir.

Joyce a mordu sa lèvre inférieure.

– Khe raconte n'importe quoi pour se rendre intéressante, tu le sais.

Mais sa voix sonnait faux. J'ai eu beau insister, elle a pas changé sa version. J'ai ouvert la pochette.

– Tu les as lus ?

Je les imaginais, et je lui ai dit, toutes les deux dans sa chambre minuscule, Joyce affalée sur le lit, Zineb au bureau, les écouteurs dans les oreilles, le regard perdu dans le vague, bien au-delà du mur recouvert de posters de JuL et Beyoncé. Zineb écrivait rarement sur son tél. Elle gardait sur elle un carnet, car elle aimait la sensation du stylo qui mord le papier. Lorsqu'elle avait terminé, elle se mettait à rapper, pour tester le flow. Joyce, en apprenti manager, donnait son avis. Ses mots étaient pompés des critiques qu'elle lisait dans les magazines, mais Zineb ne s'en apercevait pas.

– Vas-y, arrête ton délire, mec... On est pas dans une série girly...

Elle a rectifié le tableau. Zineb avait besoin de silence. Elle écrivait à la bibliothèque.

– En rentrant chez elle, elle passait d'abord par chez moi.

Joyce n'était qu'une caisse des dépôts.

– Parfois, elle me lisait ses textes, parfois non. Ça dépendait... De son humeur, du temps qu'elle avait...

Comme elle était curieuse et jalouse, je me doutais bien qu'elle lisait les textes de Zineb, en douce, une fois que sa pote était partie. Elle pensait vraiment que Zineb lui permettrait de se lancer comme manager. Des artistes qui s'entourent de leurs potes : il y avait plein d'histoires de ce type dans le monde du rap.

– Pourquoi tu veux pas me dire qui c'est, le mec de Zineb ? j'ai demandé.

Elle a haussé les épaules.

– Parce que je ne le connais pas.

Elle mentait. J'ai essayé de la faire craquer.

– Vous aviez rendez-vous avec lui vendredi soir, après le show…

– Il n'est pas venu.

– Qui pourrait être assez con pour poser un lapin à Zineb ?

– Pourquoi tu dis ça ?

Joyce a plissé les yeux, mais j'ai bien remarqué la lueur de jalousie qui brillait au fond.

À quelques mètres de nous, le groupe entonnait une chanson, en souvenir de Zineb. Sur la photo, son visage au sourire éclatant était débordant de vie. On aurait pu croire qu'elle allait sortir du cadre, venir nous faire un check et se mettre à rapper. Autour de moi, tous ces gens qui exposaient leur tristesse comme une œuvre d'art dans un musée, ça me rendait guedin. Les flammes tremblotantes des bougies dessinaient des ombres sur le portrait, et ça non plus, ça collait pas. La vingtaine de personnes qui s'agglutinaient là, se tenaient la main et chantaient des chansons d'Adèle ou d'Angèle... Pas du tout le style de Zineb. Si c'était pour être autant à côté de la plaque, c'était pas la peine. J'aurais plutôt pensé à un remix de Rohff, à vrai dire.

Soudain, une fille en salopette s'est agenouillée et a embrassé le portrait, laissant une vague marque de rouge à lèvres sur la photo. Aussitôt, une autre, jugeant que sa copine avait eu l'idée du siècle, l'a imitée. J'ai voulu me barrer mais j'ai eu à peine eu le temps d'esquisser un mouvement de recul que Joyce me tenait le bras fermement. Elle m'a fourré une bougie dans la main et a taxé du feu à une meuf que j'avais dû croiser au lycée. D'un coup de coude impérieux, elle m'a fait comprendre de tendre la bougie vers le briquet. Je n'ai même pas regardé la meuf en face. Tout ça me saoulait. J'avais pas besoin de bougies, de chants, de mains moites à presser pour penser à Zineb et pour lui rendre hommage. J'avais tellement envie de foutre un coup de pied dans tout ça : les bougies rouleraient dans le caniveau, les fleurs s'éparpilleraient, le portrait serait avalé par le bitume, et le spectacle de leur chagrin avec.

J'ai foutu le camp, trouvant refuge au square, sur le toboggan cassé. Le plastique était froid. Mon cul allait geler. J'ai soufflé sur mes doigts pour les réchauffer, puis j'ai ouvert la pochette. En vrai, j'étais ému. Je crois bien que je retenais ma respi. En premier venaient les « propres », les textes qui paraissaient être terminés, écrits sur des feuilles blanches d'une écriture ample et souple, à l'encre noire. Ensuite seulement, les brouillons. J'ai pris la feuille en haut de la pile. En lisant, j'ai entendu sa voix. Comme si elle scandait son texte à mon oreille.

Hey Sis'
Finis ta grille de sudoku
arrête de traîner dans la rue
éteins la télé, cesse de textoter,
faut qu'on réfléchisse un peu,
notre avenir, c'est encore un bleu
il a rien vu, il y connaît rien,
il peut se faire carotte en un tour de main,
si on fait pas attention, Sis'
si on coordonne pas nos actions,
il va nous échapper

nous filer sous le nez
ou pire, il va nous claquer entre les doigts et mourir
à nos pieds avant même de nous appartenir
Tu rigoles, Sis'? Tu te dis que ça t'arrivera jamais,
que tu es plus maligne que les autres
que je me trompe, que je me goure, que je me vautre
que les temps ont changé
et qu'aujourd'hui la société te laissera une place
si tu savais, ma belle, c'est une farce...
On te fera croire que tu l'as choisi,
mais au final, t'auras un mari
un mec qui façonnera ta vie
t'auras beau me dire que tu es amoureuse
et même carrément heureuse,
moi, je vois juste qu'il est midi et qu'il est encore au lit...
Hey Sis'!
Arrête de manger tes kebbés, jette-moi ces papiers
remets ton keffieh, et juste pour toi : danse
Balance tes pieds, remue ton boule,
mets-moi la chair de poule
perds ton corps, jamais confiance
et jure-moi que tu t'es parfumée
juste pour tes sens

Pour toi
Pour toi
Pour toi

Parce que t'as pas envie de ressembler à ta mère
à torcher des gosses à la chaîne,
enfermée dans un appartement
sans être libre de tes mouvements
Parce que j'ai pas envie d'obéir à mon père,
me marier pour du blé, on m'enchaîne
à un gros paquet d'argent
si t'es rentable, t'es baisable
si t'es baisable, t'es rentable
Hey Sis', à la réflexion,
tu vois que j'ai raison,
et c'est pareil de l'autre côté du périph,
faut pas croire, chez les riches c'est kif-kif
On te fait croire qu'une belle carrière
vaut autant qu'une belle crinière
Une femme parfaite est productive
y a pas d'alternative
Au final, t'épouses les deux
le boulot et le mec qui se dit amoureux
L'appartement est plus grand,
tu es libre de tes mouvements

mais je vois juste qu'il est minuit et qu'il est toujours chez ses amis !

Hey Sis' !
Arrête de pleurer, on va pas refaire la société
remets du khôl, fais-toi tatouer, on va s'enjailler
il faut juste qu'on y pense
que ce soit gravé dans notre mémoire
tant qu'il y a de la danse, il y a de l'espoir
Balance tes pieds, remue ton boule,
mets-moi la chair de poule
perds ton corps, jamais confiance
et jure-moi que tu te maquilleras
même si personne ne te voit
Juste pour toi
Pour toi
Pour toi

~

Pour une fois, l'appartement de Malika était vide. Les voisines, les amies étaient parties. Il n'y avait même pas trace de leur passage ni de l'agitation qui avait régné là pendant une semaine. Pas une assiette de gâteaux, pas un verre de thé à la menthe ne stagnaient sur la table.

Aucune odeur ne s'échappait de la cuisine. Les cris avaient laissé place au silence. Mais ce qui m'importait, c'est qu'Hamza ne soit pas dans les parages. Fallait pas que je le voie maintenant, on risquait de se foutre sur la gueule et c'était pas le truc à faire devant sa mère. Du coup, j'étais sur mes gardes jusqu'à ce que Malika me confirme qu'elle était seule avec Bouli.

– Qu'est-ce que tu as fait pour avoir une tête pareille ? elle m'a demandé, en m'embrassant sur le front, comme elle en avait l'habitude.

Son visage était creusé, ses mains tremblaient encore un peu, mais ses yeux noirs, empreints d'une douce résignation, me fixaient intensément. Malika avait toujours ce regard qui vous faisait sentir important, du moins pour elle.

– C'est rien, j'ai dit. J'ai pris une porte.

– Une seule ? elle a demandé, loin d'être naïve. Tu veux dire... plusieurs ?

Assise sur le canapé d'angle qui bouffait la moitié de la pièce, sans son foulard, avec ses cheveux teintés au henné, elle paraissait si petite, enfoncée dans les coussins. Sur son front, l'arbre de vie tatoué disparaissait sous les rides.

– Tu n'as pas été à l'hommage ?

– Si, j'ai répondu d'une voix rauque. Mais je suis pas resté. J'ai pas besoin de ça, en fait, je crois...

Ma voix a baissé tellement sur les derniers mots qu'on ne les a presque pas entendus. Elle m'a proposé du thé que j'ai refusé.

– Qu'est-ce que tu es venu me demander, Karim ?

J'ai balbutié deux ou trois mots.

– Vas-y... Je te connais depuis que tu es gosse.

J'ai serré les dents, parce que cette phrase était une allusion à peine voilée à ma mère. Un jour, elle était venue enlever des points de suture à Rayan. Il devait avoir sept ans lorsque, voulant récupérer un ballon tombé dans un fossé, une pointe en fer d'une grille qui avait été jetée là lui avait arraché le mollet. Blanc comme un linge, le gosse était rentré tout seul chez lui, pensant se faire gronder parce que son pantalon était déchiré. Dix-huit points de suture.

À l'époque, le père Bouziane était encore en vie et restait des heures devant la télé à fumer comme un pompier. L'appartement empestait la clope. Malika était enceinte de Bouli et elle toussait. Tout le monde toussait, en fait. Ma mère était juste venue pour retirer les points que les urgences avaient faits. Elle a compris la situation en un clin d'œil. Tout le long de l'opération délicate qui consiste à enlever les fils d'une plaie de quinze centimètres à un enfant, elle a ruminé. Et quand elle a eu fini, elle s'est plantée devant le père Bouziane.

« Dégage, tu gênes pour la télé », il a grogné.

Ma mère ne s'est pas démontée, elle a ramassé le cendrier sur la table basse et le lui a tendu.

« À partir de maintenant, monsieur, vous irez fumer dehors. »

Le père était tellement surpris qu'on lui parle sur ce ton, ferme, déterminé, mais respectueux et poli, qu'il l'a regardée sans bouger.

« Vous vous abîmez les poumons, c'est votre choix, monsieur, a continué ma mère. Mais votre femme et vos gosses n'ont rien demandé, eux. »

Sept ans plus tard, il était mort d'un cancer, même pas des poumons, de l'estomac, mais durant toutes ces années, il avait obéi. Pour la remercier, Malika avait gavé ma mère de baklava. J'en avais encore le goût doré dans la bouche.

– Alors, qu'est-ce que tu veux me demander ? a insisté Malika.

Ça me gênait tellement de lui parler de ça...

– Est-ce vous saviez que Zineb avait un amoureux ? j'ai demandé, tout bas.

Un léger sourire a creusé ses joues.

– Bien sûr.

Je ne m'attendais pas du tout à cette réponse. Je pensais qu'elle pousserait des hauts cris. J'ai dû faire une drôle de tronche parce qu'elle m'a tapoté le genou en disant :

– Va me chercher l'album photos là-bas.

Elle indiquait l'étagère en face de nous où étaient calés la télé, quelques bibelots qui rappelaient le pays et deux albums photos.

– Celui du dessus, elle a précisé.

Elle a tourné les pages assez vite, c'étaient des photos du Maroc principalement. Et puis elle s'est arrêtée sur la photo d'un mec à peine plus vieux que moi, souriant, la peau mate, les cheveux frisés, noirs, épais, plutôt beau gosse, excepté le duvet moche au-dessus de sa lèvre.

– Il s'appelle Bachir.

Un mec du bled.

– Le père de Zineb lui avait choisi ce beau mari avant de mourir.

Malika disait toujours « le père de » et elle ajoutait le prénom d'un de ses enfants quand elle voulait parler de son mari. Est-ce que c'était ce type dont parlait Khe, celui que Zineb voulait présenter à Joyce vendredi soir ? J'ai de nouveau détaillé la photo. Le type paraissait grand, mais les images faussent souvent les tailles. Ses yeux noirs pétillaient d'intelligence. Ses cheveux paraissaient doux, soyeux. Est-ce qu'on peut tomber amoureux à partir d'une simple photo ?

– Ils s'étaient déjà vus ?

– Non... Pas encore. Mais il devait venir faire son école de commerce en France à la rentrée prochaine.

Un mariage arrangé.

– Et... Zineb était d'accord ?

– Évidemment... a répondu Malika, très sûre d'elle. Et quand son père est mort, elle a dit que ça changeait rien.

J'avais l'impression d'être dans la quatrième dimension. Que Zineb accepte aussi docilement un mari qui n'était jamais sorti du bled cadrait pas du tout avec les raps qu'elle écrivait. Et j'avais plutôt tendance à me fier à la version rap. Est-ce que Khe s'était moquée de moi, en me parlant de ce mec ?

– Vous êtes sûre que Zineb et lui ne s'étaient jamais rencontrés ?

Malika a secoué la tête, perplexe devant mon insistance.

– Il aurait pu venir en France sans vous avertir, par exemple.

– C'est le fils de ma meilleure amie au bled. S'il bouge un orteil, elle me prévient aussitôt.

Du bout de ses doigts, Malika caressait le visage de Bachir sur la photo.

– Il a tellement pleuré quand il a appris.

– Mais il la connaissait pas !

– Ça n'empêche pas d'être amoureux...

J'imaginais la tête de Bachir s'il avait vu Zineb sur scène en train de rapper.

– Vous êtes certaine ?

– Tu as déjà été amoureux, Karim ?

Le visage de Joyce m'est apparu, suivi aussitôt de celui de Zineb.

– On parle pas de moi, là, j'ai répliqué, pour éviter d'avoir à répondre à Malika.

Ma piste s'effondrait. J'avais imaginé un moment que cet amoureux aurait pu tuer Zineb. Par jalousie ou par accès de folie. Dans les films, les séries ou les bouquins, les histoires sont truffées de ce genre de délire. Mais si le type n'était jamais sorti du bled...

Un mal de crâne a réveillé toutes les autres douleurs. Ma joue, mon œil, mes dents, mes côtes, ça taclait de partout. L'envie de me jeter sur ma boîte de doliprane m'a décidé à partir, quand Malika m'a retenu d'un geste.

– La police nous a rendu Zineb.

J'ai posé ma main sur la sienne.

– Je sais. Joyce me l'a dit.

– La commissaire, je ne sais plus son nom…

Elle cherchait dans sa tête mais ça lui revenait pas. Je l'ai aidée.

– Mesronces.

Elle a acquiescé doucement.

– Elle est bien, cette femme. Elle veut vraiment découvrir l'assassin de ma fille.

Malika parlait comme si elle chantait une berceuse pour endormir son chagrin.

– Elle a dit que tu l'aidais pour l'enquête, c'est vrai ?

La flic prenait ses désirs pour des réalités, ça m'a saoulé. Mais Malika a enchaîné :

– Tu es un bon garçon… C'est bien, reste comme ça… Pas comme mes aînés… Je les aime mais quand ils font quelque chose, ils le font mal. Et mon Bouli qui va à l'hôpital…

Elle a levé les bras au ciel.

– Alors que toi… tu es toujours là.

La porte d'entrée a claqué.

– Et puis tu es beau comme un soleil… Je sais pas pourquoi ta maman est partie…

Un nœud coulant a serré ma gorge.

– Tu es trop beau pour qu'on t'abandonne… Et avec tous tes problèmes, tu prends encore le temps de venir me voir… Tu es gentil… Tu viens, tu aides.

Hamza a déboulé dans le salon.

– Qu'est-ce que tu dis, Maman ?

J'ai voulu me lever du canapé mais Malika m'en a empêché.

– Rien que la vérité, mon fils. Karim, il aide, alors que...

– Et moi, je fais quoi ? il a grondé, furieux. Je me démène pour trouver l'assassin de ma sœur mais c'est comme si je faisais rien ! Tu verras, tu verras comme tu seras fière de moi, quand j'aurais buté cet enfoiré !

~

Hamza m'avait donné rendez-vous à la salle de boxe en fin de journée. On devait s'expliquer sur le ring. C'était mon idée. Lui montrer que je n'étais pas un lâche comme lui, à le serrer dehors à quatre contre un. Nous allions nous battre proprement. Il ferait moins le malin quand je l'aurais battu sur le ring, son terrain de prédilection. J'avais décidé de lui en remontrer... Mais avant ça, j'avais une visite à faire. Elle était dans l'annuaire, sur Internet, tellement facile à trouver.

– Karim ? Mais... qu'est-ce que tu fais là ?

Il y a eu un moment de gêne.

– Viens... elle a fini par dire. Entre. Ne reste pas sur le pas de la porte.

J'étais jamais entré chez une prof et je pensais pas que ça me mettrait si mal à l'aise. Il y avait des bouquins partout, dans le couloir, dans l'escalier, dans le salon, et même dans les chiottes, je les ai aperçus par la porte entrebâillée. Elle m'a emmené dans son bureau. Comme dans le reste de sa baraque, les murs étaient tapissés de livres. Sauf au-dessus d'une cheminée, qui ne devait pas souvent fonctionner vu comment elle était nickel, où trois katanas longs et fins se partageaient le mur.

– Tu aimes le Japon ? elle m'a demandé, en voyant que je fixais les katanas d'un air envieux.

– Un peu. Les sushis, les mangas...

Un moment, je me suis demandé si c'était juste de la déco. Elle s'en servait peut-être. Après ça, je l'ai regardée d'un autre œil.

– J'y suis allée l'année dernière. C'est un très beau pays.

Ensuite, il y a eu un genre de silence qu'on aurait pu découper au katana.

– Tu as une sale tête, Karim, elle a repris. C'est à la boxe que tu t'es fait ça ?

– On peut dire ça comme ça...

Elle a eu une moue de dépit ou de dégoût.

– J'ai toujours pensé que c'était un sport dangereux.

C'est sûr que le kendo, c'est plus classe...

– Qu'est-ce qui t'amène ? a demandé Breteau, tout en désignant le fauteuil où m'asseoir.

Le fauteuil était traître, je me suis tellement enfoncé dedans, on aurait pu croire que mon boule pesait une tonne… Je me suis tortillé pour paraître moins con.

– Vous avez lu tout ça ? j'ai demandé en pointant du doigt les étagères.

– Quasiment, elle a dit avec un sourire qui s'excusait presque.

Les traits tirés, les cheveux gras, elle portait un vieux survêt marron. Elle aurait pu zoner en bas des tours, elle aurait pas fait tache. On était loin de la prof en tailleur et rouge à lèvres dont j'avais l'habitude.

– Alors ? Tu n'es pas venu prendre de mes nouvelles, je suppose.

Vu qu'elle avait été absente au lycée, ça aurait pu avoir du sens, mais j'y avais même pas pensé.

– Tu as des problèmes ? Tu as besoin d'argent ?

J'ai sursauté. Breteau serait bien la dernière personne à qui je taxerais des lovés, si j'en avais besoin.

– Non… Pourquoi vous pensez ça ?

Elle a rien dit, mais sa bouche pincée parlait pour elle. J'aurais pu attaquer direct, lui poser les questions, mais j'ai préféré y aller en douceur.

– Je suis venu vous montrer ça…

Le fauteuil m'a empêché de me lever. J'ai tendu la pochette vers elle. Elle a été si maladroite en l'ouvrant que toutes les feuilles ont volé et se sont éparpillées par terre. Un cri de surprise s'est échappé de sa bouche dès qu'elle a reconnu l'écriture de Zineb.

Tandis qu'elle lisait, son visage passait du sourire aux larmes aussi rapidement que Momo roule un bédo. Il y avait un silence recueilli et, avec tous ces livres aux murs, l'ambiance devenait carrément mystique. La prof ne levait pas les yeux des textes de Zineb, recommençait même parfois du début. Si elle faisait ça avec tous ses bouquins, sûr qu'elle y passait sa vie...

– Pourquoi tu m'as apporté ça, Karim ? elle a demandé soudain.

Elle m'a rendu la pochette d'un geste brusque.

– Elle avait du talent, je n'ai pas attendu qu'elle soit morte pour le savoir...

Elle avait parlé d'un ton sec, presque accusateur. Si j'avais voulu lui faire plaisir, je m'étais foiré. Je me suis de nouveau tortillé sur son fauteuil. Le cuir a craqué sous mes cuisses, le truc vraiment désagréable.

– Est-ce que Zineb vous a parlé d'un... mec ?

Selon Malika, Zineb était d'accord pour se marier avec Bachir, mais j'avais dans l'idée qu'elle n'était docile qu'en apparence. Et je penchais pour la version de Khe plutôt que pour celle de Joyce. Le vrai amoureux de Zineb était venu au Sauvage, vendredi soir. Restait juste à trouver qui c'était vu que Joyce avait soigneusement évité de me répondre. Or Breteau était là, lors de cette fameuse soirée. Elle avait peut-être vu le mec de Zineb.

– Un petit copain, tu veux dire ?...

Il y avait bien que les vieux pour utiliser cette expression ringarde. Ses yeux sont partis dans le vague un bon moment et je savais plus quoi faire pour la faire revenir.

– Lorsque je l'ai emmenée à R. pour les quarts de finale du concours d'éloquence, a dit la prof, dans un filet de voix, elle m'a parlé d'un garçon, oui...

– Elle a dit son nom ?

Breteau a secoué la tête. Sur son front, ses mèches de cheveux gras ont mollement suivi le mouvement.

– Je ne me souviens pas...

Comme il fallait que j'élimine définitivement le mec du bled, j'ai demandé :

– Bachir ? Ça vous dit quelque chose ?

Elle a froncé les sourcils.

– Non, rien du tout...

Elle a fermé les yeux, comme si faire le noir lui permettait de mieux se souvenir.

– Désolée, ma mémoire refuse tout effort. Je suis tellement fatiguée.

Je lui ai laissé un peu de temps avant de poursuivre.

– Vous étiez fâchée après elle ?

– Non, pourquoi ? m'a-t-elle demandé, d'un air étonné.

– Parce qu'elle voulait abandonner le concours d'éloquence.

Breteau a levé les yeux au ciel.

– Karim... Je n'ai pas inscrit Zineb au concours d'éloquence pour satisfaire l'ambition frustrée d'une pauvre prof de ZEP.

Pourtant, elle cadrait parfaitement avec l'image d'une pauvre prof de ZEP frustrée.

– Tu devrais partir, maintenant. Tout ça m'épuise...

J'avais pas l'intention de m'éterniser de toute façon. Fallait juste que je m'extirpe du fauteuil. Avant de quitter la pièce, une photo encadrée posée sur le bureau a attiré mon regard. Deux femmes se tenaient par l'épaule. L'une était ma prof, l'autre... J'avais l'impression de l'avoir déjà vue. Pourtant, j'étais bien incapable de dire où. Breteau m'a pris le cadre des mains et l'a reposé à sa place.

– C'est ma sœur, elle a fait, anticipant ma question. Sophie... Elle bosse dans la musique...

Son visage me disait vraiment quelque chose, mais la prof me poussait vers la sortie. J'ai quand même posé une autre question qui me prenait la tête.

– Le portable de Zineb était dans votre voiture, c'est pour ça que vous étiez au commissariat l'autre soir ?

Très pâle, elle a acquiescé doucement. Elle a avancé d'un pas pour que je recule et me retrouve dehors.

– Pourtant, vous avez bien dû le voir, ce tél, quand vous êtes remontée en voiture. Pourquoi vous ne lui avez pas rendu directement ?

Elle a baissé la tête, et son geste a découvert sa nuque, trop blanche. J'ai pensé au katana s'enfonçant dans la chair.

– Je ne l'ai pas vu tout de suite. Il faisait noir.

– C'est les flics qui l'ont trouvé ?

Elle s'est mordu la lèvre.

– C'est moi qui le leur ai apporté, elle a dit dans un souffle.

J'étais stupéfait.

– Vous avez attendu trois jours pour leur apporter le portable de Zineb ?

Elle tordait maintenant son pull entre ses mains. Une tristesse terrible décomposait ses traits.

– Je m'en voulais tellement ! elle a crié presque. Si j'avais ramené Zineb chez elle, ce soir-là, comme c'était prévu, elle ne serait pas morte !

Est-ce que c'était de la faute de Breteau si Zineb était morte ? Si elle l'avait raccompagnée au quartier, Zineb n'aurait jamais rencontré son agresseur et elle serait toujours en vie... Où commence, où s'arrête la responsabilité dans ces trucs-là ?

– Elles n'étaient pas toutes seules, Karim, m'a assuré la prof, d'une voix tremblante. Un garçon les accompagnait. C'est pour ça que je les ai laissées partir.

– Qui ça ? Son mec ?

– Je ne crois pas... Je ne sais pas... Elles ne me l'ont pas présenté.

Elle s'est interrompue avant d'ajouter :

– Je crois me souvenir qu'il était black.

C'est comme si une douche glacée se déversait à torrents sur ma gueule. Sublime ?... Hamza avait-il raison, au final ? Sublime était-il allé retrouver les filles au Sauvage, ce soir-là ? Et... cela faisait-il de lui un assassin ?

Le moral en dents de scie
à mon âge, j'ai pris le pli
je vois l'amour s'envoler
comme la petite fille de Banksy
Des âmes malveillantes dans mon sillage
veulent façonner mon image

alors je bosse le clivage
en jupe courte ou en jean large
Mes rêves ont capté qu'ici rien ne se réaliserait
qu'on ne part pas du quartier pour finir à l'Élysée
Y a que mes profs qui me somment de bosser
et me rappellent que pour moi le sommet
s'arrêtera peut-être au lycée
mais quand je traîne dans le quartier
j'y trouve l'inspiration
je trempe ma plume dans le goudron
dans la misère et la dèche
dans l'amertume et le béton
y a rien à faire, je ferai pas de lèche
à ce jeu-là, je ne gagnerai pas
c'est perdu d'avance
mais tout ce que je demande
c'est pas un prix d'excellence
c'est juste un regard
sur mon existence
juste un regard
pour lever l'indifférence

~

– Toi qui joues le bon fils, tu lui as dit, à ma mère, que tu cachais l'assassin de sa fille ? m'a balancé Hamza direct, alors même que je franchissais le seuil de la salle de boxe.

– Fais-toi plaisir, j'ai rétorqué aussi sec. Va lui dire... Et au passage, tu n'oublieras pas de lui apprendre que tu as commandité Momo pour me fracasser la tête. Je suis sûr qu'elle appréciera.

– Ta gueule ! Momo n'a rien à voir avec ça... Je lui ai juste dit que c'était Sublime l'assassin et que toi, tu savais où il était, mais que tu voulais rien dire. Je ne lui ai pas demandé de te cogner.

– Il a délégué le boulot à ses potes. Ça revient au même.

– Va te faire foutre ! En vrai, je vais pas pleurer pour toi. Tu te mêles trop de ce qui te regarde pas !

J'allais lui répondre sur le même mode quand Driss s'est interposé. Il a eu l'air choqué en voyant ma tête.

– Karim ! Tu as vu dans quel état tu es ? Tu es sûr de vouloir combattre ?

C'était pas quelques contusions qui allaient m'empêcher de défoncer Hamza. D'abord, lui régler son compte. Après, je m'occuperais de Momo et de sa bande de bâtards.

On était face à face et on allait fighter. Comme si on n'avait jamais été potes. Le tourniquet sur sa chaise de bureau, jusqu'à ce qu'on ait la gerbe, les bédos fumés en douce et les heures à parler du goût incroyable des filles... Tout cela avait sombré. À cet instant, le visage de Zineb m'a traversé l'esprit, pas celui par terre, bleui et sans vie. L'autre, le beau, avec la peau mate, les lèvres si bien dessinées, les grands yeux sombres, toujours rieurs. Une fraction de seconde, ça m'a déconcentré. J'ai failli jeter les gants. On se trompait de combat. Il fallait se battre ensemble pour Zineb. Mais Hamza m'a décoché une droite monumentale. Il venait d'ouvrir le bal de façon magistrale. J'ai craché un jet de salive teintée de rouge dans un seau d'eau oublié là.

– Je ne vais pas retenir mes coups parce que tu es déjà amoché, m'a prévenu Hamza.

Il n'avait pas besoin de le dire, sa droite l'avait fait pour lui. Il s'est remis en garde.

– Sublime n'a pas tué ta sœur, j'ai affirmé d'un ton sec.

– J'ai jamais pu le blairer, de toute façon, ce sale négro... Les bouffeurs de bananes devraient rester chez eux.

Toutes les lumières dans mon cerveau se sont éteintes d'un coup. Les beaux souvenirs d'enfance pouvaient aller se faire foutre. Et Hamza avec.

– Karim, arrête ! Arrête...

La voix de Driss venait comme de très loin. Soudain mon bras a été pris dans une poigne d'enfer. Immobilisé.

– Karim, bordel ! Qu'est-ce que tu fous ?

J'ai regardé Driss d'un air hébété. De la sueur coulait de mon front à mes joues. Pour un peu, on aurait pu croire que je pleurais. J'ai essuyé mon visage d'un geste rageur avec mon bras libre. Hamza gémissait par terre. Du sang dégoulinait de son nez et imbibait le revêtement du ring d'un rouge éclatant. Je l'avais démoli. Avec méthode et rigueur. J'avais prévu de le cogner sévère, mais ses insultes envers Sublime m'avaient fait dégoupiller. Personne ne traitait Sublime de sale négro ni de bouffeur de bananes. Pas si j'étais dans les parages.

– Karim, dans mon bureau. Tico, va chercher de la glace pour Hamza.

Driss s'est assis à son bureau avant de me tendre un verre d'eau, mais j'avais pas enlevé mes gants, alors il l'a posé devant moi.

– Qu'est-ce qu'il se passe, Karim ? Tu as vu ce que tu as fait ? Tu as continué de le frapper alors qu'il était à terre !

Je regardais le pied du bureau. Il n'y avait rien de plus passionnant que ce barreau en bois qui soutenait, avec ses trois collègues, une planche sur laquelle Driss posait ses coudes.

– Qu'est-ce que je t'ai enseigné, bordel ! Ce n'est pas comme ça qu'on traite un adversaire...

Le bois était couleur jaune paille. Il y avait des nœuds sombres à certains endroits qui faisaient comme des yeux.

– Karim ! Regarde-moi.

Je me suis arraché péniblement à la contemplation du bout de bois.

– Qu'est-ce qu'il s'est passé ?

Driss était le genre d'adulte convaincu qu'il avait le truc pour régler nos problèmes.

– Rien... C'est entre lui et moi.

– Tu te rends compte, si tu fais ça au Pôle France ? T'es viré direct !

J'y étais pas encore rentré que Driss m'en faisait sortir. De nouveau, j'ai contemplé le pied qui me faisait de l'œil.

– Je ne comprends pas, vous êtes pourtant amis, Hamza et toi !

J'ai rien répondu. Ce mot n'avait plus de sens.

– Hamza ne va pas très bien depuis la mort de sa sœur, a renchéri Driss. Il a besoin d'aide.

– T'inquiète pas, il sait où en trouver, j'ai dit en me levant.

Une lueur à la fois étonnée et soucieuse a traversé le regard du coach. Mais il n'a pas cherché à approfondir.

– Jure-moi que ça n'arrivera plus, il a exigé.

– Promis, coach, j'ai fait d'une voix rauque.

Driss a bien compris que ma promesse était rien que du flan. J'avais encore envie de défoncer cette raclure d'Hamza. La mort de sa sœur l'avait peut-être rendu teubé mais j'avais dans l'idée que Momo attisait son désir de vengeance.

– La mort de Zineb nous a tous remués, a insisté Driss, mais c'est pas une raison pour laisser tomber son self-control.

Driss ne jurait que par le self-control. Aurait-il fait mieux que moi ? Je l'avais vu, un jour, filer une baffe à Tico pour une blague raciste. Il fallait que je rentre chez moi, que je prenne une douche et que je dorme un peu. J'en avais marre... Mais avant de partir, il fallait que je demande des nouvelles de Sublime. Driss a un peu hésité, il pensait que ça me concernait vraiment pas, puis il a fini par lâcher :

– Normalement, il devait embarquer aujourd'hui.

Dans mes gants, j'ai croisé les doigts pour lui.

~

Dès que j'ai poussé la porte de chez moi, j'ai senti l'odeur. Une odeur que j'avais oubliée, qui me rappelait ma mère direct. Ça sentait les épices et les légumes qui mijotent dans le bouillon. Ça sentait la viande qui grésille au fond de la marmite. Ça sentait le couscous chaud, épicé pile comme j'aime. Mon père remuait doucement une cuillère en bois dans une casserole pleine à ras bord. Il m'a regardé d'un air penaud.

– C'est pas moi qui l'ai fait, c'est Malika qui me l'a donné.

– Tu es allé chez Malika ?

Mon père qui rendait visite aux voisines, c'était nouveau.

– Je suis allé lui présenter mes condoléances. Et elle m'a offert du couscous.

– Malika, vraiment ?

– Si tu voyais son congélo, il est rempli de barquettes !

Malika nous sauvait du poisson pané. Un deuxième jour de répit dans la semaine, c'était pas du luxe.

– Elle m'a dit que j'avais de la chance, que tu étais un bon fils...

J'étais pas certain qu'elle le répéterait encore, une fois qu'elle aurait vu l'état dans lequel j'avais mis Hamza.

– Tu manges avec moi ?

Je me suis laissé tomber sur la chaise.

– Lave-toi les mains, d'abord.

Étrange comme les gens sont capables de revenir à des habitudes perdues. J'ai râlé, juste pour que Papa me dise comme avant, quand Maman était encore dans les parages :

« Tu reviens de la boxe, tes mains sont sales. »

J'ai presque vu le sourire de ma mère flotter entre nous deux. En allant à la salle de bains, j'ai remarqué que la télé, dans le salon, était éteinte.

Le premier coup de fourchette dans la semoule dorée, c'était le bonheur absolu. Mon cœur faisait des saltos dans ma poitrine tellement ça me rappelait ma mère. Papa semblait aussi content que moi. Il ne souriait pas mais ça se voyait, ses gestes étaient plus vifs. C'était kiffant de bien manger, l'atmosphère dans la cuisine se détendait au milieu de toutes ces odeurs délicieuses.

– Au fait, a dit mon père, quatre grains de semoule stationnant sur son menton. Cet après-midi, il y a deux jeunes filles qui sont venues. Elles voulaient te faire une surprise.

J'ai écarquillé les yeux, l'œil droit un peu moins que le gauche, forcément.

– C'était qui ?

Il m'a regardé d'un air bête... Il a bafouillé, puis il a pris un air désolé.

– Elles m'ont dit leurs prénoms mais j'ai déjà oublié.

– Une grande noire et une petite reubeu ?

Il a hoché la tête. Qu'est-ce que Joyce et Khe avaient de si important à me dire pour venir sonner chez moi ?

– Tu les as laissées entrer ?

Il a eu un petit sourire.

– Elles ont insisté. Elles ont dit qu'elles allaient t'attendre dans ta chambre. Mais au final, elles sont pas restées longtemps.

J'en ai craché de la semoule par le nez.

9

Temps mort

Le lendemain, vers dix heures du mat, le nez encore irrité et la bouche pâteuse, je me suis dirigé vers une maison voisine de la mienne. Je devais m'occuper de Joyce et Khe mais il y avait encore plus pressant. J'ai sonné à un portillon qui n'empêchait personne d'entrer dans un jardin parfait, question hauteur de pelouse et répartition des fleurs.

– Je suis contente que tu viennes me voir !

– Moi aussi, Carolina, j'ai fait, sans grande conviction.

Je l'ai suivie dans un couloir qui n'en finissait pas d'étaler son papier peint fleuri. Il y avait bien des portes à intervalles réguliers mais elles étaient toutes fermées, et Carolina ne s'arrêtait devant aucune. Impossible de savoir si quelqu'un était dans le reste de la maison.

– Ils sont sortis, tes parents ?

– C'est dimanche... Ils sont au marché.

Un parfum d'ambiance rehaussait le papier peint d'une odeur de fleurs écœurante, du lis ou un truc du genre. Ma mère adorait ces grosses fleurs. Elle en achetait souvent et leur odeur entêtante s'incrustait jusque dans ma chambre. Le nombre de fois où j'avais fait tomber le vase !...

Carolina a ouvert la porte du bout du couloir et on est descendus au sous-sol. Là, l'odeur mutait, ça sentait toujours la fleur mais avec un relent de moisi et de poussière. L'escalier en béton donnait sur une sorte de garage aménagé en salon de gameur, un truc de ouf tellement le matos était bon. Un écran plasma incurvé aussi large que le mur de ma salle de bains, une tour et des amplis dernier cri se partageaient la place sur une immense table en verre dépoli. Carolina s'est installée sur un fauteuil pivotant en similicuir noir. Avec le dossier super haut et les accoudoirs, on l'aurait crue assise sur un trône.

– T'as fait un casse à Darty ou quoi ?

Elle a ri.

– Ça doit coûter un bras, ce genre de matos ! j'ai dit, impressionné.

– Tu veux dire un bras, une jambe et deux reins.

Comment elle avait pu avoir autant d'argent pour se payer tout ça ?

– Fais pas cette tronche… Mon père travaille dans une boîte d'informatique, c'est un lot qu'on a eu au prix usine.

J'ai passé la main sur la tour, senti le plastique dur sous mes doigts. C'était pour son matos que j'étais venu la voir. Tout le monde savait que son père était un crack de l'informatique, mais j'étais loin de me douter qu'elle était si bien équipée !

– La mémoire ?

– Le max.

– La carte graphique ?

Elle a eu un sourire énorme et fier en donnant le nom du dernier modèle sorti, hyper performant. J'ai sifflé d'admiration.

– Alors, ça te plaît, mon domaine ?

J'ai cru qu'elle se foutait de ma gueule.

– Tu déconnes, hein ? C'est pas rien qu'à toi tout ça ?… C'est à ton père, non ?

Je me souvenais vaguement de sa situation, une grande famille et le licenciement brutal de la mère qui les avaient conduits dans le quartier. La mère n'avait jamais retrouvé de boulot mais elle faisait quand même croire qu'elle bossait. Elle prenait le bus tous les matins, vêtue d'un tailleur assez classe, une mallette à la main, alors que tout le monde savait très bien qu'elle était au chômage.

– Ici, c'est mon refuge, elle a dit, en allumant la machine. Et personne d'autre n'y met les pieds sans mon consentement.

J'ai tiqué.

– Ben quoi ? elle a fait. T'es pas du genre à penser que les filles peuvent pas s'intéresser à l'informatique, quand même ?

C'est juste que ça cadrait pas avec le côté petit cœur qu'elle cultivait à donf, avec ses lèvres Tagada, ses boucles qui cascadaient parfaitement sur ses épaules, et ses manières un peu écœurantes, trop mielleuses.

– S'intéresser, si... Mais être équipée comme ça, c'est...

La phrase est restée en suspens.

– Et tu sais vraiment t'en servir ? j'ai demandé, sceptique.

– T'es venu pour que je te fasse des crêpes ou quoi ? elle m'a coupé, un peu vénère.

Elle a fait pivoter le fauteuil vers le clavier.

– Bon, tu as besoin de quoi ?

Je lui ai dit. Elle a pas eu l'air de trouver ça difficile. Elle a tapé sur le clavier à la vitesse de l'éclair. On s'est retrouvés sur le profil Insta de Zineb, et moins de dix minutes après, Carolina avait craqué le mot de passe. J'aurais jamais cru qu'elle était si douée !

– Tu peux faire ça avec tous ? Le mien, par exemple ? j'ai demandé, inquiet.

Elle a fait une grimace qui signifiait « Me tente pas... » ou « Qu'est-ce que tu crois, je l'ai déjà fait »... J'ai pas osé demander de précisions, mais je me suis juré de le changer dès que je serais seul.

On a zappé les témoignages et les condoléances pour s'intéresser aux messages privés. Il y en avait beaucoup de Joyce, de Khe, un peu d'Hamza, de Bachir, et puis... Ma gorge s'est nouée, en découvrant un pseudo qui n'avait rien à foutre là...

– Ça va ? s'est inquiétée Carolina. Tu es tout pâle.

J'ai frotté mon visage avec mes mains, je ne voulais pas qu'elle me voie dans cet état.

– Tu fais un truc du genre hypoglycémie... Tu veux un coca ?

Vu ce que je venais de découvrir, j'avais besoin d'un truc un peu plus fort que le coca.

– Tu as du rhum pour mettre avec ?

– À cette heure-ci, vraiment ? T'attaques fort, toi ! elle a rigolé.

Mais devant mon visage décomposé, elle s'est inclinée.

– Je vais voir ce que je peux faire...

Elle est remontée vers son couloir à fleurs. Elle allait certainement puiser dans le bar de ses darons. Ça me laissait tout le temps d'ouvrir ces putains de messages et de les lire.

Que les tours soient hautes
larges, grises et laides
Qu'elles se dilatent
jusqu'à prendre tout l'espace
Je m'en fiche
tes yeux découpent l'horizon
je découvre un nouveau monde
aux ondes nouvelles, et je te désire
Que le ciel s'ouvre
et déverse à torrent
tous les châtiments
Qu'il soit de plomb, de pierre, de feu
j'ai la fièvre, je te veux
rien ne pourra arrêter ma main
qui te caresse, qui se tient
sur ta peau nue
les ailes sont belles
quand elles sont deux
Que mes frères me jugent
m'enferment dans leur prison
me torturent de leur sermon
Je m'en tape
Je serai plus libre que n'importe qui
Que ma mère soit prise de dégoût
qu'elle pleure, qu'elle détourne les yeux

qu'elle oublie mon nom, mon existence
qu'elle se noie dans ses idées rances
Que mon père se retourne dans sa tombe
que toute la cité sombre
Je m'en fous
Jamais un autre que toi
n'emportera mes premières fois
Ton cœur est un rêve
le mien vole, il échappe
aux mains avides, aux mains sales
qui ordonnent, imposent, cadrent
qui pensent gouverner ma vie
Je serai plus libre que n'importe qui
Car dans tes bras je m'abandonne
Car dans tes bras je frissonne
Car dans tes bras je suis unique,
absolue et enfin, réelle.

~

J'ai laissé mon doigt sur la sonnette jusqu'à ce qu'on m'ouvre la porte. Ce que j'avais découvert chez Carolina signait l'arrêt de mort de mon pote. Fallait qu'on se dépêche de trouver Sublime, avant Hamza. Fallait qu'on se dépêche tout court. J'avais textoté comme un dingue à Joyce et Khe pour leur faire savoir que j'allais bientôt m'occuper d'elles, évidemment elles n'avaient pas répondu. Elles ne perdaient rien pour attendre. Même si mon sac était intact, bien au chaud dans sa nouvelle planque, sous mon lit, derrière un tas de manuels du lycée et de cahiers, je trouvais ça chelou qu'elles aient squatté dans ma chambre, ne serait-ce que cinq minutes.

– Karim ? T'es ouf ou quoi ? Le bébé dort !

Des hurlements ont retenti dans une pièce voisine. Driss a pris un air catastrophé.

– C'est malin !

Il m'a quand même laissé entrer. Je me suis affalé dans un canapé assez déglingue. Une femme en peignoir et aux yeux cernés a traversé le couloir.

– S'lut Karim !

J'ai salué Latifah quand elle est repassée en sens inverse, le bébé dans les bras.

– Qu'est-ce que tu fous chez moi, un dimanche matin ? m'a demandé Driss en croisant les bras sur son torse, ce qui faisait ressortir ses biceps et ses pecs.

Il était vraiment impressionnant. On disait qu'il n'avait perdu aucun de ses combats, qu'il avait grimpé des départementaux aux régionaux aux nationaux avec une constance et une régularité à faire froid dans le dos.

Personne savait pourquoi il n'avait pas été aux Jeux. Sans bruit, Latifah est entrée dans le salon et lui a collé le bébé dans les bras. Puis elle lui a tendu un biberon.

– C'est toi qui lui donnes, moi, je vais me recoucher, je suis épuisée.

Driss a approché la tétine de la bouche de sa fille qui l'a engloutie aussitôt et s'est mise à téter avec un bruit de succion si fort qu'on aurait dit un scratch de ouf.

Driss était encore plus impressionnant avec cette toute petite chose entre les mains. Ses grosses mains semblaient légères autour de l'enfant fragile. Perso, je le préférais avec les gants de boxe, mais il y avait rien à redire, le géant était touchant.

– Faut qu'on aille à O. Faut qu'on retrouve Sublime.

– C'est dimanche, Karim. Je vais nulle part.

Un quart d'heure plus tard, on était dans sa bagnole. Je l'avais travaillé au corps, quelque chose de bien. Entre deux rots de sa gamine, je lui avais expliqué rapidement la situation : Hamza qui traînait avec Momo, un gun dans le sac, et qui croyait Sublime coupable. Par contre, j'avais rien dit sur ce que j'avais découvert chez Carolina en piratant le profil Insta de Zineb.

Je regardais par la fenêtre le paysage qui défilait sous mes yeux. On était sortis de la ville. On traversait des champs, parfois des villages. Les champs étaient boueux et les villages morts. La campagne, un dimanche d'hiver...

– Pourquoi est-ce que tu cherches l'assassin de Zineb comme ça ?

La terre était noire, avec de grosses mottes par endroits.

– Tu n'es pas détective privé, mec ! Fouiner dans la vie des gens, ça n'attire que des ennuis.

Qu'est-ce qu'on pouvait bien cultiver dans ces champs ? Des patates ? Du blé ?

– Tu as vu ta tronche ? Et ça t'a pas suffi d'avoir la gueule d'un Picasso, tu as remis ça avec Hamza...

Un tracteur passait au loin, seul signe de vie dans ce paysage plat et morne.

– C'est le travail de la police, ça, en fait ! Pourquoi est-ce que tu laisses pas les flics faire leur boulot ?

Il paraît que le taux de suicide est super important chez les agriculteurs. Je voulais bien le croire. Quand tu bosses le dimanche dans un endroit qui pue la mort, et ce pour des clopinettes, tu as certainement envie de te mettre un gun sur la tempe.

– Il faut que tu penses au Pôle France. Que tu restes focus...

Les gens qui disent que la cité c'est pourri n'ont jamais été coincés à la campagne l'hiver...

– C'est stupide d'aller à O. Il est sûrement parti hier, a renchéri Driss. Tu t'inquiètes pour rien.

– Ton passeur n'a pas l'air très fiable, je te rappelle que Sublime aurait dû embarquer lundi déjà.

Driss a levé les sourcils. Il savait que je n'avais pas tort. Au fur et à mesure qu'on approchait de la ville portuaire, je devenais de plus en plus nerveux.

– Calme-toi, Karim. Garde ton self-control.

Je l'ai ignoré. Je jonglais avec mon portable, manquant de le faire tomber à chaque fois.

– Arrête ! Ça m'énerve, et quand je m'énerve, je conduis mal.

– Garde ton self-control, j'ai fait sèchement.

– Mais qu'est-ce que tu as ?

Il ne pouvait pas comprendre. La dernière fois que j'étais venu là, c'était avec ma mère.

Je ne savais pas ce qu'elle aimait le plus à O., entre l'immense plage de sable gris que le soleil dorait à point quand il daignait se montrer et le port lourd de tout un tas de ferries blancs et placides qui reliaient la France à l'Angleterre. Qu'il pleuve ou qu'il vente, le dimanche, on venait là. Si la mer était haute, on marchait le long de la digue. On commentait les grosses maisons de bourges. Les énormes bâtisses aux colombages colorés ou les maisons neuves du genre graphique, tout en vitres et en béton. Mon père aimait les plus tarabiscotées, ma mère les plus épurées, et moi celles qui se cachaient derrière les autres. On perdait la vue sur la mer mais on gagnait en tranquillité.

En vérité, on préférait la plage. Lorsque la mer était basse, on suivait les mouvements que les vagues avaient imprimés sur le sol. Des bourrelets de sable ondulant sur des kilomètres et nos traces de pieds qui venaient en casser les courbes, comme un tatouage raté sur une peau flasque. On se rapprochait du bord et invariablement, on se mouillait les pieds. Ma mère ramassait des coquillages qu'elle avait déjà en mille exemplaires. Je râlais que ça puait. Alors, mon père se baissait et me jetait une bonne poignée d'algues visqueuses à la gueule. Ça finissait en bataille : eau, sable, algues. On riait.

Je n'étais pas venu depuis des mois, et dès le premier rond-point, j'ai perçu une ambiance étrange dans la ville, très éloignée de l'atmosphère de vacances qui y régnait d'habitude. Beaucoup de maisons gardaient leurs volets fermés, tandis que d'autres affichaient sur leur porte ces quelques mots : *ici, on donne à manger*. Des hommes en rangers patrouillaient, et de jeunes hommes, maigres comme des clous, tentaient de les éviter. Dans les caniveaux, parmi les sacs en plastique et les canettes de bière, on trouvait toutes sortes d'objets qui n'avaient rien à faire là. Des casseroles cabossées, des vêtements troués, des albums photos déchirés, des téléphones cassés, des bouts de couvertures trempés.

On a cherché Sublime partout. Le long des routes et des murs, dans les fossés, les squats, et même au camp de migrants. J'ai montré sa photo sur mon tél à un tas de gens misérables, avec des cernes qui leur mangeaient les joues, des lèvres gercées par la soif et la faim. Sublime avait la même tête quand on l'avait découvert derrière les vestiaires du club de foot.

Assis sur la digue, face à la mer, avec le soleil blanc de l'hiver en pleine gueule, je respirais cette odeur de sel et d'algues si particulière. Il n'y avait personne sur la plage à cause de l'heure et du froid. Je me doutais que nous ne retrouverions pas Sublime facilement, mais j'avais espéré que quelqu'un l'ait vu et puisse nous dire où il était parti. On s'était cassé les dents.

« Je te l'avais dit », m'avait fait Driss, aussi dépité que moi.

Il marchait le long de la plage, et parfois il donnait des coups de pied rageurs dans le sable. Ça soulevait des nuages jaunasses. Comme le vent était de face, il s'en prenait tout un tas dans la gueule. Ça devait pas le gêner parce qu'il recommençait.

C'est dingue de disparaître aussi facilement. Ça me faisait penser à ma mère. Que pouvait-elle bien foutre à Marseille ? Avait-elle rencontré un homme qui nous avait éclipsés, mon père et moi ? Quelles infos Mesronces avait-elle ? Et Sublime ? Avait-il réussi à partir en Angleterre ou gisait-il au fond d'un camion, comme on voyait, parfois, aux infos ? Ma mère, Sublime, Zineb... Le pire était de ne pas savoir...

On était sur la plage comme deux cons, moi à me les cailler devant l'horizon, Driss à boxer contre des nuages de sable. On ressemblait à deux mouettes aux ailes coupées. On était bloqués. Et ça me portait sur le système.

– Faut qu'on aille voir les flics, m'a fait Driss, quand on est remontés dans sa bagnole.

– Les flics ? Pour signaler la disparition d'un migrant ? T'as grillé tes neurones ou quoi ?

Il a mis le contact en secouant la tête.

– Je veux savoir. S'il est passé de l'autre côté ou s'il est mort. Je repasse à la maison mettre une chemise et on y va.

Mais une fois chez lui, Latifah ne l'a pas laissé repartir. La gamine pleurait et se tordait dans tous les sens. Des coliques, sûrement. Un classique de bébé.

– Me lâche pas, Driss ! j'ai supplié, vu que j'avais aucune envie d'aller encore au comico tout seul.

En me jetant dehors, il m'a lancé un regard qui disait un truc du genre : « Tu as commencé, tu finis ! Tu es grand, tu sais ce qu'il te reste à faire. »

~

Il fallait vraiment ne pas avoir envie de me faire décalquer par Driss pour me diriger vers le petit con de l'accueil.

– Commissaire Mesronces, j'ai demandé, en articulant bien, comme s'il était bête et qu'il avait besoin qu'on lui mâche le travail.

– Elle est rentrée chez elle.

– Appelez-la, dites-lui de revenir.

Il a décroché son tél très très lentement.

– On va venir t... vous chercher.

J'ai senti que le « vous » lui écorchait la bouche, mais il a appuyé sur un bouton.

– Vous pouvez patienter...

Il allait finir par y prendre goût ! Il a désigné une rangée de chaises en plastique orange sous une fenêtre qui laissait entrer tout le froid de novembre et j'ai décidé de rester debout. J'ai pas attendu longtemps.

C'était pas le même bureau que la dernière fois. Il était plus gris, plus métallique. Une armoire, un bureau, un fauteuil à roulettes, du genre qui aurait fait kiffer Hamza, un ordi, et une chaise semblable à celles de la salle d'attente se disputaient la place. Le planton m'a dit d'attendre là. Cette fois, je me suis assis.

– Vous avez besoin d'aller aux toilettes, monsieur Tanatkelkouk ? a dit une voix moqueuse dans mon dos.

– Non, c'est bon, je n'ai pas été séquestré pendant trois heures, j'ai répliqué, sans me retourner.

Mesronces avait délaissé le costard noir pour un gris du même style. Elle ressemblait à son bureau, habillée comme ça.

– Je suis contente de te voir, elle a fait, en s'asseyant sur sa chaise à roulettes.

Son visage paraissait plus rond que l'autre jour, à l'hôpital, ses joues étaient moins creusées, les cernes moins sombres, comme si elle avait enfin pu dormir et rattraper les heures de sommeil perdues.

– Vous avez l'air en forme, j'ai dit.

– Tu viens me dire des choses qui vont faire avancer mon enquête, comment je pourrais ne pas être contente ?

Elle souriait. J'ai secoué la tête.

– Non, je viens vous demander un truc.

Son sourire qui ne s'évanouissait jamais commençait à me rendre nerveux.

– C'est donnant-donnant.

J'avais anticipé. J'avais pris mon sac avant de venir. Je l'ai secoué devant elle, elle a eu l'air satisfait.

– Alors, qu'est-ce que tu veux ?

– Que vous retrouviez Sublime.

– Qui est Sublime ? Ton chien ?

Merde ! Elle était à côté de la plaque comme c'est pas possible ! En trois mots, j'ai expliqué qui était Sublime et où il était, sans dire qu'il était fou amoureux de Zineb, et plutôt bien payé de retour.

– Tu me dis pas tout.

Son sixième sens était vraiment redoutable. Elle s'est adossée au siège de son fauteuil à roulettes, et elle a croisé les bras sur sa poitrine. J'ai été obligé de lâcher du lest.

– Breteau vous a dit que les filles étaient reparties avec un mec, un Black, après le show de Zineb au Sauvage ?

Elle a acquiescé lentement.

– Peut-être qu'on le voit sur la vidéo...

– De quelle vidéo tu parles ?

Elle avait vraiment trois trains de retard, la meuf ! Je lui ai donc fait un deuxième résumé rapide : Zineb qui ment à sa famille, qui dit qu'elle va dormir chez Khedima avec Joyce, alors qu'en fait elle participe à une scène ouverte dans un bar, à laquelle assiste Sublime, enfin… si on prouvait que c'était bien lui.

Je pensais que ça lui suffirait, mais elle s'est mise à me poser plein d'autres questions. Elle voulait savoir comment j'avais pris connaissance de la vidéo, qui avait filmé d'après moi, qui avait envoyé le lien à Bouli, qui se cachait derrière ce surnom ridicule, « Tartaredu81 », qui avait emmené Joyce et Khedima en ville, qui les avait ramenées. Ça n'en finissait plus…

– C'est bon ! On perd du temps, là.

Je me suis levé brusquement. On avançait à rien.

– Rassieds-toi, Karim, elle a fait d'un ton amical.

Je suis resté debout.

– Tu as raison, nous avons déjà reconstitué la soirée de Zineb.

Forcément, Breteau avait tout raconté.

– C'est mon job de recouper les témoignages. Pour vérifier que quelqu'un ne ment pas. Parfois, l'assassin se cache dans un détail… Un horaire différent de cinq minutes, par exemple.

– C’est bon, vous allez pas m’expliquer votre boulot. Je le connais, de toute façon. Ma mère adorait ça, les séries policières.

Je l’ai fixée pour bien enfoncer l’allusion à ma mère. Elle n’a même pas paru gênée.

– Les séries mentent pour donner du rythme à l’enquête…

J’étais pas venu pour qu’elle me fasse un PowerPoint sur son job.

– On peut accélérer ? Plus on tarde, plus c’est mort pour Sublime.

– Donne-moi ce que je veux et je déclenche les recherches.

J’allais attraper mon sac quand mon geste est resté en suspens. J’ai hésité encore.

– Après, vous me direz ce que vous savez sur ma mère ?

Elle a acquiescé. Alors, j’ai posé l’Eastpak sur son bureau, comme un mafieux la recette du mois. Elle l’a ouvert en m’observant du coin de l’œil.

– Dans un sac plastique, vraiment ?

– Ben… c’est comme ça que vous faites, non ?

Elle a marmonné un truc au sujet des empreintes qui seraient sûrement détruites, elle a tiré le sac en plastique vers elle puis elle a jeté un œil dedans. Son visage est devenu blanc comme un linge.

– Tu te fous de ma gueule, Karim ?

Son sourire avait disparu. Elle avait l'air sérieusement vénère.

– Je ne comprends pas. Je pensais que tu étais fiable, je te faisais confiance, et toi, tu te fous de ma gueule !

Sur son bureau, trônait une basket vieille et moche. On était loin de l'escarpin à paillettes qui coûtait une blinde ! Je regardais la godasse sans comprendre. Comment ce truc avait-il atterri dans mon Eastpak ?

– Tu viens faire un deal et tu ne respectes même pas ta parole ?!

– Je vous jure que... j'ai murmuré, sans pouvoir finir ma phrase.

Et puis d'un coup, j'ai pigé. La veille, quand mon père m'avait averti de la visite de Joyce et Khe, j'avais vérifié vite fait que la chaussure était là, sans ouvrir le sac en plastique. En y foutant une vieille basket, les belettes m'avaient arnaqué comme un débutant ! J'ai bondi vers la porte.

– C'est juste un contretemps. Je vais régler le problème.

Elle a passé une main sur son visage. Son teint était grisâtre. La moindre contrariété lui portait un coup, à celle-là, je me demandais si elle était pas un peu trop fragile pour ce boulot.

– J'ai juste besoin de cinquante balles, j'ai fait, la main sur la poignée.

– Tu déconnes, j'espère ?

Je n'avais aucune envie de me refaire un sale trip dans le centre-ville à guetter un sac à main et d'être encore coursé par un vigile taré. J'ai tendu la main. Elle a fouillé dans sa poche et en a sorti deux billets de vingt tout froissés.

– C'est tout ce que j'ai, elle a fait, en les jetant sur son bureau.

Je l'ai regardée, un peu surpris. Elle mettait la thune dans sa poche ? C'était pourtant une habitude de mec. Les meufs avaient des sacs à main.

– Et dans votre porte-monnaie ?

– J'en ai pas... Tu dois te contenter de ça.

J'ai raflé la thune d'un geste vif. Si je me débrouillais bien, ça devrait le faire.

~

J'ai sonné chez Khe avec insistance. J'ai entendu du bruit derrière la porte mais personne n'a ouvert.

– Ouvre, c'est moi, c'est Karim...

Un silence absolu m'a répondu. Je comprenais pas à quel jeu jouait Khedima.

– Ouvre, faut que je te parle...

J'ai eu beau attendre, l'oreille collée à la porte, j'ai seulement fini par entendre des pas furtifs. Khe était chez elle mais refusait de m'ouvrir ! Ça m'a énervé, j'ai tambouriné comme un malade.

– Je sais que tu es là, j'ai gueulé.

Il y a eu un grincement de porte, mais c'était rien que le voisin qui ouvrait la sienne pour me demander d'arrêter de crier.

J'ai marmonné un truc, c'était pas le moment de me chercher, et ça a eu l'air de le calmer. Quand je me suis retourné vers la porte de Khedima, elle était entrebâillée, laissant apparaître, barré par la chaînette de sûreté, un tout petit visage dévoré par de grands yeux : Ikram, la petite sœur. Elle avait une maladie, un truc pas cool au niveau des reins, un syndrome qui l'obligeait à bouffer de la cortisone et lui interdisait le sel et le sucre. Du coup, elle avait des bonbons spéciaux qu'elle apportait aux fêtes et aux anniversaires, histoire de faire comme les autres. Elle m'en avait offert un, une fois, il y a longtemps, après la kermesse de l'école. Je gardais encore dans la bouche son goût dégueulasse, entre la tomate pas mûre et la betterave moisie.

– Khedima n'est pas là, elle a dit, d'une voix tremblante. J'ai pas le droit d'ouvrir.

J'ai foutu le pied dans l'interstice de la porte.

– C’est moi, Karim. Je suis un pote de ta sœur. Tu me reconnais ?

Elle a hoché la tête en répétant que sa sœur n’était pas là, sa tante non plus d’ailleurs, et qu’elle avait pour consigne de n’ouvrir à personne.

– J’ai juste un truc à récupérer dans la chambre de ta sœur, j’ai insisté.

Elle doutait, elle hésitait, ça se voyait dans ses yeux, si grands qu’ils auraient pu servir, sans problème, de modèle à un manga.

– J’en ai pour trois minutes, j’ai menti.

– Je suis désolée, elle a dit. J’obéis à ma tante.

Elle poussait sur la porte que je bloquais avec mon pied. Alors, j’ai sorti un billet de vingt balles de ma poche et je lui ai mis sous le nez. Si la petite sœur était comme Khe, j’avais une chance. À la vue du biff, le visage d’Ikram s’est allongé, devenant presque pointu. Elle a défait la chaînette de sûreté, a ouvert un peu plus la porte, a passé la tête dans le couloir, vérifiant qu’il n’y avait personne. Enfin, elle m’a laissé entrer.

– Trois minutes, top chrono...

Et elle a tendu la main, du geste assuré du gangsta le plus aguerri.

~

La chambre de Khe était dans un tel bordel que j'ai eu du mal à repérer son lit ! Les magazines se disputaient la place avec les fringues éparpillées, peaux mortes qui gisaient là où elle s'était déshabillée. Son bureau était ravagé par des cahiers, des boulettes de papier, des stylos, deux ou trois verres dont l'eau s'était évaporée, des boîtes qui ne contenaient rien et des babioles inutiles tellement elles étaient moches.

– Mets pas le bordel, m'a supplié Ikram. Sinon Khe va croire que c'est moi et elle va me taper...

J'ai eu un demi-sourire. Elle se foutait de ma gueule ou quoi ?

– Qu'est-ce que tu cherches ? elle a demandé quand elle m'a vu patauger dans la mare de fringues.

– Des chaussures, j'ai dit.

Elle m'a désigné un placard mural.

– C'est là qu'elle les range. En bas.

Mais le placard ne contenait que des baskets.

– Non... j'ai fait en grimaçant. Des trucs de fille plutôt, des bleues, à talons qui brillent...

– Ah ! je vois ! Tu cherches les escarpins que Joyce et Zineb ont achetés ensemble.

Je me suis figé.

– Comment tu peux savoir ?

– Parce que j'ai entendu ma sœur et Joyce en parler.

Espionne en plus de ça. La gamine était assez douée.

– Mais tu perds ton temps ici. La chaussure est chez Joyce.

Je l'aurais embrassée mais je savais pas si sa maladie était contagieuse ou pas, alors j'ai préféré ajouter l'autre billet de vingt à celui déjà donné. La gamine a eu un sourire aussi grand que ses yeux quand je lui ai tendu l'argent. Ça la transformait entièrement.

– Tu devrais sourire plus souvent, ça te va bien, je lui ai dit.

Elle m'a tiré la langue en me montrant la porte.

Joyce a levé les yeux au ciel quand sa mère m'a pris dans ses bras et m'a étouffé contre son énorme poitrine. Bila avait de gros seins. Certains disaient qu'ils étaient faux, qu'elle les avait fait refaire quand son mari l'avait quittée.

– Que tu es beau ! Tu as grandi encore, non ?

Sa voix était aussi forte que sa poitrine. Et comme elle parlait tout le temps, on était rapidement en burn-out. J'ai lancé un coup d'œil appuyé à Joyce qui m'a mis un vent.

– Ta mère est toujours pas revenue ? C'est bien triste, ça, mon coco...

Bila appelait tout le monde « mon coco ». Elle a cherché à me serrer contre elle une deuxième fois mais j'ai esquivé de façon suffisamment naturelle pour pas que ça fasse mesquin.

– Tu tombes bien, Karim, j'ai fait un gâteau à l'ananas !

Malgré mes protestations, elle m'a forcé à m'asseoir devant une assiette sur laquelle trônait un énorme gâteau, si parfait qu'on l'aurait cru tout droit sorti d'une pâtisserie.

– C'est vous qui avez fait ça ?

– Ben oui, voyons ! Tu ne te souviens pas ? Quand tu étais au primaire, tu m'en réclamais dès que tu me voyais, elle a expliqué en posant le plat sur la table. Tu te faisais gronder par ta mère qui trouvait ça impoli mais tu recommençais quand même... Je lui avais donné la recette, pourtant, à ta mère, mais tu disais qu'elle ne le faisait pas aussi bien que moi.

Elle s'est mise à rire, alors que je cherchais désespérément dans ma mémoire une trace de ce souvenir. C'est seulement quand j'ai porté à ma bouche la cuillère remplie d'un morceau de gâteau, jaune comme un soleil du mois de juillet, que je me suis rappelé. Le goût acidulé de l'ananas relevé d'une pointe de noix de coco m'a ramené des années en arrière, du temps où ma mère venait me chercher à la sortie de l'école. Un soir, on avait décidé de cuisiner un gâteau comme Bila. Ma mère avait mis de la musique à fond, du rock de son époque. Elle avait noué un tablier autour de sa taille, un torchon autour de la mienne. Puis elle avait posé la recette de Bila sur la table de la cuisine avant de me dire :

« Vas-y, P'tit Chef. C'est toi qui me dictes. »

On avait pesé le sucre, la farine, cassé les œufs, fait fondre le beurre tandis que ma mère gueulait le refrain d'une chanson de Trust.

« Antisocial, tu perds ton sang-froid... »

Un truc du genre... Des paroles qui voulaient rien dire, enfin, je crois...

En rythme avec la musique, ma mère piochait des rondelles d'ananas dans la boîte de conserve, les mettait devant ses yeux en poussant le cri du Monstre des Fruits Exotiques avant de me les tendre pour que je les découpe avec mon couteau à bout rond. Je hoquetais de rire, si bien que les rondelles s'entassaient sur ma planche. Puis j'avais ouvert le sachet de noix de coco en poudre et y avait plongé une main gourmande sous les coups des riffs de guitare que ma mère imitait avec la cuillère en bois. Ensuite, on avait beurré le moule en faisant glisser nos doigts sur le plat comme si c'était des patineurs artistiques aux JO. On avait versé la pâte dans le moule et ma mère m'avait promis que je pourrais lécher le saladier. Enfin, on avait mis notre gâteau dans le four en faisant des bonds dans tous les sens, fiers de notre œuvre. Mais au bout d'une demi-heure de cuisson, on avait sorti un truc aussi ridé et flétri qu'un cul de vieux.

« Ça ressemble pas du tout au gâteau de Bila… j'avais dit.

– C'est peut-être bon quand même », avait répondu ma mère.

Mais c'était dégueu. On aurait dit une éponge rassie. En refaisant le film, on s'était aperçus qu'on avait oublié de monter les blancs en neige. Le gâteau n'avait pas levé, d'où cette consistance flasque et élastique. Même mon père, qui n'a jamais été un champion du goût, avait grimacé en le goûtant. Au-dessus de la poubelle, on avait fait le serment de retenter la recette un jour.

« Ne jamais rester sur un échec », avait dit ma mère, solennellement.

Après trois parts de gâteau, j'ai déclaré forfait et j'ai demandé à Bila si on pouvait se rendre dans la chambre de Joyce, car j'avais des trucs à lui demander au sujet du bac de français. Bila a plissé le nez, comme si elle était capable de renifler les mensonges à dix mètres, et elle a réfléchi un instant avant de dire :

– D'accord, mais vous laissez la porte ouverte.

– Maman, a protesté Joyce, on est plus des gamins !

– Justement ! a répondu sa mère.

Joyce a quand même fermé la porte à double tour derrière moi. Aussitôt, la voix forte de Bila a retenti dans le couloir. Joyce a répondu sur le même ton. Elles ont crié comme ça pendant cinq bonnes minutes, jusqu'à ce que Bila se lève et se mette à tambouriner tellement que Joyce a dû céder.

Sur les murs de sa chambre, deux ou trois posters avaient changé depuis la seule fois où j'étais venu. ZKR et PNL avaient remplacé JuL et Beyoncé. Les goûts musicaux de Joyce s'étaient affinés durant ces derniers mois... Aujourd'hui, elle écoutait un rap plus âpre et revendicatif. Elle semblait préférer les rappeurs qui avaient des choses à dire. Ça me plaisait.

– Tu savais que Kendrick Lamar avait eu le prix Pulitzer pour son album *Damn* ? j'ai dit pour engager doucement la conversation.

Elle a soupiré en s'asseyant sur son lit.

– Tu n'es pas venu pour me parler musique...

J'ai maté son bureau bien rangé. Bila détestait le bazar et obligeait sa fille à être ordonnée. Parmi ses cahiers et ses classeurs alignés, j'ai repéré la pochette griffonnée au Posca : les raps de Zineb que je lui avais redonnés, ne sachant pas quoi en faire. Il me semblait que ce n'était pas à moi de les garder. Je me suis assis à côté de Joyce. Elle a basculé en arrière, s'allongeant sur le dos.

Me retrouver dans cette piaule après ce qu'on y avait fait me perturbait sévère. Fallait pas que je me laisse distraire.

– C'est quoi votre délire avec la shoes de Zineb ? T'es tarée d'être venue la voler dans ma chambre !

Elle a écarquillé les yeux.

– C'est pas nous, mec ! On a rien fait !

Elle a passé un doigt le long de ma colonne. La caresse m'a donné un frisson.

– On voulait juste te parler. On t'a attendu, mais après ça nous a saoulées.

Je l'ai regardée d'un air dur. Fallait pas qu'elle me la fasse à l'envers.

– Juste parce qu'on vient dans ta piaule, tu penses qu'on te vole des trucs ? T'es ouf, mec !

Elle bombait le torse, en signe d'indignation. Ses seins tendaient son tee-shirt, et l'envie de les saisir à pleines mains m'a envahi. Une lueur de défi luisait dans ses yeux. Elle était prête à tout pour défendre sa vérité. J'ai lissé la couette Reine des Neiges, essayant de refouler le plus loin possible le souvenir de sa poitrine nue. La dernière fois, sentir la pointe de ses seins caresser mon torse m'avait mis dans un sale état, genre excité à donf. Et quand elle s'était mise à califourchon sur moi, avec son air d'amazone, j'avais manqué d'air et c'était pas dû à la couette sur nos têtes. Pour rien au monde, je n'aurais bougé d'un millimètre.

Si sa mère n'était pas rentrée pile à ce moment-là, on se serait foutus à poil, j'aurais pris son cul entre mes mains, et je l'aurais pénétrée bien comme il faut... Elle aurait eu un petit rire cristallin, un peu comme une sonnerie de téléphone... Elle se serait cambrée, ronronnant comme...

– Tu ne réponds pas ?

J'ai regardé Joyce d'un air con.

– Ton tél sonne et vibre comme un taré... Tu devrais répondre...

J'ai décroché en regrettant déjà mon rêve. Une voix hyper speed m'a hurlé dans les oreilles.

– Karim ! Qu'est-ce que tu fous, bordel ! Ça fait une heure que j'essaie de te joindre !

– Ouais, ben, je suis là maintenant...

– On l'a retrouvé.

J'ai mis quelques secondes à comprendre. L'odeur sucrée de Joyce m'emplissait encore tout le cerveau.

– On est à l'hosto, elle a enchaîné. Dépêche-toi si tu veux le voir. Il est mal en point.

Joyce m'a retenu.

– T'es vraiment amoureux de moi ou tu veux juste me ken ?

La question m'a pris de court. Putain, qu'est-ce que j'en savais ? En cherchant une réponse intelligente, j'ai remarqué une trace sur le chambranle de la porte à hauteur de ma cuisse. Une marque bleue brillante... J'ai passé l'index dessus. Des paillettes se sont collées à mon doigt. Je me suis tourné vers Joyce, l'air interrogateur.

– Vraiment ? Vous avez juste attendu quand vous êtes venues chez moi ?

Elle se mordait la lèvre inférieure.

– C'est pas ce que tu crois.

J'ai tchipé, sceptique.

– Tu devrais y aller, elle a fait. La commissaire t'attend.

– Pas avant que tu me rendes ce que tu m'as volé.

J'allais pas lâcher l'affaire. D'autant qu'une idée venait de germer dans mon esprit. Je tenais une bonne occasion de me venger de Momo, et je ne la laisserais pas filer.

J'ai ouvert le placard de Joyce et j'ai fouillé dedans. Quand j'ai trouvé ses petites culottes, j'en ai attrapé une.

– Lâche ça tout de suite, a hurlé Joyce en se jetant sur moi.

– Bila ! j'ai crié.

Joyce a ouvert de grands yeux paniqués.

– Qu'est-ce que tu fous ?

– Je vais dire à ta mère que tu m'offres tes petites culottes pour que je me branle avec.

Joyce a ragé en silence, tordant sa bouche dans tous les sens avant de me désigner sa poubelle. Elle avait bricolé un faux fond, assez malin, fallait reconnaître.

10

Coup de tête, balayette

– Pourquoi il est là, lui ? a grincé Matéo, tous biceps dehors, quand il m'a vu entrer dans la chambre de Sublime.

Mesronces n'a pas daigné lui répondre. Elle s'est poussée pour me laisser la place devant le lit. Matéo a fermé sa gueule, mais on le sentait irrité.

Voir mon pote étendu sur un lit blanc, amaigri, une lèvre fendue, une pommette éclatée, des plaies purulentes sur le visage, ça m'a fait vriller comme pas possible.

– Il est dans le coma, m'a chuchoté Mesronces, comme pour ne pas le réveiller. On l'a retrouvé dans un fossé entre ici et O.

Je suis resté debout en bout de lit, à fixer la forme du drap au niveau des pieds, collines pointues et immobiles, tout ça parce que j'étais incapable de m'approcher et lui prendre la main, ni même de regarder son visage plus longtemps.

– Blessure par balle, a continué Mesronces. Superficielle, mais il a perdu beaucoup de sang. Il a eu de la chance qu'on le retrouve... Tu as une idée de qui a pu faire ça ?

Imaginer Hamza en train de viser Sublime, c'était comme une condamnation à mort.

– Viens, je te paie un café à la machine en bas, m'a dit Mesronces.

J'avais pas vraiment un bon souvenir de la dernière fois qu'on avait pris un café ensemble, mais elle avait raison, j'avais besoin de boire un truc chaud, même dégueulasse. Et surtout de sortir de la piaule. M'éloigner du regard appuyé et mesquin de Matéo, de l'air buté de Dodo. On n'avait pas fait trois pas dans le couloir qu'un infirmier, qui semblait ne pas avoir dormi depuis dix ans, nous a interceptés.

– Le médecin de Sublime veut vous voir.

– Nous deux ? j'ai demandé, surpris.

– Si la commissaire est d'accord, a fait l'infirmier, en bâillant.

On est descendus à l'étage du dessous, où le docteur avait son bureau. C'était un jeune avec de grosses joues lisses et des lunettes en écaille toutes rondes. On aurait dit un enfant qui jouait à être adulte. Il n'avait pas ouvert la bouche qu'il m'énervait déjà, avec ce petit air supérieur que donne le Savoir, avec un grand S.

Un badge argenté épinglé au revers de sa blouse indiquait qu'il s'appelait Kevin Burnichon. Avec un nom pareil, sûr qu'il aurait eu une belle carrière dans l'industrie du porno. Ça me rendait dingue d'imaginer qu'un type pareil allait s'occuper de Sublime. Dans l'état où il était, mon pote avait besoin d'un vrai médecin, un type avec une barbe et des lunettes sérieuses.

– Qu'est-ce qu'il s'est passé avec ton œil, il est sacrément enflé ?

– Je vais pas vous raconter ma life.

Le toubib a accusé le coup.

– Tu mets quelque chose dessus ?

J'ai haussé les épaules.

– Tu devrais. Du froid jusqu'à ce qu'il dégonfle, et ensuite des compresses chaudes pour faire circuler le sang et résorber plus vite l'hématome. Tu veux que je te l'écrive pour que tu t'en souviennes ?

– On n'est pas venus pour une consulte.

Je voulais qu'il me parle de Sublime. Savoir s'il allait s'en tirer ou pas.

– Comme tu voudras.

Il a ouvert un dossier, parcouru des yeux deux ou trois feuilles, puis il a joint les mains et posé son menton dessus. Il fixait un point au loin entre Mesronces et moi, comme s'il évitait de nous regarder dans les yeux. J'avais l'impression qu'il cherchait à gagner du temps.

– Vous connaissez la famille de Sublime ?

Mesronces s'est tournée vers moi.

– Non, j'ai fait. Il est venu tout seul en France.

– Je vois, c'est ce qu'on appelle un mineur isolé. Mais il a sûrement dû te parler de ses parents.

J'ai secoué la tête.

– Des frères ? Des sœurs ? Sa ville ou son village ?

– Sublime parlait pas beaucoup.

– Et tu ne lui posais pas de questions ?

– Je suis pas la police. Faut pas confondre !

Le toubib a remonté plusieurs fois ses lunettes sur son nez.

– Il était connu de vos services, commissaire ?

– Pas du tout. De ce qu'on a pu glaner comme infos, il est arrivé en avril l'année dernière. Il a été scolarisé assez vite. Tous ses profs disent qu'il est intelligent, sérieux et appliqué.

Le toubib a de nouveau étudié les feuilles de son dossier, laissant un silence interminable s'étirer.

– Pourquoi vous voulez savoir tout ça ? j'ai demandé.

Cette fois, il nous a bien regardés dans les yeux. D'abord moi, puis Mesronces. Puis il est revenu à moi.

– Parce que j'ai besoin de savoir comment contacter sa famille. Je ne sais pas s'il va survivre à sa blessure. Elle n'est pas profonde mais il avait déjà pas mal de carences qui datent sûrement de son voyage jusqu'ici. Je pense que... qu'il faudra les prévenir en cas de décès.

Je suis sorti du bureau de Kevin le toubib en trombe. Dans le couloir, la lumière du néon m'a semblé terriblement blanche, comme irréelle.

– On va se le prendre, ce café ? a demandé Mesronces.

Sa voix n'était pas bien assurée. On ne devait pas leur enseigner, à l'école des flics, à gérer un jeune qui vient d'apprendre que son pote a trente pour cent de chances de s'en sortir. Kévin le toubib m'avait remercié d'avoir donné l'alerte quant à sa disparition.

« Si tu n'avais pas prévenu la police, ton ami serait mort dans le fossé. Et personne n'en aurait jamais rien su. »

– Maintenant, tu vas m'expliquer certaines choses, m'a dit Mesronces, pendant que la machine crachotait un jus marron clair.

Je l'ai regardée d'un air hagard. Quelles explications je pouvais lui donner ? Ils étaient tombés amoureux l'un de l'autre, alors que Sublime ne faisait pas un pas sans moi, et que Zineb était constamment surveillée par ses frères. On se serait cru dans une de ces histoires à deux balles qui passent en boucle, à la télé, l'après-midi, l'été. Perso, je n'aurais pas misé un centime sur eux deux. Ils venaient de deux mondes tellement différents, elle, on lui mangeait dans la main, lui avait trop de cauchemars dans la tête. Pourtant, les messages que j'avais lus auraient fait rougir Tiger Woods. Je pensais même pas qu'une fille pouvait avoir ce vocabulaire, encore moins Zineb : la pureté incarnée. Si ma mère m'avait entendu, elle m'aurait aussitôt taxé de sexisme. Mais elle n'était pas là, alors le sexisme pouvait aller se faire foutre.

J'ai avalé une gorgée de café. Il avait le goût de la mort.

– J'ai besoin de comprendre, elle a insisté en posant une main sur mon bras.

Sa main ressemblait à une araignée albinos. J'ai secoué le bras pour m'en débarrasser. J'étais crevé. Je me suis assis sur un des sièges en plastique. L'hôpital devait avoir le même fournisseur de chaises inconfortables que le commissariat. Il m'était impossible de dire si Hamza avait appris que Sublime sortait avec sa sœur. De toute façon, il n'avait pas eu besoin de ça pour déclarer Sublime coupable. En revanche, je savais qui lui avait fourni le gun.

– Vous devriez aller perquisitionner chez Momo, j'ai lâché.

– Momo ? Le type avec la chevalière ?

Je lui ai filé l'adresse. Juste avant de venir à l'hosto, j'avais fait un détour et j'avais laissé un paquet chez lui. Ils étaient tous défoncés et personne ne m'avait remarqué...

Elle allait ajouter quelque chose quand elle a reçu un appel.

– Commissaire Mesronces, j'écoute, elle a fait en s'éloignant.

J'ai quand même compris que c'était le labo. Elle a grimacé. Elle a passé une main sur sa figure en demandant à ce qu'on prévienne ses adjoints, puis elle a raccroché. Ses épaules se sont affaissées, et elle paraissait vraiment vieille, avec son gobelet vide à la main. Elle l'a observé pendant un moment qui m'a paru aussi long qu'un cours de Mme Breteau.

– Faut que j'y aille.

Mesronces a jeté le gobelet à la poubelle d'un geste lent, comme si elle était au bout du rouleau. Je me suis placé face à elle pour l'empêcher d'avancer. Elle a fait un pas de côté, j'ai fait pareil.

– Laisse-moi passer, Karim.

Mais j'ai pas bougé.

– Karim, s'il te plaît, j'ai eu une rude journée…

On aurait cru entendre ma mère quand elle revenait de sa tournée d'infirmière.

– Je voulais… j'ai murmuré, sans savoir trop comment j'allais prononcer la suite.

Elle a de nouveau tenté de forcer le passage, impatiente.

– Je voulais vous remercier d'avoir retrouvé Sublime.

Elle a levé les yeux vers moi, étonnée.

– J'ai fait mon job, Karim, c'est tout.

~

Habillée d'un ensemble bleu marine, avec ses boucles parfaites encadrant son visage parfait, Carolina paraissait sortir d'un pensionnat anglais suintant l'ennui. Elle squattait devant chez moi, comme si c'était normal.

– Qu'est-ce que tu fous là ?

Carolina ne traînait jamais dans le quartier.

– Je t'attendais.

– Pour quoi faire ?

J'étais pas aimable. J'avais pas envie de la voir. Je voulais juste enfiler mes gants et taper contre mon punching-ball sans qu'on m'emmerde.

– C'est à propos de ton enquête, m'a-t-elle assuré.

Carolina était bien la seule personne à me prendre au sérieux, mais ça me la rendait pas sympa pour autant. Elle m'a claqué la bise en s'attardant un peu trop longuement sur chaque joue.

– Tu me fais entrer chez toi ?

– Je crois pas, non...

Elle a ri.

– C'est parce que c'est le bordel vu que ta mère est partie, c'est ça ?

Elle pouvait penser ce qu'elle voulait, je m'en foutais.

– La flic, elle a reçu un coup de fil cet après-midi, a susurré Carolina, comme si c'était le secret du siècle. Du labo.

J'ai pris l'air le plus dégagé qui soit.

– Comment tu le sais ?

– Je t'ai expliqué déjà, Karim. Tu suis ou pas ?

Ah oui ! Le connard de l'accueil était le cousin de sa meilleure pote, ou un truc du genre.

– La police scientifique a trouvé de l'ADN sous les ongles de Zineb.

Elle jubilait comme si on lui avait donné un gros Kinder Surprise.

– De quatre personnes différentes ! Quatre ! a continué Carolina, sur sa lancée. Zineb a croisé tout un régiment avant de mourir.

– Tu connais les noms ? j'ai demandé, subitement très intéressé.

Aussitôt, elle a pris un air dépité.

– Ah ! bah, ça... non, par contre...

Je me suis débarrassé au plus vite de Carolina. L'espèce de demi-révélation qu'elle venait de me faire m'avait subitement fait penser à l'égratignure que Joyce avait sur la joue depuis samedi dernier. Une petite bastonnade avec Khe, d'après ce qu'elle avait dit, mais maintenant, je doutais. J'ai filé chez Joyce, histoire d'obtenir quelques explications. J'étais tellement à bloc que j'étais prêt à les lui arracher, s'il fallait. En chemin, j'ai croisé Bouli qui squattait le toboggan avec ses potes, comme on avait l'habitude de le faire avec Sublime. Du haut du toboggan, Bouli m'a fait signe. Je lui ai répondu de loin, croyant que le gamin voulait juste me saluer, mais il a sauté du toboggan et s'est planté devant moi. Il avait sa bouille ronde d'enfant innocent, sa langue tachée du bleu chimique des bonbons qu'il engouffrait par paquets de douze avec ses potes, mais ses yeux étaient tristes.

– Qu'est-ce que tu fais ?

On avait posé la même question au même moment et j'ai dit un truc du genre « chips » parce que c'était le jeu quand il était môme.

– Je suis trop grand pour ça, il m'a fait, d'un ton dédaigneux.

Je me suis promis de m'en souvenir. Les bleus sur son front s'atténuaient.

– Tu es guéri ?

Bouli a jeté un nouveau tache-langue dans sa bouche en marmonnant un truc qui semblait vouloir dire oui. Il n'y avait pas que les marques sur son visage qui me rappelaient les émeutes de ces derniers jours. Le quartier étalait sa misère. Les débris de verre des abribus jonchaient le sol. Les lampadaires étaient cassés, les bancs étaient démontés, les poubelles vomissaient des tas de déchets. Il y avait des pneus, restes de barricades, en travers des rues. Des carcasses de bagnoles noires semblaient se fossiliser.

– Tu devrais pas traîner dehors... Il va faire nuit. Les émeutes vont recommencer.

– T'inquiète. Il se passera rien ce soir. Grâce à l'imam, Maman a lancé un appel au calme.

J'ai pas osé le contredire. Pourtant, le quartier palpitait. Si la trêve avait lieu, elle ne durerait pas.

– Tu en veux ? il m'a demandé en me tendant le paquet de bonbons.

J'ai pioché dedans. J'adorais ces trucs qui pétillaient sur la langue et vous raclaient la gorge.

– J'ai pas envie de rentrer chez moi, a fait Bouli. C'est trop triste.

Bouli a cherché ma main avant de se rendre compte que c'était un réflexe de bébé.

– J'ai peur pour demain, il a dit dans un souffle.

Demain, se tiendrait la cérémonie funèbre de Zineb.

Le petit frère voulait pas me lâcher, alors je l'ai emmené avec moi. J'avais un mauvais pressentiment. Bouli, lui, a enfourné un énième tache-langue dans sa bouche. Quand j'ai vu la mère de Joyce pleurer devant nous, j'ai compris que j'arrivais trop tard. J'ai demandé à Bouli de nous laisser seuls et de m'attendre en bas de l'immeuble. Il a obéi en râlant.

Entre deux sanglots, Bila m'a appris que les flics venaient d'emmener Joyce en garde à vue. J'avais raté Mesronces de peu.

– Il paraît qu'ils ont des preuves, gémissait Bila.

– Est-ce que vous avez remarqué que Joyce avait une blessure à la joue ? j'ai demandé.

Bila a sursauté.

– Oui... Bien sûr... Elle m'a dit qu'elle s'était battue avec un garçon du lycée, pour une histoire de vidéo sur YouTube.

Encore un truc qui n'était pas raccord avec ce que Joyce m'avait dit. Ça m'aurait pas étonné qu'en vérité, elle se soit battue avec Zineb. Le coup de fil du labo que Mesronces avait reçu à l'hosto et ce que Carolina m'avait appris sur les traces ADN m'avaient mis la puce à l'oreille.

Bila se tordait les mains.

– Je ne comprends pas. Joyce n'a rien fait.

Elle arrachait des mouchoirs de la boîte par poignées. J'ai rien voulu dire. Je n'avais aucune preuve de toute façon...

– C'est le pire qui pouvait m'arriver, a enchaîné Bila, d'un ton plaintif. Ça fait dix ans que je suis là, dix ans que je sursaute au moindre coup de sonnette. Chaque fois, je pense que c'est les flics qui déboulent. Et voilà que ça arrive vraiment... Ce quartier est pourri. Si seulement je pouvais partir loin d'ici...

Bila s'est interrompue pour aller ouvrir parce qu'on frappait à la porte. Elle est revenue, serrée contre Khe qui la portait presque.

– Khedima va m'emmener au commissariat, histoire de voir si elle peut faire une déposition en faveur de ma fille, a voulu m'expliquer Bila.

Khe allait mentir pour protéger Joyce. Pas sûr qu'elle connaisse la peine encourue pour faux témoignage.

Elles se sont assises sur le canapé dans un même mouvement, et Khe a entrepris de la réconforter. Je les observais du coin de l'œil. Khe parlait comme si du miel lui coulait de la bouche. Elle répétait que Joyce allait sortir rapidement, que c'était rien qu'un malentendu. Son empressement auprès de Bila m'exaspérait.

– Dégage, Karim, je gère, a dit Khe, en faisant le geste de balayer l'air devant elle. C'est à moi de m'occuper de Bila.

Elle a tellement insisté que j'ai trouvé ça chelou. Pour quelle raison Khe voulait-elle être seule avec Bila ?

Je me suis dirigé vers la porte d'entrée, en laissant ma casquette exprès sur la table, afin d'avoir un prétexte pour revenir aussitôt. Mais Khe a compris. Je n'avais pas fait trois pas dans le couloir qu'elle m'interpellait.

– Ta casquette, Karim !

La garce était maligne.

Je ne suis pas allé plus loin que l'ascenseur. J'ai compté jusqu'à cinquante et j'ai rouvert la porte en criant un truc du genre :

– Au fait, Khe, j'ai oublié de te dire...

Je me suis interrompu aussitôt. J'avais pas prévu la suite de la phrase, comme un con, ni de tomber sur Bila toute seule dans sa cuisine. Elle était trop sonnée pour avoir l'air de trouver bizarre que je revienne.

– Où est Khe ?

Elle a fait un geste en direction de la chambre de Joyce.

Dès qu'elle m'a vu, Khe a caché un truc dans sa poche.

– Qu'est-ce que tu fous là ?

– Et toi ?

– Ta gueule.

Comme elle allait sortir, je lui ai barré le passage. Ça ne lui a pas plu. Du haut de son mètre soixante, elle me toisait.

– Joue pas à ça avec moi, j'ai fait. Une pichenette et je t'envoie valser.

– Je croyais que tu tapais pas les filles.

– Il y a des exceptions pour les voleuses.

Elle a eu un rire méprisant.

– C'est la piaule de ma pote. Il y a plein de choses à moi, ici.

Elle a pris une peluche, un cochon rose abîmé, et l'a agitée sous mon nez comme exemple. Elle commençait sérieusement à me gonfler. Je l'ai attrapée par les poignets et je l'ai plaquée contre le mur. Elle m'a balancé un coup de pied dans le tibia, assez fort pour que je le sente passer.

– La prochaine fois, je vise les couilles.

Elle était bien capable de le faire, la conne. Je l'ai brusquée un peu, histoire de lui faire peur.

– On fait moins la fière, maintenant ?

Elle a rien répondu, trop occupée à serrer les dents. J'ai plongé ma main dans sa poche. J'ai saisi un tél. Pas de coque dorée, pas de vitre de protection. C'était pas le portable de Joyce.

– C'est à qui, ce portable ?

– C'est le mien.

– Mauvaise réponse. Deuxième chance, il n'y en aura pas trois ! j'ai fait en resserrant davantage ma prise autour de ses poignets.

– C'est celui de Joyce, elle a dit en grimaçant.

– Me la fais pas à l'envers ! Le portable de Joyce, je le reconnaîtrais entre mille.

– C'est son deuxième portable. Celui qu'elle utilise le soir, quand sa mère lui confisque le sien pour la nuit...

Étonné, j'ai relâché un peu la pression. Profitant de ça, elle m'a envoyé un formidable coup de genou dans les couilles.

– Je t'avais prévenu.

La douleur fulgurante m'a projeté au sol. La respi coupée, les yeux brouillés, je ne pouvais plus bouger. J'ai vu Khe me sourire en cueillant le portable dans ma main ouverte, sans force. Elle s'est barrée et j'ai ragé de ne pas pouvoir la suivre.

La douleur ressemblait à une déchirure qui m'écartelait de haut en bas, taillant mon corps en pièces de l'intérieur. Mon visage me brûlait, des larmes coulaient sur mes joues sans que je m'en rende compte vraiment. Allongé par terre, le moindre effort me coûtait terrible. J'ai tout de même soulevé mes fesses pour attraper mon tél dans la poche arrière de mon jean, en soufflant comme un vieux scooter mille fois retapé. J'ai envoyé un texto à Bouli. Une fois que ça a été fait, j'ai respiré un peu mieux. Mais je ne pouvais pas m'éterniser. J'étais en train de me relever péniblement quand Bila est apparue dans l'encadrement de la porte.

– Ça va ? m'a-t-elle demandé, en me voyant plié en deux.

Avec la brûlure de la douleur, je ressentais aussi un vide intersidéral, comme si le sang quittait mon corps aussi rapidement qu'un flot de Syriens fuyant la guerre. J'ai fait un signe pour la rassurer.

– Qu'est-ce qu'il s'est passé ? Pourquoi Khedima est-elle partie comme une furie ?

J'ai haussé les épaules. J'avais peur que ma voix couine si je me mettais à parler. Bila a froncé les sourcils.

– Est-ce que tu l'aurais forcée à...

Le ton de sa voix était sans équivoque et je connaissais trop bien les parents pour ne pas piger le sous-entendu aussitôt. J'ai secoué la tête avec force, en clopinant vers la sortie.

– Tu es sûr que tu ne veux pas t'asseoir un moment ? m'a proposé Bila.

J'ai fait non de la tête et me suis enfoncé dans le couloir de l'immeuble, en rasant les murs. Dehors, l'air frais m'a permis de mieux respirer. Je me suis adossé à un tronc d'arbre maigrichon. Maintenant, il ne restait plus qu'à attendre des nouvelles de Bouli.

La douleur n'aidait pas à être patient. Les minutes se traînaient, comme des enfants qui jouent dehors ensemble et n'ont pas envie de rentrer le soir dans leur minuscule appartement. Si Khe m'avait démoli les couilles pour récupérer ce tél, c'était qu'il avait une importance capitale. Il devait contenir une preuve, mais de quoi ?... Allait-elle le cacher ou le détruire ? Si elle cherchait à le casser, Bouli serait jamais de taille à l'en empêcher. C'était une vraie connerie d'avoir entraîné le petit frère là-dedans.

Enfin, mon portable a vibré.

Avec un immeuble qui comptait quinze étages et six appartements par étage, les caves étaient un vrai dédale. J'enchaînais les boyaux tortueux, putain de labyrinthe gris. Le type qui avait conçu cet endroit devait être fou ou sous médocs. Et puis, soudain, à gauche, j'ai aperçu la lumière papillonner : le même faux contact qui m'avait agacé lors de ma conversation avec Khe. À l'entrée du couloir, Bouli me faisait signe.

– C'est par là.

À cause de l'humidité et du matériau de mauvaise qualité, le mur s'effritait. Il y avait des lézardes un peu partout, certaines suffisamment larges pour y glisser un portable d'un centimètre d'épaisseur. Le couloir était long comme un jour sans kebab et se perdait dans l'obscurité. Le dernier néon devait être cassé et personne ne l'avait réparé. J'ai commencé à sonder le mur de façon méthodique, par acquit de conscience. Le béton rugueux égratignait mes doigts mais je m'en foutais. Le portable était là, quelque part. Il fallait juste être patient. Les caves avaient été le terrain de jeu des filles pendant de nombreuses années. Elles adoraient se planquer au détour d'un couloir et se surprendre. Elles hurlaient de trouille, puis riaient aux éclats. Hamza et moi, on avait fait quelques parties avec elles, mais les cris hystériques nous avaient vite saoulés, et de toute façon, on préférait la lumière et les matchs virils du terrain de foot. Elles avaient arrêté quand la bande à Momo avait commencé à squatter des caves pour entreposer tout un tas de marchandises tombées du camion.

– Tu es sûr que tu l'as vue le planquer ici ?

Le petit frère a soupiré.

– Combien de fois va falloir que je te le répète ?

– Elle a pu comprendre que tu la suivais, faire comme si de rien n'était et t'induire en erreur.

– Cherche au lieu de causer.

On palpait le mur, lui la partie basse, moi la haute. On bouffait du gris et de la poussière, on s'arrachait la peau à force de foutre les doigts dans des lézardes larges comme des fentes de boîtes aux lettres. J'en avais marre.

– Bouli, tu es...

Mais je me suis interrompu. Mes doigts venaient de cogner une surface froide et rectangulaire.

– Quoi, encore ? s'est emporté le petit frère.

– Tu es un génie, j'ai dit, en sortant le tél de sa cachette.

Aussitôt, les larmes lui sont montées aux yeux.

– C'est le portable de Zineb, il a fait dans un souffle.

Je le dévisageais, incrédule. Khe avait pourtant dit que c'était celui de Joyce. Et si ce portable était celui de Zineb, à qui appartenait celui que les flics avaient retrouvé dans la bagnole de Breteau ?

– Tu connais son code d'accès ?

Entre ses larmes, Bouli a hoché la tête.

– Viens, je te paye un kebab, j'ai dit, en lui tendant une main qu'il a prise, cette fois, sans rechigner.

~

Mon père était avachi sur son canapé devant la télé. Quand il m'a vu, il a fait mine de se lever. Je lui en ai pas laissé le temps, j'ai filé dans ma chambre. J'avais la rage. Incapable de rester tranquille. J'ai enfilé une paire de vieux gants de boxe et j'ai tapé dans le punching-ball que ma mère m'avait offert juste avant qu'elle se casse. Elle était rentrée, un soir, avec un carton plus grand qu'elle dans les bras. On avait dû le faire glisser dans le couloir tellement il était lourd.

« Pourquoi ? j'avais demandé. Ce n'est pas Noël, ni mon anniversaire...

– C'est comme ça, elle avait dit avec une drôle de voix.

– Il faut le monter, je lui avais fait remarquer, en brandissant les pièces détachées.

– On fera ça mercredi, j'ai eu une rude journée, aujourd'hui. »

Mais le mercredi suivant, elle me surprenait en train de faire le chouf, et le punching-ball était resté dans son carton.

11

Dernier round

Le parvis devant la mosquée était noir de monde. Au milieu de cette foule, les voisines et les amies de Malika formaient un groupe compact. Serrées les unes contre les autres, leurs hijabs se frôlaient, ondulant douloureusement. Elles discutaient en silence, quelques gestes, quelques regards remplaçaient les mots. Avec son imposante carrure, Driss, l'air hébété, était repérable à des kilomètres à la ronde. Tico était peut-être à ses côtés, mais petit comme il était, personne ne le remarquait. Mme Allouche aussi était venue, cette fois sans ses sacs de courses. Ses bras, inutiles, pendaient le long de son corps. Même la proviseure du lycée était là, montée sur des talons aiguilles aussi hauts que les tours du quartier, flanquée d'une cour de profs. Un peu à l'écart, se tenait Breteau. Elle se cachait derrière une énorme paire de lunettes noires. Sa main devant sa bouche serrait un mouchoir. Elle arrivait à peine à saluer les jeunes du lycée qu'elle connaissait et qui arrivaient en masse, agrandissant les cercles déjà formés. Les checks étaient plus lents que d'habitude, comme ralentis. J'étais nerveux. Le tél de Zineb dans ma poche pesait lourd. La veille, chez Amin, grâce à Bouli, j'avais réussi à le déverrouiller. Il avait trouvé le code, en réfléchissant un peu. Au final, c'était la date de naissance de sa sœur. Mais en voyant les selfies, les messages... Bouli avait filé aux chiottes. J'avais continué de fouiller, seul. C'est dans les vidéos supprimées que j'avais trouvé un truc vraiment chelou.

Mesronces est venue à ma rencontre. Si elle avait toujours les mêmes cernes sous les yeux, pour une fois, la flic avait laissé ses costumes masculins au placard. Elle s'était vêtue d'une robe noire où s'égaillaient de minuscules fleurs bleues et blanches. Elle avait des jolies jambes mais la robe était franchement ringarde.

– Elle est moche, votre robe, j'ai pas pu m'empêcher de lui faire remarquer.

– Qu'est-ce que tu lui reproches ?

– On dirait une robe de grand-mère.

– Ça tombe bien. J'adorais ma grand-mère.

Un vague sourire, un peu fier, un peu triste, est passé sur son visage. Sans doute pensait-elle m'avoir cloué le bec.

– Vous êtes quand même pas obligée de copier son style vestimentaire.

– Ta gueule, Karim.

Mais il n'y avait aucune agressivité dans sa voix. Plutôt une pointe d'amusement. J'ai essuyé quelques regards curieux. Je me foutais bien, cette fois, qu'on me voie causer avec la flic. Elle avait retrouvé Sublime, tant pis pour les commentaires et les rumeurs qui ne manqueraient pas de courir.

– Vous avez relâché Joyce ?

Mesronces a soupiré.

– Khedima Messaoui a témoigné en sa faveur. Et leur version correspond à celle de Breteau.

J'en aurais sifflé d'admiration. Les deux filles étaient sacrément fortes pour mentir sans se faire prendre.

– Elle a pour consigne de ne pas quitter le quartier. On a encore quelques petits trucs à examiner.

Moi aussi. Et je comptais bien avoir une petite discussion avec Joyce dès que l'enterrement serait terminé.

– Vous êtes allée chez Momo ?

Elle a acquiescé.

– Lui et trois de ses copains sont en garde à vue. En plus de la chaussure, on a trouvé quelques kilos de marijuana.

Plus personne n'utilisait ce mot pour la beuh... Fallait vraiment qu'elle modernise son langage si elle voulait faire carrière dans le quartier.

– Tu as vraiment merdé avec la chaussure. Les empreintes sont tout abîmées. On va rien en tirer.

Le téléphone dans ma poche me brûlait les doigts. C'était pourtant pas le moment de lui en parler.

– Ma hiérarchie me demande de revoir mes priorités, elle a soupiré, déçue.

– Ce qui veut dire ?

– Restriction budgétaire. On préfère mettre nos agents sur le trafic de drogue.

Ça faisait pas deux semaines que Zineb était morte et déjà, on passait à autre chose.

– C'est toujours comme ça... Il vous faut du bling-bling.

– Dis pas ça... elle a fait, sans conviction.

– Il faut parfois savoir désobéir aux ordres, j'ai répliqué.

– Je suis un flic, Karim. Je suis formée à obéir.

Il y a eu un silence qui en disait long.

– Tu sais, on a découvert qui était « Tartaredu81 », elle a dit, comme si elle voulait me prouver quelque chose.

Elle parlait du type qui avait envoyé la vidéo aux frères de Zineb. Ce pseudo m'était complètement sorti de l'esprit.

– C'est un mec de ton lycée. Un certain Medhi Cazeaux, ça te dit quelque chose ?

Le grand boutonneux de la classe d'Hamza, celui qui avait traité Zineb de pute, et qu'Hamza avait fait taire à coups de poing.

– A priori, c'est une vengeance. Zineb aurait refusé de sortir avec lui, et ça lui a pas plu.

J'ai repensé à un des brouillons de rap de Zineb que j'avais lus. J'avais pas pensé qu'elle visait quelqu'un en particulier quand elle écrivait ça :

Depuis des mois, tu tournes autour de moi,
tu bombes le torse pour que je te voie,
tu fais le beau, tu fais le fier
mais tu sais, je ne suis pas née d'hier
je te vois venir avec tes sourires
tu fais le coq pour m'appeler « ma poule »
mais tout ce qui t'intéresse, c'est mon boule
t'es incapable d'imaginer qu'on puisse causer
et sans cesse, tu mates mon derche,
en me disant que je suis jolie
et plus tu le répètes, plus je me sens comme une truie

et si aujourd'hui, tu rêves de me couvrir de mots d'amour
car tu me dis que tu en inventes tous les jours
si tu célèbres ma bouche, mon nez,
mes jambes, mes pieds, ma schneck
t'écris pas comme Colombe
et c'est ce qui creusera ta tombe
Je suis pas juste une vitrine, oublie le facing
écoute mes mots, tu as vu, comme ils sonnent, comme ils riment
j'ai pas copié, j'ai des idées
car mon cerveau est aussi bien fait
que mon boule, et ça me fout les boules
que t'en restes à mon extérieur
quand je brûle de l'intérieur
ouais ça me fout les boules
que tu fasses pas un peu de spéléo
histoire de voir ce qu'il y a à ce niveau
non, clairement, tu cherches pas à savoir
tu te contentes de l'emballage
alors tu resteras dehors, moi, je baisse le rideau
j'attends celui qui parlera à mon cerveau
avant de baver devant mes seins, wesh, gros !
j'attends celui qui aura un peu de cervelle
pour me dire autre chose que « t'es belle »

Peut-être que c'était comme ça qu'elle me voyait aussi. Comme un gros mec relou qui arrêtait pas de la mater, en bavant devant elle. J'étais tellement absorbé dans mes pensées que j'ai pas vu la foule grossir. D'un coup, je me suis rendu compte que toute la cité avait décidé de venir rendre un dernier hommage à Zineb.

– C'est bien le portable de Zineb que vous avez trouvé dans la bagnole de Breteau ?

La commissaire a hoché la tête.

– Étrangement, il n'y avait rien dedans.

Elle s'en foutait de divulguer des infos, maintenant.

– Pas une seule photo, aucun compte Snap, et un seul numéro enregistré.

Ça ressemblait au tél de Sublime. Zineb devait avoir deux portables, un pour ses copines et un pour communiquer avec son amoureux sans risquer de se faire gauler. Ces deux-là avaient été très prudents. Sauf que Zineb avait oublié de se faire deux comptes Insta...

– Et les traces d'ADN ? À part celles de Joyce ?

Mesronces a humecté ses lèvres.

– Tu poses les bonnes questions et tu as du flair. T'as jamais pensé à devenir flic ?

– Même pas en rêve.

Une ombre a bercé son visage.

– Dommage, on a besoin de gens comme toi chez nous.

Merde, ça voulait dire quoi, ça ? Des reubeus ou des pauvres ?

– On s'éloigne du sujet.

– Et pugnace avec ça !

J'ai sondé son visage pour savoir si « pugnace » était une insulte. Ça n'en avait pas l'air.

– Il y avait des traces d'ADN de Sublime sur son bras.

S'ils avaient passé la soirée au Sauvage ensemble, ce n'était pas surprenant.

– Il faudra qu'on l'interroge dès qu'il sera en état, elle a ajouté. Je ne t'ai pas dit ? Le médecin pense qu'il est tiré d'affaire !

Elle ne m'apprenait rien. Avant de venir à la mosquée, mon père m'avait emmené à l'hosto. Sublime avait de grandes chances de survivre. Mais j'ai laissé parler Mesronces, parce que ses infos venaient du toubib, alors que moi, je n'avais vu que l'infirmier. Elle m'a appris que sa rate avait éclaté, et que son foie avait morflé aussi, mais on pouvait vivre sans rate, et le foie se régénérait seul... Il fallait du temps et pas d'émotions trop fortes.

– Et les deux autres traces d'ADN ?

– Aucune ne correspond à une personne de son entourage. Elles ne sont pas répertoriées dans nos fichiers.

– On ne sait pas alors ?

Elle s'est balancée d'avant en arrière sur ses pieds. Sa robe a ondulé autour de ses jambes.

– On ne sait pas *encore*.

– En fait, vous ne saurez jamais, puisque vous arrêtez l'enquête.

– On n'arrête pas. On ralentit juste. J'ai pas dit mon dernier mot.

Le tél dans ma poche me brûlait carrément les doigts.

– Tout va bien, Karim ? Tu fais une drôle de tête.

– C'est pas simple, j'ai murmuré, en mettant mon malaise sur le compte de l'enterrement, ce qui n'était pas complètement faux, du reste.

Mesronces a hoché la tête, compatissante. J'ai détesté ça. J'allais riposter un truc quand soudain, autour de nous, la foule est devenue silencieuse.

Le corbillard venait de se garer devant la mosquée. Les portières ont claqué, le son a résonné, vide, creux. Lorsque les agents des pompes funèbres ont sorti le cercueil blanc recouvert de fleurs, l'air est devenu plus dense, presque irrespirable. Imaginer qu'elle était là-dedans était insupportable.

Et ça a empiré lorsque j'ai vu Bouli porter le cercueil. La joue écrasée contre le bois, il suivait le rythme lent de ses frères. Il s'acquittait de sa tâche avec gravité, les gestes raidis par la tristesse. Il nous regardait sans nous voir. Ses yeux cherchaient désespérément la preuve qu'il n'était pas en plein cauchemar. Ils se sont arrêtés sur moi. J'ai senti ma gorge se nouer tellement fort que ça faisait un mal de chien. Ses frères avançaient en bombant le torse, si pleinement investis de leur mission qu'on aurait dit qu'il n'y avait plus de place pour le chagrin. Hamza, lui, avait un regard dur et un pli amer autour de la bouche, il semblait avoir vieilli de vingt ans. Un hématome sur la joue, souvenir de notre petite altercation, lui donnait un air de fruit pourri. La veille au soir, après avoir bien tapé sur mon punching-ball, je l'avais coincé au square. Je lui avais demandé si c'était lui qui avait tiré sur Sublime.

« Ouais, c'est moi », il avait répondu, d'un ton un peu trop fier.

J'avais réclamé des détails. Comment il avait armé le chien, à quelle distance il s'était posté, est-ce qu'il avait le visage découvert ou bien cagoulé, est-ce que Sublime l'avait reconnu, est-ce qu'il l'avait supplié ? Hamza ne répondait pas, et son silence me rendait vénère. J'avais tellement les boules de l'imaginer en train de shooter Sublime. Plus je le bombardais de questions, plus sa tête se tassait dans ses épaules. Jusqu'à ce que je finisse par lui demander :

« Alors, ça fait quoi de tuer un homme ? »

Hamza m'avait regardé longtemps, d'un air trouble. Quand j'avais insisté, je crois qu'il avait sursauté.

« Mais... je ne l'ai pas tué », il m'avait avoué.

Plus aucune trace de fierté n'apparaissait dans sa voix. Je pensais qu'il faisait allusion à l'état de santé de Sublime.

« Il est à l'hosto, mais il a peu de chances de s'en sortir, tu sais. Techniquement, on appelle ça un meurtre.

– Non, Karim... Écoute... C'est pas ça que je voulais dire... Je ne l'ai pas tué. En fait, j'ai menti pour te faire chier. Ce n'est pas moi qui ai tiré. J'ai pas pu, au final. »

Ma bouche s'était asséchée d'un coup.

« J'ai pas pu, frère, je te jure ! J'avais le gun, mais c'était comme s'il me brûlait la main. Et je voyais flou. Je transpirais tellement que la sueur me brouillait la vue. Et puis, je tremblais. Momo a fini par m'éjecter. »

Ses mots avaient fait comme un bourdon à mes oreilles, tellement fort que je m'étais demandé si je comprenais bien ce qu'il était en train de me dire. Il n'avait pas tué Sublime, mais il avait laissé Momo le faire. Je ne savais pas si je devais me réjouir que mon pote ne soit pas un assassin ou lui en vouloir d'avoir laissé un autre le devenir.

~

Deux agents des pompes funèbres portaient l'arrière du cercueil. Malika venait ensuite, très digne malgré sa démarche mal assurée. Son hijab, au ras des yeux, cachait l'arbre de vie tatoué sur son front. Des larmes coulaient lentement sur ses joues. Des voisines l'encadraient comme des gardes du corps.

L'atmosphère avait ce côté poisseux des cérémonies, on était tous englués, comme si on nous coulait du béton dessus. Les gens ont mis un temps fou pour se déchausser, une dernière tentative pour repousser encore un peu le moment d'entrer dans la mosquée. J'avais la désagréable sensation qu'une fois la cérémonie terminée, Zineb s'effacerait définitivement de nos vies. Comme si l'enterrer profondément dans le sol l'enfouirait également dans nos mémoires. Sous une belle dalle et une bonne couche de souvenirs. On l'évoquerait à demi-mot, avant d'observer un silence. Je détestais quand on baissait la voix pour parler des morts. Ils n'entendaient plus rien, autant parler d'eux aussi fort qu'on voulait !

Quand l'imam, un grand homme maigre aux lunettes épaisses, et dont les rares cheveux se dressaient en bataille sur son crâne, a commencé à prononcer les tekbir, mon père s'est glissé sur le tapis à côté du mien. Je l'ai à peine senti, je ne pouvais m'empêcher de regarder Joyce. Du côté des femmes, près de sa mère et

Malika, elle psalmodiait. Et ses Allah akbar résonnaient douloureusement.

Le cimetière était plein de grands arbres dont les branches s'entremêlaient et formaient comme un toit qui ombrageait les tombes. Celle de Zineb était tout au fond, dans le carré musulman, près du mur d'enceinte. Étrangement, en voyant le cercueil descendre dans la fosse, j'ai pensé à ma mère. J'aurais voulu qu'elle soit là, à mes côtés.

La mise en terre a été rapide. Et quand mon père m'a tapé sur l'épaule pour me dire que c'était terminé, je suis resté sans bouger, ne pouvant croire que les choses se soient déroulées si vite. Les gens se sont dispersés. Certains chuchotaient l'invitation que Malika avait lancée. D'autres présentaient leurs condoléances avant de quitter le cimetière. Un peu plus loin, Mesronces attendait son tour pour serrer la main de Malika et lui servir les quelques conneries qu'on dit dans ces moments-là. Dodo et Matéo étaient venus la rejoindre. Je me suis tourné vers Joyce, qui n'avait pas bougé. Penchée au-dessus de la tombe, elle se tenait droite, raide, les yeux mouillés de larmes, les lèvres tremblantes.

Elle était si près du bord de la tombe qu'on aurait dit qu'elle allait sauter. Un des fossoyeurs lui a demandé de reculer, ce qu'elle a fait. Elle s'est cognée contre Khe, qui se tenait juste derrière elle. J'ai appelé Joyce doucement et tout aussitôt, Khe s'est mise sur la pointe des pieds et lui a chuchoté quelque chose à l'oreille. Puis elles se sont serrées l'une contre l'autre.

– Joyce, s'il te plaît, je voudrais te parler, j'ai insisté.

Il fallait que Khe dégage vite. Plus le temps passait, plus je craignais de manquer de courage. Or je ne voulais pas que ma voix me trahisse.

– Tu es sûre que tu ne veux pas que je reste ? a demandé Khe. Je sais comment le faire taire.

D'un coup de menton, elle a désigné mon entrejambe. La douleur m'est revenue en tête, violente. Joyce a refusé.

– Tu peux y aller. Je vais me débrouiller.

Khe a hésité encore un peu. Puis elle est partie, nous laissant seuls. Joyce m'a enfin regardé droit dans les yeux, et c'est comme si toute sa fierté, son assurance s'étaient envolées. Elle n'était plus qu'une fille avec de grands yeux couleur de terre. De sous sa veste, elle a tiré la pochette taguée au posca. Les raps de Zineb... Elle l'a ouverte, et en a sorti une feuille. Puis elle l'a froissée. Ses longs doigts ont broyé la feuille avec méthode jusqu'à ce que celle-ci soit réduite en une boulette compacte et fragile qu'elle a laissée tomber dans la fosse. La terre l'a engloutie sans un bruit. Une deuxième puis une troisième ont disparu de la même manière. Il pleuvait des boules de papier en même temps que de la terre. D'un geste brusque, je l'ai empêchée d'en jeter une autre. Alors elle l'a fourrée dans sa bouche. Elle l'a mâchée difficilement puis l'a avalée.

– Pourquoi tu fais ça ?

Joyce a relevé le menton.

– C'est ce que Zineb aurait voulu.

Je n'en étais pas si sûr. Zineb aurait sans doute voulu qu'on lise ses raps, qu'on les dise, qu'on chante... Mais je croyais la connaître alors que j'étais loin du compte. Peut-être que Joyce se trompait, elle aussi, sur Zineb. Faut dire que cette fille avait su induire tout son monde en erreur : en faisant croire à ses parents qu'elle allait épouser Bachir, en jouant la star de rap avec Joyce, ou l'élève modèle avec Breteau.

– Tu veux pas qu'on aille discuter ailleurs ? j'ai demandé.

L'endroit devenait oppressant.

– J'attends qu'ils aient fini. J'ai promis à Malika d'ordonner les fleurs autour de la tombe.

Il y avait tellement de bouquets entassés dans un coin qu'ils formaient une pyramide bancale dans une débauche de couleurs et de pétales. Malgré moi, j'ai jeté un coup d'œil rapide dans la fosse. Quelques morceaux de papier froissé apparaissaient encore. J'ai eu l'impression de noyés surnageant dans une mer de terre.

– Qu'est-ce qui s'est *vraiment* passé, vendredi soir ? j'ai demandé, en tournant et retournant le tél de Zineb dans ma poche.

Elle a levé les yeux au ciel.

– Encore cette question ! Mais tu le sais. Pourquoi tu me le redemandes ?

– Parce que tu es la dernière personne à avoir vu Zineb vivante...

Elle a ricané.

– Arrête de parler comme ça... On dirait trop un keuf !

Elle a ramassé un des bouquets. Les fleurs, des marguerites, je crois, ont glissé du tulle qui les enserrait. Elle les a remises en place d'un geste trop nerveux pour être naturel. J'ai pointé la zébrure sur sa joue. Elle était devenue si fine, presque invisible.

– Vous vous êtes battues vendredi soir, après qu'elle a rappé ?

Évitant la pelle d'un des fossoyeurs, elle a déposé les fleurs près de la pierre tombale. Y étaient seulement inscrits le nom et les dates de naissance et de mort de Zineb. « Dix-sept ans, c'est une seconde », j'ai pensé...

– J'arrive pas à croire que vous vous soyez battues pour une paire de pompes...

– Ta gueule, Karim. Tu peux pas comprendre.

J'ai brandi sous son nez le tél de Zineb, si brusquement qu'elle a eu un mouvement de recul. Mais elle n'a pas eu l'air surprise. Khe avait dû la prévenir.

– Pourquoi tu l'as filmée avec son tél ? j'ai sifflé. Ça te faisait kiffer, hein, de la voir souffrir ?...

– C'est pas ce que tu crois...

– Vraiment ? Je te signale que tu as préféré filmer ta pote plutôt que de lui porter secours.

– Arrête, Karim. C'est pas ça... C'est juste que... j'ai perdu les pédales. Je savais plus quoi faire !

– Déconne pas, Joyce, tu as plus de sang-froid que bien des mecs que je croise à la salle de boxe.

C'était ça qui me plaisait avant chez elle. Qu'elle soit un roc, un monolithe sur lequel on pouvait s'appuyer.

– Putain, tu ne peux pas m'en vouloir, Karim... Ils étaient...

Ses yeux se sont agrandis, on y lisait toute l'horreur du souvenir. Elle n'a pas fini sa phrase. Elle a enfoui son visage dans ses mains. Elle pleurait. Je l'ai prise par le bras, et je l'ai secouée.

– Faut parler, maintenant !

Elle s'est dégagée rapidement.

– Tu fais chier, Karim ! Tu as vu la vidéo, non ? Qu'est-ce que tu veux savoir de plus ?

Elle me prenait pour un con ou quoi ?

– Zineb est encore vivante à la fin de cette putain de vidéo ! Alors, qui l'a tuée, hein ? Eux ou toi ?

Elle a reculé, un pas de plus et elle tombait dans la fosse.

– C'est pas moi ! Tout ça c'est à cause de la prof, putain !

– Breteau n'a pas pu tuer Zineb. Elle mesure un mètre cinquante, les bras levés, j'ai fait aussitôt remarquer à Joyce.

Zineb avait eu la carotide perforée. Il fallait être sacrément précis pour infliger ce genre de blessure avec un escarpin. Breteau n'aurait jamais eu le cran de faire ça.

Joyce m'a regardé un moment. Ses yeux noirs brillaient de larmes.

– Vendredi soir, au Sauvage, elle a dit dans un souffle. Breteau est venue avec sa sœur, Sophie.

Ce nom me disait vaguement quelque chose...

– Cette meuf gère un festival de hip-hop et elle voulait programmer Zineb.

Je me souvenais maintenant. Breteau m'avait parlé de sa sœur quand j'étais allé chez elle. La photo sur son bureau. Je crois bien que c'était elle aussi qui tenait la prof dans ses bras au comico.

– C'était payé ! Et puis Sophie nous avait dit qu'elle nous présenterait des gens d'un petit label. Tu te rends compte ?

Putain, oui ! Un contrat, un label, c'était de l'or en barre, la gloire qui pointe son nez. Les filles en rêvaient, et elles bossaient pour ça. Enfin Zineb, surtout.

– Pourquoi vous vous êtes battues, alors ? Ça n'a pas de sens !

J'ai montré sa joue. L'égratignure s'était affinée mais on la voyait encore, comme une preuve. Son regard est devenu aussi dur que le bois du cercueil de Zineb.

– Parce que Zineb m'a annoncé qu'elle arrêtait le rap. Et qu'elle se barrait en Angleterre avec Sublime, a dit Joyce.

Son visage reflétait toute la misère du rêve qui s'écroule. Elle a frémi, ramenant ses bras autour d'elle. Sa main mutilée faisait comme une pieuvre handicapée enserrant son coude.

– Après son show au Sauvage, Zineb a retrouvé Sublime et m'a avoué qu'ils sortaient ensemble depuis des semaines, en scred. J'ai pas eu le temps de lui poser plus de questions, parce que tout le monde venait complimenter Zineb et proposait de lui payer un coup à boire. C'était le pur délire. Vers onze heures et demie, Sublime a dit qu'il fallait rentrer. Ce type a une horloge dans la tête, et il ne voulait pas que Zineb se fasse gauler par la tante de Khe. C'est le mec le plus chiant du monde, j'ai pas compris ce que Zineb lui trouvait. Devant chez Khe, ils se sont tellement embrassés pour se dire au revoir, impossible de les décoller. Et moi, je tenais la chandelle. Après ça, elle l'a carrément regardé s'éloigner, en mode grave in love ! Elle voulait pas monter chez Khe avant qu'il ait complètement disparu de son champ de vision. Et c'est là qu'elle m'a annoncé qu'ils allaient partir ensemble.

Joyce avait d'abord pensé que Zineb parlait en l'air. Que c'était juste un projet. Mais quand Zineb lui a assuré qu'elle avait tout planifié pour partir trois jours après, Joyce a dégoupillé.

– Tu comprends, j'ai vraiment cru qu'on allait quitter cette vie de merde ensemble ! Qu'on allait devenir des stars toutes les deux ! Et elle a tout foutu par terre ! Pour une histoire d'amour à la con !

Derrière nous, les fossoyeurs pelletaient toujours. Sans faire attention à nous. Drôle de job, en vrai...

– Pour qui elle se prenait, hein ? Avec son délire de petit couple parfait à Londres... Ils n'auraient pas tenu une semaine !

La jalousie lui sortait par tous les pores de la peau.

– J'ai réclamé les chaussures, mais elle a refusé. Elle pensait les vendre. Elle avait besoin de thunes pour l'Angleterre.

C'était pas une mauvaise idée. Ces chaussures coûtaient un bras. De quoi tenir quelques jours en étant économe.

– J'ai pété un plomb ! Elle avait pas le droit de me faire ça ! Je l'ai giflée, alors elle m'a griffée… Et là… c'était parti ! On s'en est mis des bonnes…

J'avais déjà vu Joyce se battre. Au collège. Un mec de troisième lui avait fait un croche-pied dans le couloir, pour rigoler. Le mec était taillé comme un pilier de rugby mais ça n'avait pas arrêté Joyce. Elle lui avait décroché la mâchoire d'une bonne grosse claque, humiliant le mec devant tous ses copains.

– Et après ? Tu t'es servie de l'escarpin pour lui faire un trou dans la carotide ? T'as appris ça où ? Dans une de tes séries à deux balles ?

Elle m'a regardé avec des yeux qui auraient vidé la mer Morte, tellement il y avait de larmes dedans.

– Non, Karim… Je ne l'ai pas tuée… Je te le jure…

Après s'être battue, elle avait piqué le tél de Zineb, celui qu'elle utilisait uniquement avec Sublime, en espérant s'en servir comme monnaie d'échange contre les escarpins, et elle s'était barrée. Au bout d'un moment, elle était revenue sur ses pas, inquiète. Zineb ne s'était pas lancée à sa poursuite comme elle l'avait pensé. Elle voulait savoir pourquoi.

– J'ai vu Zineb encadrée par deux types... Enfin, au début, j'ai cru que c'était deux hommes. Mais en fait, j'ai vite reconnu Dodo et Matéo. Mon premier réflexe, ça a été de m'élancer vers eux, sauf que j'ai eu peur : les deux flics étaient chelous. Je me suis planquée entre deux bagnoles, pour observer sans me faire voir.

D'après Joyce, Matéo avait l'air complètement jeté. Il disait à Zineb qu'elle était jolie, trop jolie pour un endroit aussi moche.

– On aurait dit qu'ils étaient sous ecsta ou un truc du genre. Ils étaient hyper speed ! Et violents. C'est pour ça que j'ai filmé en pensant qu'on se vengerait après, avec Zineb.

La vidéo était sombre et floue, on y distinguait des silhouettes de dos, et des voix étouffées, presque inaudibles. Malgré tout ça, la tension était si palpable que les images étaient insoutenables. Quand je l'avais regardée, j'étais content que Bouli soit aux chiottes, occupé à se passer de l'eau froide sur ses yeux rougis. On y voyait d'abord les deux flics encadrer Zineb et l'acculer contre un mur de façon à ce qu'elle ne puisse pas partir.

« Elles sont belles, ces chaussures, avait dit Dodo. C'est de la marque, en plus... Ça coûte cher, un truc pareil... Comment tu as fait pour te les payer ? »

Matéo avait soulevé Zineb comme si elle pesait pas plus lourd qu'un sachet de bonbons, et Dodo lui avait enlevé ses chaussures de deux ou trois coups de pied bien appuyés.

« Louboutin, qu'est-ce que je disais », elle s'était exclamée, après les avoir ramassées.

Matéo en avait sifflé d'admiration.

« Comment est-ce qu'une belette du quartier peut se payer une telle paire de pompes ! Tu la trouves où, ta thune ?

– Baby-sitting », avait murmuré Zineb.

Ils avaient ricané méchamment.

« Et tu crois qu'on va te croire... ?

– Tu sais qu'on peut t'embarquer ? avait renchéri Matéo. Tu es mineure en plus, donc on va appeler ta mère...

– Vous n'allez pas faire ça... J'ai rien fait... »

Elle n'avait pas compris que les deux flics étaient cramés et qu'ils jouaient avec elle comme le chat avec la souris.

« Qu'est-ce que tu fais à cette heure-ci, dehors ? avait demandé Dodo.

– Elle fait la pute, avait décrété Matéo. Ou elle deale. On va vérifier ça tout de suite. »

Et il avait entrepris de fouiller Zineb, en lui balançant une gifle magistrale pour la faire se tenir tranquille.

La vidéo s'arrêtait net à ce moment-là. Devant la violence du geste, Joyce avait fait tomber le téléphone.

– J'étais en train de le chercher, dans le noir, sous les bagnoles, mais j'ai bien entendu Zineb leur demander de la lâcher.

« J'ai rien fait. Je suis clean », elle a dit.

Les flics se sont foutus de sa gueule.

Elle les a suppliés : « Putain, Matéo, Dodo... Vous êtes bien placés pour savoir que je trafique pas. »

– Même que Dodo, ça l'a énervée que Zineb ne l'appelle pas par son vrai nom. Elle l'a giflée méchamment à son tour.

Matéo était barjot, tout le monde le savait dans le quartier et changeait de trottoir pour éviter de le croiser. Mais Dodo avait plutôt la réputation d'être sinon cool, du moins correcte.

Lorsque Joyce m'a raconté la suite, ce qu'elle n'avait pas filmé parce que le tél était H. S. après être tombé et que le sien était en rade de batterie, j'ai eu la nausée.

Matéo avait palpé les poches arrière du jean de Zineb et en avait sorti une boulette.

« C'est pas possible... Je fume jamais... Mes frères me tabassent s'ils me prennent avec ça... » elle avait protesté.

La boulette magique qui apparaît comme par enchantement. Le truc avait été fait mille fois, mais il fonctionnait toujours... La bonne vieille ruse du flic qui veut te faire flipper... Après ça, Matéo s'était collé à Zineb.

« Tu sais que tu es vraiment canon, toi... Tu pourrais presque me faire de l'effet. »

Son visage luisait d'envie. Il avait remonté son genou jusqu'à son sexe dans un geste qui se voulait langoureux mais qui n'était que vulgaire. Sa main était descendue vers un de ses seins.

Zineb avait fermé les yeux. Sa mâchoire crispée lui donnait un air cadavérique. C'était comme si elle essayait de se retirer de son corps pour ne pas sentir les mauvaises caresses du flic. Il agissait comme si elle était une poupée avec laquelle on pouvait jouer à l'infini. Et puis, tout d'un coup, il l'avait attrapée par la nuque et avait essayé de la faire mettre à genoux. Zineb avait hurlé et elle s'était tellement débattue qu'elle lui avait foutu un coup de tête dans le menton.

« Salope... »

Alors il l'avait empoignée et soulevée de terre. Tout en la maintenant au-dessus du sol, il avait serré une main autour de son cou... On avait l'impression qu'il pouvait lui briser la nuque comme on craque une allumette. Les pieds nus de Zineb fouettaient l'air, dans l'espoir désespéré de se dégager. Ses ongles griffaient la patte velue du flic. Mais c'était peine perdue. Le flic serrait de plus en plus fort, et Zineb, qui ne pouvait quasiment plus respirer, laissait échapper un râle rauque. Ses lèvres s'ouvraient, sa langue même cherchait à happer l'air. Ses yeux étaient exorbités.

Toujours cachée sous une caisse, Joyce avait été tétanisée, clouée au sol par la violence de la scène, incapable d'intervenir. Elle avait voulu bouger, mais ses membres semblaient comme engourdis. De toute façon, elle tremblait si fort que ses jambes n'auraient pas pu la porter.

Enfin, Matéo avait lâché Zineb. Elle s'était affaissée sur le sol, cherchant l'air, telle une carpe qui a sauté hors du bassin. Les flics lui avaient tourné le dos en se marrant et s'étaient éloignés.

« Connards, avait réussi à crier Zineb. Sales connards ! »

Matéo s'était arrêté direct. Il était revenu sur ses pas, empoignant violemment un des escarpins au passage.

« Qu'est-ce que tu as dit, petite conne ? Tu te prends pour qui, de nous insulter comme ça, ma collègue et moi ? »

Au bord de la tombe, Joyce a vacillé. Je l'ai retenue.

– Pourquoi tu n'as rien fait, rien dit à ce moment-là ?

– Parce que... j'étais abrutie par la peur. Je te jure, un truc de ouf ! Quand je l'ai vu revenir, je me suis mise en PLS, j'ai bouché mes oreilles et fermé les yeux. J'ai juste eu le temps d'apercevoir comme un éclair bleu.

Le flic avait tué Zineb en lui enfonçant le talon effilé de l'escarpin en plein dans la carotide. Le type était adroit, la blessure fatale.

Joyce était sortie de sa planque dès que les flics s'étaient éloignés. Elle avait vu du sang, beaucoup de sang.

– Ses yeux étaient complètement vitreux. J'ai paniqué, je savais plus ce que je devais faire.

Et soudain, une grosse voix avait résonné entre les tours.

« Hé ! toi ! Qu'est-ce que tu fous là ? »

Le flic était revenu une deuxième fois sur ses pas et avait aperçu Joyce penchée au-dessus de Zineb. Il s'était rué sur elle en l'interpellant.

– Je te jure, Karim, j'ai eu peur comme jamais. J'ai couru comme une cinglée, je reconnaissais même plus les tours. Au final, je me suis planquée dans les caves. Je suis restée là, je sais pas moi, peut-être deux heures.

J'étais tellement choquée. Je sais que je suis allée chez Khe, mais j'ai aucun souvenir du trajet...

Une immense fatigue s'est abattue sur mes épaules. J'étais saoulé de mots et d'émotions contradictoires. J'avais envie de la croire, mais il y avait encore pas mal de zones d'ombre.

– Qu'est-ce qui me prouve que tu dis l'exacte vérité ? Tu mens à tout le monde, depuis samedi.

Elle a ouvert la bouche sans qu'aucun son en sorte.

– Matéo... elle a fini par articuler. Il m'a vue... J'ai aucune chance contre lui. Si je parle, il me défonce.

Elle tremblait et pleurait en même temps. Les larmes brouillaient ses yeux, ricochaient sur ses joues. Elle a essuyé d'un revers de manche son nez qui coulait.

Elle n'avait pas tort. Le geste fatal n'avait pas été filmé. La vidéo indiquait qu'elle était sur les lieux du crime. On l'entendait gémir et jurer. Si près du téléphone, sa voix grave était sacrément reconnaissable. Joyce avait pu finir le boulot, les traces de son ADN sous les ongles de Zineb prouvaient qu'elles s'étaient battues. De là à lui faire porter le chapeau pour le meurtre, il n'y avait qu'un pas. Que les flics franchiraient aisément. Matéo ne ferait qu'une bouchée de Joyce. La parole d'une zouz contre celle d'un flic. Le résultat était couru d'avance.

– Ce que je ne comprends pas, c'est pourquoi tu es venue dans ma piaule avec Khe pour récupérer l'escarpin ?

Elle a baissé les yeux. La terre semblait plus noire que jamais.

– Je suis la dernière à l'avoir touché, elle a murmuré. Quand Matéo m'a vue, j'avais ces foutues chaussures dans la main.

J'ai dû avoir un air dégoûté, car elle s'est tout de suite justifiée.

– Je ne comptais pas les voler, je te le jure ! J'avoue que ça m'a traversé l'esprit, mais elle était... morte... Alors, ça va te paraître étrange, mais j'ai été choquée par ses pieds nus. Je ne voulais pas qu'elle finisse comme une charclo... J'allais les lui remettre quand le flic m'a interpellée.

Sauf que le lendemain, il n'y avait plus qu'une chaussure près de Zineb. Lorsqu'il était revenu près du cadavre, Matéo venait récupérer les escarpins. Ne pas laisser de preuve, c'était la base. Mais il avait surpris Joyce, les chaussures à la main. Alors il en avait laissé une, histoire d'orienter la piste vers elle. En tant que flic, il savait ça. Il avait dû jeter l'autre, celle qui avait tué Zineb, à la décharge, en pensant que personne ne la retrouverait. C'était sans compter sur Sublime qui avait dû ratisser le quartier après la découverte du corps.

La police cherchait une chaussure ? Sublime la trouvait. Ce type dénichait tout.

– J'ai fait n'importe quoi, a reconnu Joyce. J'ai pas du tout pensé aux empreintes, j'ai vu que les pieds nus de Zineb, et...

Sa voix s'est remplie de larmes. De mon côté, je me suis demandé ce que j'aurais fait à sa place. Est-ce que j'aurais appelé les flics en sachant que je venais de les voir assassiner ma pote ? J'aurais peut-être eu les mêmes réactions de merde, au final.

– Karim, qu'est-ce que tu vas faire de cette vidéo ? elle a demandé, d'un air terriblement inquiet.

J'ai passé une main dans mes cheveux.

– J'en sais rien encore.

– Si tu la donnes à ta pote, la commissaire, tu te rends compte que ça va être chaud pour moi.

– Mesronces n'est pas ma pote.

Joyce m'a tchipé.

– Vous avez pourtant l'air de bien vous entendre...

Ses nattes ont voleté autour de son visage.

– Karim, il faut détruire cette vidéo.

– Je ne sais pas.

Et c'est là qu'elle a lâché, mauvaise :

– Je te préviens... Si tu me balances, je témoignerai contre Sublime. Je dirai que c'est lui qui a tué Zineb...

Elle avait cessé de pleurer, ses yeux, maintenant, lançaient des éclairs. J'ai secoué la tête, choqué.

– Il nous a raccompagnées après le Sauvage, et c'est lui qui t'a filé la chaussure de Zineb. Il l'a dit à Hamza, juste avant que Momo lui tire dessus. Ça fait quand même quelques preuves.

Elle avait parfaitement bien calculé son coup, en fait. Sublime était le coupable idéal. Qui se souciait d'un migrant ? L'idée qu'il ait pu traverser plusieurs pays et une mer pour venir échouer ici, en prison, me tordait le bide. D'autant qu'il était parfaitement innocent.

– C'est pas possible, Sublime n'avait aucune raison de tuer Zineb, il l'aimait... j'ai fini par dire.

Joyce a souri, d'un air entendu.

– Je vais raconter que Zineb l'avait jeté. Qu'elle avait rompu et que finalement, elle refusait de partir avec lui en Angleterre. La vengeance amoureuse, c'est le mobile parfait.

Stupéfait, je me suis demandé comment la fille avec qui j'avais failli baiser était devenue cette garce, cette menteuse effrontée, prête à enfoncer quiconque se mettrait en travers de son chemin.

– Tu ne feras pas ça, j'ai balbutié.

– Tu veux parier ?

~

Je suis sorti du cimetière sans savoir où aller. Les tours étaient nappées d'une belle couleur orangée, à cause du soleil couchant qui se détachait dans le ciel, tel un énorme ballon de basket. Malgré toutes les carcasses de bagnoles et les pneus encore éparpillés, le quartier semblait vouloir zapper les émeutes, en se dorant la pilule sous les derniers rayons du soleil. Je pouvais pas croire que tout ait dégénéré à ce point. J'en voulais à Joyce, à Sublime, à Hamza, à Breteau, à la terre entière... Le tél tournait entre mes doigts, plus rapidement qu'une toupie lancée à toute blinde.

J'ai évité le square, le lycée, la tour de Malika, ma maison, mon ancienne école et le commissariat. Je cherchais un endroit tranquille, mais sûrement qu'il n'existait pas. Mes pas m'ont conduit sur le pont au-dessus de la rocade. De là, on voyait la route s'enfoncer jusqu'à l'horizon. Mes pensées suivaient le flot incessant des voitures qui vrombissaient sur la route. J'ai sorti le tél de ma poche. Je ne savais pas quoi faire.

J'avais le choix: m'en débarrasser ou le donner à Mesronces. Oublier ou assumer. Sauver Joyce, ainsi personne ne saurait jamais qu'elle avait été sur les lieux du crime, ou avoir une chance, même infime, de rendre justice à Zineb. Ça pouvait sembler pompeux mais c'était juste foireux. Et en plus, fallait que ça tombe sur moi. Putain, j'étais pas une balance !

Je l'ai pris entre le pouce et l'index et j'ai tendu le bras dans le vide. Il suffisait de le lâcher du haut du pont et les emmerdes disparaissaient.

Sauf que si je détruisais ce tél, plus rien ne permettait d'incriminer les flics. Et Dodo et Matéo s'en tiraient à trop bon compte. Ils pourraient recommencer à tabasser des gens en toute impunité... Je détestais trop les flics pour ne pas rêver de leur pourrir la vie... Mais la vidéo s'arrêtait trop tôt. Zineb était encore vivante dessus. Quel flic irait chercher la preuve qui manquait ? Surtout si cette preuve risquait d'envoyer au trou un des leurs, alors qu'il y avait un moyen de faire porter le chapeau à quelqu'un d'autre. Les actus étaient truffées de ce genre d'histoires. Je me demandais si Mesronces aurait les reins assez solides pour mener la bonne enquête ou si elle préférerait la facilité en chargeant Joyce.

J'ai tendu mon bras une nouvelle fois au-dessus de la rocade. J'imaginais sans peine le portable voler en éclats sur le bitume, ou finir sous les roues d'une bagnole.

Mais une dernière chose m'empêchait de jeter le tél par-dessus bord : fermer sa grande gueule à Hamza. Si je lui montrais la vidéo, il serait forcé de reconnaître qu'il s'était foiré en laissant Momo shooter Sublime. Je devais bien ça à mon pote.

Toutes ces réflexions me rongeaient le cerveau, et soudain, le visage de Zineb a flotté devant moi. C'était son visage normal, avec son teint doré et ses yeux en amande, sa bouche si sensuelle. J'y ai cherché un indice sur la conduite à tenir, mais il était impassible. J'ai pensé à ma mère qui me disait souvent que toute décision est bonne à prendre… Quelle phrase bidon ! Est-ce qu'elle s'était dit ça quand elle s'était barrée, nous laissant seuls, mon père et moi ?

Au-dessus de moi, maintenant, le ciel était plus flamboyant que jamais. Les tours s'embrasaient, se teintant de ce rouge incandescent. En bas, sur la rocade, les voitures fendaient la lumière, traçant leur route, indifférentes à mon problème. Pour tenter d'y voir plus clair, je me suis adossé à la balustrade. De sentir les montants en fer, solides et froids dans mon dos, ça m'a calmé un peu. Le nez au vent, les yeux dans les nuages, les oreilles saturées du vrombissement des voitures, je m'arrêtais sur un choix pour en changer aussitôt. J'ai fait ça une bonne dizaine de milliers de fois. Et puis soudain, je me suis relevé. Empoignant le tél, j'allais le jeter par-delà la balustrade quand une sonnerie a retenti.

Surpris, j'ai suspendu mon geste. Il m'a fallu quelques secondes avant de comprendre que c'était *mon* portable qui beuglait. Mon père. C'était assez rare qu'il m'appelle pour que je décroche.

– Allô ? Fils ? T'es où ?

– Sur le pont, au-dessus du périph.

À l'autre bout de la ligne, il y a eu un silence interloqué.

– Tu vas pas faire une connerie ? a demandé mon père, inquiet.

J'ai regardé le tél dans ma main.

« Je ne sais pas », j'ai failli dire avant de comprendre à quoi mon père faisait allusion.

Il parlait de moi. Il pensait que j'allais sauter du pont. Aussitôt, je l'ai rassuré.

– Je voulais te dire... a enchaîné mon père, d'une voix altérée. La commissaire, là...

Il cherchait son nom, visiblement.

– Mesronces ?

– Oui... Je crois qu'elle est différente des autres flics...

Le vacarme du périph rendait la conversation difficile. Je collais l'appareil à mon oreille.

– Quoi ?

– La flic, elle est pas si mal, en fait...

Que mon père dise du bien des flics, il allait neiger cet été !

– Elle est dans notre cuisine, en ce moment... Elle m'a appris des trucs... sur ta mère...

Mon cœur s'est mis à battre plus vite. Mesronces avait fini par cracher le morceau, comme elle l'avait promis.

– Elle est du côté de Marseille, elle a des ennuis.

Ma mère ? Des ennuis ? L'infirmière exemplaire qui détestait le conflit, avoir des ennuis ? Ça ne lui ressemblait tellement pas...

– On l'accuse d'avoir euthanasié un patient en fin de vie, là-bas.

Les mots de mon père bourdonnaient à mes oreilles, aussi fort que les voitures qui dévoraient la rocade.

– Mais ça a l'air plus compliqué que ça. Il y a une histoire d'héritage derrière. En tout cas, ça m'étonnerait que ta mère se soit embarquée dans ce genre de coup pour de l'argent. Tu la connais, elle a toujours été hyper réglo...

J'ai repensé à ce jour où elle m'avait surpris en train de faire le chouf.

– Elle était hyper réglo, a répété mon père, dans un murmure. Avec les autres, mais aussi avec elle-même. C'est ça que j'ai pas voulu comprendre, à l'époque. Et c'est pour ça qu'elle est partie...

Je comprenais pas à quoi il faisait allusion, en revanche j'ai bien senti, dans sa voix, une tonne de regrets. En vrai, mon père ne m'avait jamais rien dit au sujet du départ de ma mère. Je n'avais même pas songé qu'il puisse en être un peu responsable, j'étais trop persuadé que j'en étais l'unique cause. Mes parents ne se disputaient jamais, c'est pour ça que je n'avais même pas envisagé une embrouille entre eux. Mais peut-être que ma mère n'était pas partie à cause de moi. À cette idée, j'ai senti comme un déclic dans ma poitrine. J'ai inspiré, expiré fortement, comme soulagé.

– La flic, là... Elle dit qu'on peut l'aider, il a ajouté, plein d'espoir.

Écarlate, le soleil était maintenant énorme, prenant toute la place entre les tours. Je me suis demandé s'il allait éclater.

– Tu rentres quand ? m'a demandé mon père. Faut qu'on cause. Et puis il y a Driss qui est là aussi.

J'ai imaginé mon père coincé entre Mesronces et Driss. Sans faire exprès, j'ai lâché un rire. Sec et rapide.

– Il m'a parlé d'un truc de boxe... Le Pôle France machin... J'y comprends rien mais ça a l'air important. Quand est-ce que tu rentres, fils ? a répété mon daron. Faut vraiment qu'on parle ! Et puis c'est bientôt l'heure de manger, du coup, je les ai invités tous les deux.

Soudain, l'odeur graisseuse de la cuisine de mon père est venue me chatouiller les narines. J'avais faim, j'aurais pu manger n'importe quoi, même du poisson pané avec Mesronces à côté de moi. J'ai rangé soigneusement le tél de Zineb dans ma poche. On verrait plus tard si je m'en débarrassais... ou pas...

– J'arrive, j'ai fini par dire à mon père, en regardant bien en face mon horizon, mon quartier, illuminé par le soleil couchant.

Il y avait des tours
Il y avait des rêves,
Du talent et des voix
qui s'élèvent
Mais au pays des méchants,
les haineux sont rois.
Ta faiblesse, c'est ta peur
de tout ce qui est différent de toi
elle te ronge, elle t'enserre
elle joue avec toi,
à te faire croire que le danger vient de moi
Couscous VS steak-frites
la semoule vient vous envahir !
Mais ce qu'elle ne t'apprend pas, la peur,
c'est que la table est assez grande
pour y mettre plusieurs assiettes
Putain, c'est quand même meilleur, quand on partage
Vas-y, regarde-moi,
mate de peau, yeux noirs, cheveux bouclés
je fais cinquante kils toute mouillée
je suis jolie, dis pas le contraire
t'as les yeux qui louchent
et la bouche de travers
tellement ça te crispe de le reconnaître
c'est sûr que je dérange

avec mes mots qui changent
mes mots qui sentent la mer,
le soleil, et la poussière
Vas-y, regarde-moi vraiment
Je suis une zouz de la cité
on est pauvres et métissés
on a grave envie de bouffer
la vie, l'argent, la célébrité
ma grande gueule, je l'ouvre
pour pas que tu te tailles toujours
la part du gros lion
Quand tu es venu chez moi, tu as tout pris
Quand je viens chez toi, j'ai droit à rien
ou quelques coups de matraque
parce que je t'ai regardé en chien
y a pas un truc qui déconne dans ton système ?
Rajoute un peu de crème
sur mes allocs, tu me dois bien ça, en vrai
Et puis surtout apprends à dire mon nom,
tu verras, ça ruisselle facile
comme le miel des pâtisseries
dont tu raffoles en vrai
Lâche ta peur, et tes préjugés
Viens t'installer dans la cité
Partage juste un moment,

nos fins de mois
pour toi, c'est Koh-Lanta ?
moi, la débrouille, c'est tout le temps
Mais regarde-moi ces tours,
elles poussent droit vers le ciel
et moi aussi, un jour, comme elles
j'atteindrai des sommets
que ça te plaise ou non
que ça t'emmerde ou non
à dix-sept piges
j'ai pas le vertige
les hauteurs, ça me connaît
le ciel, je vais le dévorer
y aura plus de place pour rien d'autre
que mes tours et mes rêves
que ma gloire et mon nom

Zineb

L’autrice

Fanny Abadie a fait des études de philosophie à Caen avant de débarquer à Toulouse. Elle travaille auprès d’adolescents depuis plus de vingt ans. Elle écrit lentement mais sûrement. *Vous retiendrez mon nom* est son quatrième roman pour la jeunesse.